KB121995

젊은이들이 모여드는 산골기업,
군겐도를 말하다

이유출판

군겐도 본점(오른쪽)이 있는 거리 풍경
오모리 마을 중심을 관통하는 길이다.

센노야마(仙の)산에서 내려다본 오모리 마을

연회나 이벤트에 쓰는 공간인 '촛불의 집'에는 전기가 들어오지 않는다.

• 군겐도 본점에는 옷 외에 다양한 잡화 종류도 진열되어 있다.

•• 본점 중정의 '풀꽃 테이블'

2009년 가을·겨울 시즌에 선보인 코트('도미' 라인에서 출시)
마쓰바 도미가 좋아하는 옷이다.

• 군겐도 본점. '도미' 라인 옷들이 디스플레이 되어 있는 코너

•• 옷감을 살펴보는 마쓰바 도미

본사가 있는 워크스테이션 건물(왼쪽)과
히로시마에서 옮겨와 이축한 전통가옥 히나야(오른쪽)

히나야 건너편 논에서 매년 벼심기를 한다.
아이들과 함께 하는 모내기 체험

• 간결한 구조의 워크스테이션 내부
  직원들은 도시에서 온 젊은이가 대부분이다.

•• 워크스테이션의 화장실 일부. 근처에 피어 있던 꽃을 꽂아 두었다.

• 워크스테이션과 히나야를 연결하는 길

•• 작은 안내판까지 폐자재를 이용해 만들었다.

당당한 모습의 히나야
오른쪽에 조각가 요시다 마스즈미의 작품이 보인다.

• 아베가의 현관 일부

•• 정갈하게 정돈된 아베가의 객실

• 본채와 목욕실의 연결 복도
   동네 곳곳에서 가져온 물건들을 툭툭 걸어두기만 했는데도 분위기가 있다.

•• 창고에 만든 서재

- 군겐도 본점에는 아직도 초창기 회사명인 '블라하우스'라고 쓰여 있는
  간판이 걸려 있다.

•• 아베가의 부엌. 갓 따낸 죽순으로 연출한 테이블

아베가 부엌 한가운데에는 장작을 때는 아궁이가 있다.

멀리서 본 워크스테이션(왼쪽)과 히나야(오른쪽)

차례

違うということは、時に壁や溝を作りかね
ませんが、お互いの個性を尊重しあうことで
影響し合ってより質の高い価値を
生み出す可能性があります。
そして命や平和といった大切なものを守り
に、という想いは同じと信じています。
今回の出版が新たな交流の機会となり
次世代へ渡せる理想のライフスタイルを
形づくっていけたり嬉しく思います。

　　　松場登美

2018년 12월, 처음으로 한국을 방문했습니다.
이 책의 출판 협의라는 목적과 함께,
강연을 할 행복한 기회도 얻을 수 있었지요.
그때 만났던 여러 한국분의 친절과 따뜻했던 환대를 잊을 수가 없습니다.
제가 꾸려가고 있는 숙박 시설 '타향 아베가'에서 '타향'은 중국의 옛말인
'타향우고지(他鄕遇故知)'에서 그 뜻을 따와 지은 이름입니다.
낯선 여행지에서 친지나 가족에게 환대받는 듯한 기쁨을 느낀다는
의미이지요. 저의 첫 한국 방문은 그야말로 타향우고지였습니다.

예전에 어느 분께서 '다르기 때문에 즐겁다.

二〇一八年の十二月、私は初めて韓国を訪れました。
目的は、この本の出版の打ち合わせと、幸いにも
講演をさせていただく機会を得ました。
その時に出会った韓国の方々のご親切や暖かい
おもてなしは忘れることができません。
私が営む宿の他郷阿部家の他郷は、
中国の古語である「他郷遇故知」から語意
をくみ取って命名しました。
旅先であたかも親戚や家族に迎えられ
たような喜びを意味します。
正に今回の訪韓は他郷遇故知でした。
以前にある方から「違うから楽しい、同じ

같기 때문에 기쁘다'라는 말을 가르쳐 주신 적이 있습니다.
다르다는 것은 때로 거대한 장벽과 깊은 골을 만들기도 합니다.
그러나 각자의 개성을 존중하고 서로에게 영향을 주고받는 과정을
공유한다면 더 높은 가치를 만들어낼 가능성도 있습니다.
또한 생명과 평화 같은 소중한 것을 지켜내고 싶은 마음만큼은
같을거라고 믿고 있습니다.

이번 출판이 새로운 교류의 기회가 되길 바라며, 다음 세대에 물려줄 만한
이상적인 라이프스타일을 그려볼 수 있다면 기쁘겠습니다.

마쓰바 도미

마쓰바 도미와
만나다

마쓰바 도미(松場登美)씨와 처음 만난 게 언제였는지 확실하지는 않다. 아마도 십몇 년 전쯤이었을 거다. 장소는 확실하다. 도쿄역 마루노우치 역사 안에 위치한 도쿄스테이션호텔. 당시 내가 보존 활동을 벌이던 붉은 벽돌 건축물인데, 그 안에서 우리는 군겐도의 도쿄 분점을 내는 일로 처음 만났다.

그때 마쓰바 도미는 짧은 웨이브 머리에 검은 톤의 롱드레스를 입고 있었다. 남편인 마쓰바 다이키치(松場大吉)도 함께였다. 우리를 소개해준 산토리문화재단 연구원 고시마 다에코도 함께였던 것으로 기억한다. '도쿄에 군겐도 분점을 낸다면 반드시 야나카(谷中) 지역에 내고 싶습니다. 군겐도는 야나카와 잘 어울립니다. 모리 씨가 쓴 《야나카 스케치북》을 읽고 모리 씨와 동료들이 해온 지역 잡지 활동에 깊이 공감했습니다. 우리도 야나카 주변을 돌아보겠지만 혹시 좋은 가게 자리가 있다면 꼭 알려주시길 바랍니다.'라는 내용의 이야기를 나눴다.

사람 사이는 천천히 알아가는 게 좋다고 생각한다. 처음부터 상대의 모든 것을 알기란 애초에 무리이니까. 그들이 멋진 부부라는 느낌은 들었다. 물론 그들이 해온 일 전부를 제대로 파악한 것은 아니었다. 아무튼 부탁으로 그치지 않고 그들 스스로 매장 자리를 찾기 위해 노력한다는 점이 좋게 느껴졌다.

"이와미긴잔(石見銀山)¹에 꼭 한번 오세요. 정말 좋은 곳입니다. 와보시면 압니다."

하지만 그 초대에는 좀처럼 응하지 못했다. 그동안 벌여 놓은 일들로 여유가 없었기 때문이다.

사실 '이와미긴잔, 군겐도'라는 라벨이 붙은 옷을 처음 본 건 그녀와 만나기 2, 3년 전, 나가노(長野)현 가루이자와(軽井沢)에서였다. 지역 특산품점 치고는 꽤 고급스럽고 분위기 좋은 가게 한쪽에 검은 톤의 롱 드레스가 몇 벌 걸려 있었다. 세밀한 주름천은 순면 재질인지 부드러웠고 통기성이 좋아 보였다. 폭신한 날개 같은 느낌이었다. 앞섶 여밈 부분이 한쪽으로 치우쳐 있는 디자인이었고, 라벨에는 '이와미긴잔'이라고 인쇄되어 있었다. 이내 쥐약이 떠올랐다. 에도 시대 이와미긴잔에서 채취한 비소로 만든 그 쥐약 말이다. 마침 옷의 잿빛 색조가 더해져서 굳이 그 지명을 회사 이름에 넣어 쓰다니 대담하다고 생각했다.

선입견일지도 모르겠지만 이와미긴잔은 결코 긍정적인 이미지의 이름은 아니었다.

그러나 그 후, 그 이름이 지역재생 활동가들 사이에서 자주 오르내리기 시작했다. 재밌는 곳이니 꼭 가보라는 이야기를 들었다. 이와미긴잔에서 작은 의류 업체를 운영하는 부부가 있는데, 벌어들인 돈을 다시 투자해 사람이 살지 않는 헌 집을 사서 고친다고 했다. 그 감각이 예사롭지 않은지 전통 건조물군 보존지구[2]인 이와미긴잔에서 옛 모습을 망가트리지 않은 채 멋진 가게로 되살려내는 모양이었다. 멀리서 일부러 차를 타고 찾아가는 손님도 꽤 있다고 들었다.

얼마간 시간이 흘러 온천 마을인 유노쓰(湯泉津)에 다녀올 일이 있었다. 일본 내셔널트러스트의 의뢰를 받아 전통 숙박시설을 조사하러 나선 길이었다. 이와미긴잔과 가까운 곳이었기에 돌아가는 길에 들러보기로 했다. 그곳을 찾은 건 그때가 처음이었다. 행정구역으로 보자면 시마네(島根)현 오다(大田)시 오모리(大森)초. 사전에 연락해두었기 때문에 마쓰바 댁 2층의 다다미방에 묵을 수 있었다. 밤에는 다른 건물로 옮겨가 이로리[3]에 불을 피웠다. 전

---

1 긴잔(銀山)은 은광이란 뜻으로, 이와미긴잔은 일본의 시마네현 오다시에 위치한 은 광산 유적지이다. 군겐도의 본사가 있는 지역이기도 하다.
2 농어촌의 역사적 풍취를 유지하고 있는 취락의 '전통적 건조물군'을 지정해 보존하는 일본의 문화재 보존 제도

기가 들어오지 않아 '촛불의 집'이라 부르는 곳이었다. 이로리 화톳불에 건어물을 구워 술을 마셨던 기억이 난다. 1995년 가을이었다. 그 후 나에게도, 마쓰바 도미에게도, 이와미긴잔에도 많은 일들이 있었다. 최근 들어 그녀는 이런 말을 했다.

"'알 수 없는 회사'라는 소리를 자주 들어요. 회사명도 여러 번 바뀌었고, 거점도 바뀌었으니까요. 모리 씨가 처음 찾아와 묵은 곳은 남편의 고향집 2층이었죠. 아마 요코하마의 소고 백화점과 사가미오노 쇼핑센터에 입점했을 무렵이었을 거예요."

마쓰바 도미는 변화를 두려워하지 않고 즐기는 사람이다. 이와미긴잔에 처음 간 날, 나는 군겐도의 옷을 몇 벌 받았다. 심지어 그녀는 입고 있던 밤색 코트를 벗더니 주머니에서 열쇠와 손수건을 꺼내고는 그대로 내게 건넸다.

"이 옷은 모리 씨한테 더 잘 어울리네요."

그 소박하면서도 순수한 태도가 좋았다. 14년 후인 지금도 나는 그 옷을 입고 있다. 입고 빨고 입고 빨고, 그렇게 100번 정도는 빨았을 셔츠도 있다. 천이 얇아지고 색도 많이 바랬지만 정이 들어서 도무지 버릴 수가 없었다. 마쓰바 도미가 말했다.

"맞아요. 입으면 입을수록 느낌이 좋아지는 옷. 그런 옷을 만들고 싶습니다."

나도 그런 적이 있다. 내 옷이 부러운 듯 칭찬하는 친구에게 그 자리에서 벗어준 것만 몇 번이던가. 솔직히 나중

에 왜 그랬을까 후회도 했다. 한편, 군겐도의 옷은 정말이
지 편했고, 거울로 보건대 내게도 잘 어울려 보였다. 나를
위해 존재하는 게 아닐까 하는 생각마저 들었고, 그때부
터 군겐도의 옷을 사 입었다.

"내가 옷을 만들겠다고 생각한 건 입고 싶은 옷을 파는
곳이 없었기 때문입니다."

그녀가 의상디자인을 전공한 것은 아니다. 결혼 후 남
편의 고향 이와미긴잔으로 내려가 아플리케[4]로 장식한 주
머니와 앞치마를 만든 게 시작이었다. 지역 주부들의 수
공예 네트워크를 구축했고 점점 발전해나가 옷까지 만들
게 됐다. 언뜻 혼자 일군 것처럼 보이지만 그 속에 기나긴
이야기가 숨어 있는 듯했다.

2007년 가을, 오사카외국어대학(현 오사카대학) 다케다
사치코 교수가 이끄는 복식과 신체 연구회 초대로 캐나다
와 미국의 대학을 도는 연속 심포지엄 여행에 참가한 적
이 있다. 역사학자인 와키다 오사무, 하라코 부부, 복식연
구가인 후카이 아키코 등 다섯 명이 함께 움직이는 여행
이었다.

캐나다의 브리티시콜롬비아대학에서 시작해, 오버린칼
리지, 미시간대학, 캘리포니아대학 등 이동 경로만으로도

3 방바닥을 사각형으로 파낸 일본의 전통 난방시설
4 바탕천 위에 다른 천이나 레이스, 가죽 따위를 여러 가지 모양으로 오려
     붙이고 그 둘레를 실로 꿰매는 수예

벅찬 여정이었다. 대학마다 심포지엄 방식과 분위기도 꽤 달랐다. 고대부터 현대에 이르기까지 일본의 복식에 대해 다섯 명이 돌아가며 발표했고 미국 측 연구자가 해당 주제로 발표하기도 했다.

《가게로후 닛키(かげろふ日記)》[5]에 등장하는 직물이라든가, 천태종 사원에서 볼 수 있는 누더기 승복,《베르사이유의 장미》와《시모쓰마 모노가타리(下妻物語)》[6]에서 엿보이는 로코코 시대풍 복식, 1930년대 상하이의 남성복 유행 동향 등 생각지도 못한 다양한 연구를 접할 수 있어서 재밌었다. 나는 히구치 이치요(樋口一葉)[7]의 작품과 일기에서 엿보이는 복식과 헤어스타일에 대해 발표했다. 기모노와 머리 모양이 그 당시 사람들의 신분과 연령, 사회적인 입장을 어떻게 드러내고 있는지, 히구치 이치요가 기모노의 묘사를 통해 소설 속 등장인물의 캐릭터를 어떻게 구축했는지, 그녀에게 기모노는 의복을 넘어 세탁과 바느질로써 생활을 영위해나가는 생계 수단이었다는 것, 만일에 대비해 전당포에서 돈을 빌릴 수 있는 자산이기도 했다는 사실을 강조했다. 나는 옷에 대해 무신경한 사람이었다. 그러나 심포지엄 기간 동안, 태어나서 처음으로 의복 문화에 대해 흥미를 느꼈다. 원래 유행을 좇는 스타일이 아니었고 옷도 거의 사지 않았다. 화학섬유로 된 옷은 입지 않았고 드라이클리닝을 맡기는 일조차 없었다. 움직이기 편하고 통풍이 잘되는 옷이 좋았다. 굳이 고르자면 수수한 색, 남색이나 검정색 계열을 좋아했다.

내 자신을 객관적으로 돌아보면서 옷 입는 행위의 바탕
이 되는 철학, 생활, 삶의 방식, 의도 같은 것들에 대해 마
쓰바 도미와 당장이라도 이야기를 나누고 싶어졌다. 그런
갈망을 품고 일본으로 돌아왔다.

9월 중순에 돌아와 그해 11월, 이와미긴잔으로 향했다.
그녀와 제대로 마주 보고 앉은 건 그때가 처음이었다. 마
쓰바 도미는 자신의 이야기를 들려주었다.

---

5 일본 3대 미인으로 일컬어지는 후지와라노 미치쓰나노하하(藤原道綱母)
가 쓴 일기. 954~974년 사이의 결혼 생활 이야기가 담겨 있다.
6 2002년 다케모토 노바라가 이바라기현 시모쓰마를 배경으로 쓴 소설
7 《키재기》,《흐린 강》,《섣달 그믐날》등의 대표작을 남긴 일본의 소설가

학교 가기
싫었습니다

마쓰바 도미의 유년 시절

도미 씨는 의복을 중심으로 생활문화 전반에 관해 새로운 질문과 제안을 해오고 계십니다. 어떤 과정을 통해 지금에 이르렀는지 어렸을 때부터 차근차근 이야기해주세요.

그렇게 말씀해주시니 정말 기쁩니다. 자라온 환경이 그 사람의 삶에 큰 영향을 미친다고 생각하거든요. 여기 들어와 살면서 남들에게 어머니 이야기를 한 적은 거의 없었습니다. 하지만 이 나이가 되고 보니 어머니에게 많은 영향을 받았다는 생각이 점점 더 커집니다. 어머니는 어릴 적부터 부지런했고 손끝이 무척 야물었다고 합니다.

도미 씨도 역시 그러시죠.

그런가요?(웃음) 나는 1949년생입니다. 미에(三重)현 아키(安芸)군 게이노(芸濃)[1]초에 있던 무쿠모토(椋本) 마을의 요코야마 집안에서 태어났습니다. 시가현과 이어지는 도로변에 위치한 작은 시골 마을로, 아버지는 누에고치에서 견사를 뽑는 공장을 경영하셨어요. 공장에 일하러 왔던 몇몇 지역 주민 중 한 분이 어머니였지요. 어머니는 그때도 워낙 일을 잘하셨고, 그런 이유로 결혼 이야기가 나왔던 모양입니다. 같은 지역으로 시집을 가게 된 거죠.

요코하마 집안은 조상 대대로 무쿠모토에 거주했나요?

아주 옛날 시가현에서 넘어와 정착했다고 들었습니다. 선조 중에는 번(藩)[2]에 소속된 스모 선수도 있었다고 하더군요. 가족 묘지의 가장 큰 비석에 '구로이와 다이지로'라는 이름이 있는데, '이세[3]의 구로이와'라고만 써도 편지가 도착했다는 이야기를 들은 적이 있습니다.

옛날에는 무슨 번에 속했던 지역인가요?

도도(藤堂)번입니다. 게이노초는 쓰시와 가메야마(亀山)시의 중간 지점에 있어요. 거대한 푸조나무가 있었는데 거기에 헤이(平) 성을 쓰는 사람들이 숨어들면서 마을이 만들어졌다는 이야기도 있어요.

호적상으로 여섯 번째 딸로 태어났어요. 제일 위가 여자 쌍둥이였는데 태어나 얼마 못 살고 죽었기 때문에 같이 자란 건 넷이었습니다. 여섯째까지 여자아이였으니 다들 실망했던 모양이에요.(웃음) 큰언니가 집안의 뒤를 이었고, 언니도 여자아이를 낳았습니다. 딸이 많은 집안이죠.

언니들은 지금 다들 미에현에 삽니다. 자매 가운데 내

가 제일 제멋대로였어요. '그 벌로 먼 곳까지 시집가게 된 거다' 그런 이야기를 자주 들었죠.

할아버지는 농사를 지으셨습니다. 아버지는 못 같은 것에 찔려 독이 퍼지는 바람에 다리를 쓰는 게 불편했어요. 그래서 일을 할 수 없게 됐죠. 다들 아버지를 '도쿠이치 씨'라고 불렀는데, 아버지 이야기를 하면 제일 좋아하는 사람이 남편입니다. 만난 적도 없으면서 통하는 구석이 있다고 생각하나 봐요. 남편이 원래 그런 사람을 좋아해요. 만사태평하고 둥글둥글한 사람. 아버지는 존재만으로도 분위기를 화기애애하게 만드는 분이셨습니다.

아버지가 동네 아이들을 모아서 놀 궁리를 하는 사람이었다면, 어머니는 생활력이 강하고 억척스런 사람이었습니다. 시골이다 보니 다들 스스럼없이 드나들며 살았어요. 가끔은 함께 모여 마을 수로 청소도 했습니다. 말이야 수로지만 논에 물을 흘려보내던 작은 도랑이었어요. 작은 물고기나 물방개가 사는 옛날식 도랑. 아무튼 이웃들은 다들 열심히 도랑을 치우는데 아버지는 뜰채를 가져오라고 하더니 아이들과 물고기를 잡겠다고 쫓아다니셨어요. 맛있다고 소문난 과자 가게에서 만주를 사오라고 하더니 동네 사람들에게 다 나눠주기도 하셨죠. 아버지를 미워하는 사람은 없었어요. 아버지는 내가 고등학생 때 돌아가

1 현재 쓰(津)시 게이노초
2 막부시대의 행정구역. 지금의 현(県)에 해당한다.
3 미에현의 소도시

셨습니다. 그때까지 아버지가 일하는 모습을 본 적이 거의 없었습니다.

견사 공장도 어느 때인가 그만두셨다고 들었습니다. 내가 태어나기 직전이었던 모양이고 어머니는 홀로 세 언니를 키워야 했습니다. "콩 다섯 되에 기름 한 병"이었던가, 어머니가 자주 하시던 말씀인데, 그걸로 부엌에서 두부와 유부를 만들어 배달통에 담아 팔러 돌아다니셨다고 합니다. 장사를 시작한 거죠.

내가 태어난 게 12월인데 거의 부뚜막 앞에서 지냈나 봐요. 요즘 사람들은 부뚜막이 뭔지 잘 모를 거예요. 장작 화덕이라고도 하고 아궁이라고도 하죠. 아무튼 불을 보며 자라서 그런지 아궁이에 대한 추억이 많아요. 언젠가 내 집을 갖게 된다면 아궁이가 있는 부엌을 만들겠다고 생각했죠.

나고 자란 그 집은 이제 사라지고 없습니다. 큰언니가 가업을 이어받아 본가에 들어갔는데, 옛집을 허물고 새로 지어 살고 있어요.

〈시골의 히나마쓰리(雛祭り)[4]〉 행사 때 맛있는 두부와 유부를 먹은 적이 있습니다. 혹시 어머님의 회사에서 만든 것이었나요?

네. 맞아요. 요코하마 식품에서 보내주었지요.

좁은 부엌에서 어찌어찌 만들어 팔기 시작한 이후, 초등학생 때 계속 그 모습을 보고 자랐습니다. 어머니는 매일 새벽 3시에 일어나 일을 시작하셨습니다. 그걸 보고 자라서 그런지 어머니가 일한다는 게 당연하게 느껴졌어요. 아버지가 돌아가신 후 주식회사로 회사 규모를 키웠습니다.

큰언니도 유능한 사업가 기질이 있었어요. 어머니 모습을 보고 자랐으니까요. 가업을 이어받은 큰언니는 공장 규모를 넓혔습니다. 광범위하게 도매 거래를 하기 시작했죠. 지금은 큰언니의 딸인 조카가 요코하마 식품을 물려받았습니다. 조카가 맡으면서 회사 규모가 엄청나게 커졌습니다. 유부만으로도 연간 10억 엔이 넘는 매상을 올리고 있어요. 두부나 유부는 마진이 겨우 몇십 엔 남는 장사예요. 하루에 콩만 100가마를 갈 정도라고 하니, 큰 회사로 성장한 거죠.

아무튼 큰언니는 맛있는 두부와 유부를 만드는 데 열중했고, 조카는 어머니가 도맡아 키운 거나 마찬가지였습니다. 그 조카가 자라 역시 사업가가 된 거죠. 결혼 후 조카사위도 회사 경영에 참여했지만 마흔 살에 그만 급하게 세상을 등지고 말았습니다. 그 후 조카는 홀로 아이를 키우며 사장 업무도 열심히 해내고 있어요. 응원하고 싶은 마음이 절로 듭니다.

지금까지 이야기를 통해 생활력과 아이디어를 겸비한, 사업 감각이 뛰어난 모계 집안이라는 사실을 알게 됐습니

4 매년 3월 3일에 여자아이들의 건강과 행복을 비는 행사

다.(웃음) 어머니가 창업한 식품 회사도 군겐도와 매상 규
모가 비슷한가요?

네, 하지만 둘 사이에 결정적인 차이가 있습니다. 요코하
마 식품은 이윤을 남기고 있지만 우리는 이윤을 남기지
못한다는 거죠. 군겐도는 직원 수가 많은데다가 이윤이
생기면 낡은 건물의 매입과 보수에 쓰고 있으니까요. 이
념은 있되 이윤은 없죠.(웃음)

요코하마 식품이 이렇게까지 발전할 수 있었던 것은 어
머니가 닦은 기반 덕분입니다. 우리 네 자매는 각자의 방
식대로 어머니의 영향을 받았죠. 언니들의 말에 따르면
내가 어머니를 제일 많이 닮았다고 합니다.

어머니 성함이 가네코 씨죠? 큰언니 성함은요?

아쓰코(敎子)입니다. 좋은 성격에 의지가 강한 사람. 한마
디로 말하자면 큰언니는 그런 사람입니다.

어머니의 할아버지, 즉 외증조부는 영적 기운이 강한 사
람이었다고 합니다. 그쪽으로 나가지는 않았지만 다른 사
람의 고민을 듣고 기도해주기도 했던 모양이에요. 어머니
도 신앙심이 깊은 사람이었습니다. 자잘한 병이나 상처는
어머니가 기도 드린 물로 고쳐주셨죠. 아버지가 돌아가시
고 20년도 더 지났을 무렵에는 이런 이야기를 하셨어요.
"어느 날 네 아버지가 와서는 이제 슬슬 자기 곁으로 올 준
비를 하라는 거야. 그래서 그냥 자는 척, 못 들은 척 했어."

어머니는 자기 영정 사진이 마음에 들 때까지 새로 촬

영하셨어요. 흑백으로 찍었다가 컬러로 찍었다가 기모노를 입었다가 정장을 입기도 하고. 뭐든 준비성이 철저한 분이셨습니다.

둘째인 히나코(寿子) 언니도 언젠가부터 '뭔가 보인다'는 말을 하던데, 어머니 쪽 피를 물려받아서 그런 건지도 모르겠네요.

예전에는 마을마다 한 명 정도 그런 사람이 있었죠. 오키나와 지역에서는 '유타'나 '노로'라고 불렀고요. 고민이 있을 때 찾아가 물어보게 되는, 신기가 있는 그런 사람이요. 다른 사람이 했다면 믿지 않았을 말도 친언니가 하면 약간은 다르더군요. 믿는다기보다 충고 정도로 받아들였다는 게 더 정확한 표현이긴 합니다. 내가 다이키치 씨와 결혼하겠다고 했을 때 주변에서는 다들 반대했습니다. 그런데 둘째 언니만은 달랐어요. 당시 학생 신분이었고 그 사람이 어떤 집안사람인지도 모르는 상태였는데도 "그 사람과 결혼하면 반드시 행복해진다"고 했죠.

사업에 관한 것은 언니에게 묻지 않아요. 하지만 딱 한 번 본사 땅을 매입할 때 히나코 언니가 날을 정해준 적이 있었습니다.

"이 날이야. 이날에 가면 반드시 손에 넣을 수 있어."

1000평 정도의 땅이었으니 땅 주인 입장에서도 그리 간단히 팔아넘길 수 없는 규모였습니다. 하필 그 무렵 남편이 고열로 누워 있었어요. 2층 침실에서 링거를 맞던 남편을 돌보다가 언니가 말한 날이 그날이라는 걸 깨달았죠. 땅 주인인 아베 씨가 아니라 근처에 사는 아베 씨 친척을 찾아갈 요량이었습니다. 우선 거기에 부탁해 이야기를 꺼내보기로 했죠. 그런데 그만 의기소침해지고 말았습니다.

"땅을 사본 적도 없는데 어떻게 말을 꺼내야 할지 모르겠어. 오늘은 그만둘래."

그러자 남편이 그러더군요.

"아니야. 당신 언니가 오늘이라고 했으니 가보는 게 좋아."

그래서 찾아갔습니다. 도면을 보여주며 "이런 회사를 만들고 싶다. 그 땅의 분할 구매를 원한다"고 했더니 순순히 알겠다며 내 말을 잘 전달해주겠다고 하더군요. 집에 돌아오자마자 전화벨이 울렸습니다. 아베 씨였죠. 자기 땅을 팔겠다는 이야기였습니다. 그것도 아주 간단히.

히나코 언니 말대로 되었네요. 듣다 보니 자매들 사이가 참 좋습니다.

다들 개성이 강해서 의견이 부딪치면 살벌하지만 단결력은 있어요. 제 바로 위의 미치 언니는 회사원과 결혼했습니다. 장사하는 집안에서 자랐기 때문에 평범한 회사원의 아내로 사는 삶을 동경했죠. 평생 전업주부로 살다가 형부가 지병으로 돌아가신 후 요코하마 식품에서 일했어요. 하지만 워낙 사람 보살피는 걸 좋아해서 지금은 사회복지사로 일하고 있습니다. 아무튼 성실하고 진실한 사람이에요.

우리 넷은 성격도, 생긴 것도 정말 달랐습니다. 그런데 참 신기하죠? 요전에 TV에 나왔을 때 화면 속 내 얼굴에서 큰언니가 보였습니다. 큰언니에게 전화했더니 자기도 방송을 보고 같은 생각을 했다더군요. 나이를 먹으면 서로 닮아가게 되는 걸까요? 큰언니와는 아홉 살 터울입니다.

큰언니 위로 쌍둥이 언니들까지 있었으니 어머니는 계속해서 아이를 낳고 그 아이들을 키우고, 그러면서 일까지 하신 셈이죠. 설이나 백중 같은 명절에도 어머니가 누워 계신 모습을 본 적이 없었습니다. 이른 새벽부터 움직이셨고 그 많은 일을 하면서도 유타카를 바느질해 아이들 머리맡에 챙겨놓을 정도로 빈틈없는 분이셨습니다.

어머님은 건강하신가요?

7년 전 돌아가셨습니다. 그때 연세가 아마 일흔둘이었을 거예요.

모리 씨가 지역잡지 〈야네센(谷根千)〉 동료들과 함께 〈시골의 히나마쓰리〉에 왔던 때만 해도 아직 건강하셨습니다. 잘 아시다시피 우리는 10년 동안 매해 여성이 주체가 되는 히나마쓰리 행사를 열었습니다. 타 지역 사람들을 게스트로 모시기도 했죠. 모리 씨가 처음 참여했던 그 행사가 여덟 번째 〈시골의 히나마쓰리〉였습니다. 그때만 해도 건강하셨습니다. 어머니가 보내주신 유부로 사람들을 대접할 정도였으니까요.

다이키치 씨와 결혼할 때 가족과 잠시 의절했었고 불효

마쓰바 도미가 유치원에 다닐 무렵
어머니와 함께 찍은 사진이 많지는 않다.

만 저질렀기 때문에 집에서는 절대 우는소리를 하지 않았습니다. 기대지도 않겠다고 생각했죠. 하지만 〈시골의 히나마쓰리〉를 할 때에는 음식이든 뭐든 좋으니 어머니가 응원해주시길 바랐어요. 어머니는 매년 간모도키[5]를 500개씩 보내주셨습니다. 어머니 입장에서는 제멋대로인 막내딸이 저 멀리 시마네의 깊은 산속까지 들어갔으니 걱정이 많으셨을 거예요.

어머니처럼 사업을 일으키는 것이 제 목표였습니다. 더불어 어머니가 할 수 없었던 일도 해보고 싶었습니다. 아버지는 다리가 불편해서 일을 못 하셨지만, 어쩌면 어머니가 모든 면에서 너무 완벽했기 때문에 일할 필요가 없었던 건지도 모릅니다. 나는 남편에게 이런 말을 합니다. "고생해서 무언가를 해내야 한다면 함께하자." 그리고 어머니와는 달리 장사로만 그치는 게 아니라 한 발 더 깊숙이 사회에 참여하고 싶었습니다. 미약하게나마 지역에 도움되는 일을 해보고 싶다고 남편과 이야기했죠.

그런 의미에서도 〈시골의 히나마쓰리〉는 제대로 해내고 싶은 일이었습니다. 이런 일을 한다고 어머니에게 인정받고 싶다는 마음도 있었습니다.

어린 시절 생활에 부족함은 없으셨을 듯한데 어땠나요?
풍족한 편은 아니었습니다. 무쿠모토는 산골 마을이었습

---

5 으깬 두부에 당근, 우엉 등을 넣어 치댄 후 둥글넓적하게 빚어 튀긴 음식

니다. 그 시절에는 리어카를 끌고 이 마을 저 마을 물건을 팔러 다니는 장사꾼이 있었어요. 양철통에 생선을 가득 담아 우리 마을까지 팔러왔죠. 어머니는 늘 "제철 생선은 말린 것이어도 맛있다"라고 말씀하셨습니다. 바닷가에 접해 있는 난키(南紀) 지역 같은 데서 그 산골까지 팔러 왔을 거예요.

그래도 시골의 가난한 집치고는 좋은 것을 먹고 자란 편이었습니다. 아버지가 맛있는 음식을 좋아하셨거든요. 게다가 집에서 돼지를 쳤기 때문에 좋은 고기도 자주 먹었습니다. 지금 생각해보니 커다랗고 둥근 햄이 냉동고에 늘 있었습니다. 그걸 잘라 간식으로 먹기도 했으니 꽤나 고급스러운 음식을 먹고 자랐네요.

부모님은 고교 진학을 권했지만 큰언니는 학교에 가지 않았습니다. 집안 사정을 뻔히 알았으니 스스로 포기했겠죠. 그래도 어머니는 "결혼도 해야 하는데 재봉 정도는 할 수 있어야 한다"며 양재학원에 보내려고 했습니다. 하지만 큰언니는 그 수업료를 모아 오토바이 면허를 땄습니다.

큰언니가 오토바이를 사서 돌아온 날. 지금도 그날이 생생합니다. 엄청나게 크고 멋진 오토바이였어요. 뒷좌석에 얹어 탄 기억도 납니다. 아마 초등학교 3학년 무렵이었을 거예요. 큰언니는 그 오토바이로 두부 배달을 시작했어요. 하지만 그것만으로는 먹고살기가 힘들었습니다. 두부를 만들면 비지가 나오는데 그걸 먹이로 뒷밭에서 돼지를 치기 시작했죠. 중학교를 갓 졸업했으니 겨우 열대

여섯이었을 텐데 언니는 혼자서 돼지 시장에 다녔습니다. "비싸고 좋은 돼지는 살 수 없으니 누구도 원치 않는 비실비실한 놈을 산다"고 했습니다. 그게 반복되다 보니 시원찮은 돼지가 나오면 다들 큰언니를 찾았습니다. 언니는 그런 돼지를 집에 데려와 훌륭하게 키웠어요. 그리고는 비싸게 되팔았습니다.

돼지우리 청소는 네 자매가 교대로 했습니다. 그때는 축사 난방을 톱밥으로 했어요. 리어카를 끌고 근처 제재소로 톱밥을 얻으러 가고는 했습니다. 언니 셋 중에 끄는 역할과 미는 역할을 정하고, 제일 작았던 나는 리어카 위에 올라탔습니다. 그 제재소에 심술궂은 사내아이가 있었는데 쓸데없이 간섭을 해댔습니다. 그 아이를 피해 필사적으로 리어카를 밀며 집으로 돌아왔어요.

나는 언제나 리어카에 타고 있었으니 힘든 줄도 몰랐습니다. 마냥 재밌었죠. 언니들 입장에서 보면 응석받이 같았을 거예요. 그런데도 어리광을 잘 받아주었지요.

여자들끼리 뭉쳐 함께 놀았던 기억도 있으신가요?

그리 많지는 않아요. 어릴 적부터 혼자 노는 걸 좋아했습니다. 아이들보다 어른들과 노는 걸 더 좋아했고요. 근처에 언니랑 같은 반 친구 집이 있었는데, 꽤 잘살았어요. 그 집에 자주 놀러 갔죠. 심부름을 잘했기 때문에 그 집 아주머니가 귀여워해 주셨습니다. 또 한 곳 그런 집이 있었는데, 잔심부름을 해주면서 뭔가 배우기도 했어요. 약간 조숙한 면이 있는 좀 특이한 아이였습니다. 흔히들 천진함이라고 하는, 아이 특유의 짓궂음이나 심술궂은 장난 같은 게 싫었어요.

어릴 적부터 빨래, 청소, 식사 준비 같은 것도 하셨나요?
많이 하지는 않았어요. 그래도 할 수 있을 때부터 부엌일 정도는 거들었습니다. 어머니와 언니들이 일을 해야 했으니까요.

유치원도 다녔었나요?
다녔습니다. 무쿠모토 유치원. 우리 세대부터는 대부분 유치원에 다녔습니다. 유치원을 안 다니는 아이는 거의 없었어요.

하지만 단체 생활이 힘들었습니다. 뭐가 뭔지도 몰랐죠. 영리한 아이들은 오른쪽이니 왼쪽이니 하는 것도 금방 깨치고, 입학 전부터 글자도 쓸 줄 알지만 우리 자매는 그런 면에서 거의 방치된 채 자랐기 때문에 공부 쪽으로는 소질이 없었습니다. 수업 시간에 그냥 멍하니 앉아 있었어요. 그래도 아이치고는 세상 돌아가는 이치에 밝았습니다. 아이들과 놀며 즐거웠던 기억은 거의 없습니다.

어릴 때부터 그림 그리기를 좋아했어요. 혼자서 놀 때는 대부분 그림을 그리며 놀았습니다.

도쿄 올림픽은 기억하고 계시나요?

기억납니다. 중학교 때였을 거예요. 시골이어서 도시와는
달리 조용하게 지나갔습니다.

어릴 때부터 집에 TV가 있었나요?

아마 초등학교 4, 5학년 때 생겼을 거예요. 아버지는 술을
마시면 무지하게 기분이 좋아져서 뭐든 사주는 사람이었
거든요. TV도 술 덕분에 우리 집에 들어올 수 있었죠.(웃
음)

그때 다들 프로레슬링을 즐겨 봤어요. 역도산이 나온
시절이었거든요. NHK의 〈만담 삼인조〉도 생각납니다. 산
유테이 긴바, 에도야 네코하치, 이치류사이 테이호가 나오
던 만담 프로그램. 후지타 마코토가 나왔던 코미디 시대
극 〈테나몬야 산도가사〉도 기억나고요.

TV가 없을 때는 라디오를 즐겨 들었죠. 나니와 지에코
가 진행하던 프로 중에 재미있는 방송이 있었던 기억이
나네요.

아버지가 굉장히 싫어했던 광고도 기억납니다. 가다랑
어포 광고였는데, 미국 여자가 등장해 이상한 억양으로
말했죠. 드라마 중에서 기억나는 건 〈명견 래시〉. 푹 빠져
서 봤어요. 개를 좋아해서 자주 봤었죠.

여자아이다운 놀이나 인형놀이 같은 건 거의 하지 않았
습니다. 그 당시 우유를 먹이는 인형이 처음 나와서 엄청
나게 인기를 끌었어요. 아마 초등학교 3, 4학년 무렵이었
던 것 같은데, 팔뚝에 끼고 다니는 '닷코 짱 인형'도 유행

했죠. 수학여행지 같은 곳에서 엄청나게 팔아댔어요. 다들 갖고 싶어서 어쩔 줄 몰라 했죠. 하지만 나는 그런 인형 따위 사지 않겠다고 생각했어요. 삐딱한 면이 있었다고나 할까요? 그런 면이 장점이기도 하고요.

무쿠모토 초등학교를 다니셨죠? 그때는 한 반이 40명 정도였겠네요.

베이비붐 세대였죠. 학교 생활에 대한 특별한 기억은 거의 없어요. 관심이 없었으니 기억해둘 마음도 없었던 거겠죠. 중학교에 입학하고도 그리 뛰어난 학생은 아니었습니다. 그런데 의외로 학교에서 하는 아이큐 테스트 점수는 높았어요. 요령이 좋았던 것뿐이었겠죠.

남편은 믿을 수 없다고 하지만 달리기를 잘했습니다. 의외로 운동을 잘했습니다. 과목 중에는 국어를 좋아했어요. 표현의 의미를 해석하는 걸 참 좋아했습니다.

하지만 거의 모든 선생님을 싫어했습니다. 그냥 싫다가 아니라 그 앞에 '엄청'이 붙을 정도로 싫었습니다. 선생이라는 지위를 가진 사람들, 그런 사람 자체가 싫었다고나 할까요. '이 아이는 뭐든 빠르니 훌륭하다', '이 아이는 공부를 잘하니 대단하다', '이 아이는 애교가 있어서 귀엽다', 선생의 기준으로 아이의 모든 걸 판단하는 게 싫었습니다.

초등학생 때부터 '아이답지 않다'는 소리를 자주 들었습니다. 그림을 그려도, 글짓기를 해도 그런 소리를 들었습니다. 아마도 귀염성 같은 건 전혀 없는 아이였을 거예요.

우리 집 근처에 똘똘하고 붙임성 좋은 여자아이가 살았습니다. 같은 학년이라서 아침마다 같이 등교했죠. 그 친구는 이웃을 만날 때마다 "안녕하세요." 하고 밝게 인사했지만 나는 입을 꾹 다물고 땅만 바라본 채 아무 말도 하지 않았어요. 말은 하고 싶은데 입이 안 떨어졌죠.

아이들에게 괴롭힘을 당하면 아무 말도 못 하고 울면서 집으로 돌아왔습니다. 그걸 행한 사람은 자기의 말과 행동이 누군가를 울렸다는 걸 의식조차 못 하죠. 하지만 당사자인 나는 그런 말을 들었다는 게 괴로웠습니다. 집에 와서 훌쩍거리기만 했죠. 보다 못한 어머니가 "한 번이라도 좋으니 너도 누굴 좀 울리고 집에 오라"고 한 적도 있었습니다.

그 무렵 불단 서랍 안에 옛날 돈이 잔뜩 들어 있는 걸 발견했어요. 아버지에게 물어보니 와도카이친(和同開)[6]이라고 하더군요. 물론 아버지의 농담이었고 그런 돈이 집에 있을 리 만무했지만 어린 나는 믿었습니다. 꽤 시간이 흐른 후 학교에서 옛날 돈에 대한 수업을 했어요. 나는 "우리 집에 와도카이친이 있다"고 이야기했죠. 아이들이 보여 달라고, 보고 싶다고 난리가 났어요. 그걸 가지러 집까지 마구 뛰어갔습니다. 하지만 불단 서랍 안에는 아무것도 없었습니다. 아무리 찾아도 없었죠. 부모님께 말하면

6 708년에 주조된 일본에서 가장 오래된 화폐

됐을 텐데 그때는 아무 말도 못했어요. 그 이후 '도미는 거 짓말쟁이'라며 한층 더 괴롭힘을 당했습니다. 그 일은 한참 동안 잊히지 않았어요.

반면 활발할 때도 있었습니다. 양면 모두 지녔다는 게 참 묘하죠. 친정에 갈 때면 늘 들르는 장소가 있어요. 마을에서 떨어진 산에 아름다운 계곡이 있는데, 그곳을 참 좋아했습니다. 중학생쯤 되면 다들 쇼핑이다 뭐다 해서 시내로 놀러 가지만 나는 산이나 계곡이 더 좋았어요. 혼자서 자주 놀러 갔죠.

중학교에 들어갈 무렵, 머리가 조금 굵어졌는지 자기와 상관없는 일에 대해 이러쿵저러쿵 떠들어대는 사람들이 거슬려서 참을 수가 없었습니다. '공부나 열심히 하자'고 생각했어요. 지금부터 시작해 남들과 격차를 벌릴 수 있는 건 영어밖에 없다는 생각에 영어 공부를 열심히 했습니다. 다른 아이들이 알파벳을 배우기 시작할 때 '블랙보드(blackboard)'라는 단어를 쓸 수 있을 정도였죠. 다들 대단하다고 치켜세웠어요. 아무튼 그때부터 영어 공부를 열심히 했고 늘 성적이 상위권이었습니다. 물론 나중에는 영어에서도 좌절하게 되지만 말이죠. 영어 선생님도 꽤나 좋은 분이셨습니다.

조그만 자랑거리인데, 수업 시간에 굉장한 난제를 푼 적이 있었습니다. 영어 선생님은 수업 마지막에 늘 문제를 냈어요. 문제를 푼 아이부터 수업을 마치는 방식이었죠. 어느날 'To be, To be, Ten made To be'를 해석하라는 문제가 나왔습니다. 다들 도무지 모르겠다고 머리를 싸매고 있을 때, 내가 그 문제를 풀었습니다. '날아라. 날아라. 하늘까지 날아라.'[7] 상식에서 벗어나 문제를 푼 거죠.

말이 없고, 얌전하고, 왕따를 당할 때도 있는 약간 특이한 아이. 같은 반 친구들도 도미 씨를 그렇게 생각했을까요?

쉰 살이 되던 해였던가? 지역 동창회가 있다는 소식을 듣고 처음으로 동창회에 나갔습니다. 그때 다들 그러더군요. "너는 예전부터 어딘가 특이했어. 개성도 강했고. 뭔가를 해낼 사람이라고 생각했지." 어릴 때는 늘 주눅 들어 있었습니다. 친구들이 놀고 있으면 보통 '나도 끼워 줘' 하며 그 속으로 들어가겠지만 나는 아니었습니다.

무쿠모토 초등학교 졸업 후 게이노 중학교에 올라갔습니다. 그런데 중학교 2학년 때 건강이 급격히 나빠졌습니다. '자율신경실조증'이라는 병이었지만 나는 그게 아니었다고 생각해요. 정신적인 압박감이 컸습니다. 일단은 선생님들이 너무 싫었습니다. 칭찬을 받아본 적도 없었고, 학교생활이 싫어서 견딜 수가 없었죠. 도무지 나아질 기미가 보이지 않자 1년 동안 학교를 쉬었습니다. 2학년을 두 번 다니고 중학교를 졸업했어요. 부모님도 엄하게 다그치지 않으셨습니다. 돌아보면 그나마 한가로운 시절이었어요.

---

7 스펠링을 발음 나는 대로 읽으면 '토베, 토베, 텐마데 토베'가 된다. 일본어로 '토베'는 '날아라', '텐마데'는 '하늘까지'라는 뜻이다.

그러다가 고등학교 때, '자아'라는 것이 툭툭 튀어나오기 시작했습니다. 고등학교는 상업계로 진학했는데, 거기서 "네 사고방식이 재미있다"고 말해주는 선생님을 처음으로 만났습니다. 미술을 가르치는 야노 선생님이셨습니다. 그전까지만 해도 '별나다', '아이답지 않다'며 부정만 당해 오다가 생애 처음으로 인정받았던 거죠. 갑작스레 의욕이 넘쳐났습니다. 수업은 뒷전으로 팽개치고 미술부 활동에 열정을 쏟았죠. '관청 소재지라면서 미술관 하나 없다니 미에현은 뒤떨어져 있다'며 미술관 건립 운동도 추진했어요. 역 앞에서 전단지를 돌렸죠.

또 한 분, 내게 영향을 준 선생님이 계셨습니다. 다른 학교의 미술 선생님이었는데 무척이나 예뻐해 주셨어요. 〈앙데팡당〉[8] 전의 운영위원이셨는데 그 영향으로 나도 전시회에 출품했어요. 교외 활동에도 열성적으로 참여해 '미에현의 잔 다르크'라는 소리도 들었습니다. 의미도 잘 모르면서 우쭐대던 시절이었죠.

도쿄는 고등학교 때 처음 가봤습니다. 우에노 미술관에서 열린 〈앙데팡당〉 전에 출품하면서였죠. 전공투[9]가 진압당한 야스다 강당에도 가보았지요. 미술 선생님이 함께 가주셨는데, 당시 선생님들도 돈이 없긴 마찬가지였어요. 우리는 선생님 지인 집에 묵으며 며칠 신세를 졌습니다. 그림 그리던 분이었는데, 꽤 세련된 집이었던 게 아직까지 기억납니다.

미술계에 입성하니 가치의 기준이 완전히 변하는 느낌

이었습니다. 이상하다고 여겨지던 아이가 높은 평가를 받았죠. 미술계에서는 개성 있고 통념에서 벗어난 의견을 말하는 사람이 대우받으니까요.

그러나 〈앙데팡당〉 전을 열심히 준비하는 동안 '뭔가 이건 아니다' 하는 생각이 싹텄어요. 그림이 아름다운 꽃만 그리는 것이라고 생각하진 않았지만, 그것을 도구 삼아 강렬한 정치적 주장을 하는 것도 옳지 않다고 생각했습니다. 예술 본연의 모습과는 다르다고 생각한 거죠.

고등학생 때 최연소로 지역 미술전에서 입선했습니다. 그 시절에는 파란색 물감을 엄청나게 썼어요. 풍경도 인물도 파란색으로 그렸습니다. 내 생각대로 솔직히 그린 그림이 미술전에서 입선했어요. 그러는 사이 또 이런 생각을 했습니다. '사상이나 철학이 그림에 영향을 미치는 것은 당연하다. 그러나 표현 방식은 더 자유로워져야 한다.' 그래서 그 단체에서 뛰쳐나왔습니다.

물론 정치색 짙은 사람들의 사고방식에 끌렸던 것만은 사실입니다. 그 경험으로 인해 세상을 좀 더 알게 됐다고도 생각하고요. 그런 의미에서 인생은 변한다고 생각합니다. 돌이켜보면 중요한 갈림길마다 소중한 사람들과 만난

8　1884년 프랑스의 진보적인 인상파 화가들이 주도한 미술전. 보수적이며 엄격한 심사에서 벗어나 대중에게 자유로운 시각을 전달했다. 여기서는 이를 벤치마킹한 일본 미술계의 전시회를 말한다.

9　1960년대 일본의 학생 운동을 이끌었던 단체들의 연합체로 전학공투회의(全學共鬪會議)의 줄임말

것 같아요.

상업고등학교를 다녔지만 어느 순간부터 미대에 가고 싶다고 생각했어요. 나처럼 도중에 진로를 바꾸는 학생도 있었기 때문에 학년마다 한 반씩 진학반이 있었습니다. 하지만 진학반에 들어가기 직전, 아버지가 돌아가셨습니다. 큰언니는 고등학교도 포기했는데 나만 계속 욕심을 부릴 수는 없었습니다. 어머니도 반대하셨고요. 그래서 깨끗이 단념하고 졸업하자마자 시내의 화구점에 취직했습니다. 어쨌건 매일 그림 재료를 접할 수 있었으니까요. 열여덟, 그때부터 인생이 재밌어졌다고나 할까요. 파란만장했죠.(웃음)

인생의 시작이라고 할 수 있는 고등학교 시절에 아버지가 돌아가셨네요.

아버지는 정말 다정다감한 분이셨어요. 특히 내게 더 다정하셨죠. 전람회에 처음으로 출품했을 때는 그림을 보러 오셨습니다. 그림 같은 걸 아는 분도 아니었는데 말이죠. 그게 참 기뻤어요. 전람회 이후 급속하게 몸 상태가 나빠졌고, 간경변이 간암으로 진행되어 돌아가셨습니다. 내가 졸업하기 전에 돌아가실 수도 있다는 말을 들었기 때문에 대학 진학을 포기했어요. 만약 어머니가 우리에게 우는 모습을 보였다면, 슬픔에 허우적댔다면 아마 나도 그랬을 거예요. 하지만 어머니는 흔들리지 않으셨습니다. 아버지의 임종을 각오하고 계셨으니까요. 묵묵히 해야 할 일을

• 고등학교 미술부 시절. 그림에 집중하고 있는 도미

•• 처음 도쿄에 간 날. 〈앙데팡당〉 전을 보러 갔다.
  오른쪽이 마쓰바 도미다.

척척 해나가셨죠.

그때만 해도 성인식 날에는 다들 후리소데[10]를 차려입었습니다. 하지만 나는 비싼 후리소데를 입지 않기로 했어요. 성인이 되는 날이니까 부모님에게 더 이상 신세를 지지 않겠다고 생각했죠. 근무하던 가게의 맞은편에 양장점이 하나 있었습니다. 파리에서 살다 온 세련된 여자분이 운영하는 가게였어요. 거기서 원단을 샀습니다. 그리고 양재학원에 다니던 가게 동료에게 부탁해 그 원단으로 옷을 만들어달라고 했죠. 그 옷을 입고 성인식에 갔습니다. 그때 처음 내 손으로 디자인이란 걸 해봤죠.

성인식 행사 때 우연히 옆자리에 앉은 남자아이가 있었어요. 아주 똑똑한 전학생이라고 소문난 아이였죠. 이세신궁(伊勢神宮)에 함께 참배하러 가자고 하더군요. 그 이후 편지도 받았습니다. 엄청난 달필이었어요. 이걸 첫사랑이라고 해도 될지는 모르겠지만, 나중에 결혼하자는 이야기까지 나왔죠. 그 친구는 졸업 후 컴퓨터 관련 소프트웨어회사에 취직했어요. 능력은 뛰어났지만 어느 날인가 회사를 그만두고 고향으로 돌아왔어요. 인도 철학을 공부하고싶다더군요. 다시 공부해 교토대학에 들어갈 생각이라고 했습니다. 거기까지는 좋았습니다. 꿈을 품는다는 건 좋은일이니까요. 한데 그가 어느 순간부터 내게 의지하기 시작했습니다. 자세한 말은 하지 않겠지만, 그건 좀 아니라는 생각이 들어서 헤어지자고 했어요. '꿈과 로망이 없는 남자는 싫다. 하지만 남에게 기대려 드는 남자는 더 싫다'

며 거절했습니다. 이 비슷한 말을 언젠가 남편에게도 했던 모양이에요. "꿈과 로망이 없는 남자는 싫다. 하지만 자기 식구를 먹여 살리지 못하는 남자는 더 싫다." 뭐 이런 말이었나 본데, 정작 나는 그런 말을 한 기억이 전혀 없지만요.

---

10 기모노의 일종으로 길게 늘어뜨린 소매의 겨드랑이 부분을 최소한으로 재봉한 옷. 주로 성인식이나 결혼식 때 예복으로 입는다.

옆방의 수상한 학생이
남편이 되기까지

스무 살에 시작한 겁 없는 독립생활

마쓰바 도미는 늘 몸을 움직인다. 몸놀림이 부지런하다. 출장에서 돌아오고 나서도 마찬가지다. 트렁크를 놓고 코트를 벗자마자 손을 움직인다. 쌀을 씻고, 불을 피우고, 가마솥을 걸고, 대롱으로 불길을 살린다. 탕탕탕 채소를 다져 휙 하니 볶아낸다. 그 부드럽고 군더더기 없는 움직임에 넋을 잃고 만다.

한편으로는 지독한 사람이다. 부재중에 일이 어떻게 진행 중인지, 뭔가 놓치고 있는 건 없는지 그사이에도 확인한다. 메모를 보는가 싶더니 어딘가로 전화를 건다. 군겐도 직원들은 "소장님은 등에도 눈이 달려 있다"고 말한다. 듣는 것 같지 않고, 보는 것 같지 않은데도 어깨너머나 뒤에서 일어나고 있는 일까지 종합해 일의 전모를 확실히 파악하고 있다.

마쓰바 도미는 자기주도적인 사람이다. 학교를 싫어하고 혼자 노는 걸 좋아했던 여자아이는 고등학교 시절, 예술에 눈을 떴다. 자기 스스로 아이디어를 내고, 제품을 만들고, 그것을 어떻게 팔아야 할지 생각한다. 마쓰바 도미를 두고 의복 디자이너, 의류 브랜드의 대표, 지역재생 활동가, 문화 활동가 등으로 다양하게 설명할 수 있다. 그리고 이 모든 것을 훌륭하게 융합해 일한다는 것이 대단하다. 그러나 어쩌면 그녀의 진면목은 제대로 된 장사꾼이라는 데 있다. 물건을 만들기만 해서는 그것을 필요로 하는 사람에게 가 닿지 못한다. 물건은 팔아야만 가치가 생긴다. 무언가를 파는 즐거움, 누군가가 내 물건을 사 줄 때의 기쁨. 이런 감정은 자원봉사의 세계나 취미로 하는 수공예 작업에서는 맛볼 수 없다. 게다가 그녀는 정직하고 올바른 비즈니스에 뜻을 두고 있다. 마쓰바 도미는 타고난 사업가다.

이불 한 채만 들고 가출하듯 집을 나왔습니다. 스무 살이 되자마자 갑작스레 결행한 일이었어요. 가족이 싫어서 그런 건 아니었습니다. 독립하고 싶다는 마음이 간절했지요. 미에대학교 근처, 학생들이 묵는 하숙집에 들어갔습니다. 하숙집에서 화구점으로 출퇴근하는 생활이 시작됐지요.

월급이 얼마였더라? 정확히 기억나지는 않네요. 아무튼 그때나 지금이나 돈에는 무딘 편이라. 아마 몇만 엔 정도의 금액이었을 겁니다.

그 화구점은 에도 시대부터 종이 도매상을 하던 곳이었습니다. 중간에 문구점을 거쳐 화구점이 되었죠. 지금은 사라졌지만 미에현에서도 손꼽히는 노포였습니다.

그 집 여사장님이 기억나요. 지금 여든이 넘으셨는데

아직도 정정하시죠. 오전에 내가 TV에 나왔을 때도 "도미 짱~"하면서 전화를 하셨어요. 하지만 그때만 해도 엄한 분이었습니다. 2층에 올라갔다가 덜렁덜렁 빈손으로 내려오면 화를 내셨죠. 그런 사장님에게 반항도 참 많이 했습니다.

"너 같은 야생마를 길들일 수 있는 남편을 만나야 할 텐데. 그 모습을 꼭 보고 싶구나."

이런 말을 누차 들었죠.

"한 되짜리 병에는 한 되밖에 안 들어가잖니? 그런데 너는 한 되하고도 반을 그 병에 넣으려 하고 있어."

이런 말도 자주 들었습니다. 시골에서 상경한 나로서는 보고 듣는 그 모든 것들이 신선했습니다. 일하는 것도 즐거웠어요. 나 말고 직원이 네다섯 명 더 있었는데, 그들 모두에게 반발을 사고는 했습니다. 이 생각을 하는가 싶다가도 금세 또 딴생각을 하고, 그걸 또 곧바로 행동에 옮겼으니 다른 직원 입장에서 보면 꽤나 성가셨을 거예요. 하지만 지금까지 감사하게 생각하는 건, 사장님이 내가 하고 싶은 일을 하게 해주셨다는 겁니다. 스무 살도 안 된 나한테 물건 떼 오는 일을 맡기셨죠. 20만 엔에서 30만 엔, 당시로써는 꽤 큰 현금을 가지고 오사카의 도매상에 물건을 떼러 갔습니다. 팔릴 만한 물건을 고르는 데에는 자신이 있었어요. 내가 떼 온 물건은 반드시 잘 팔렸습니다.

화구점이 있던 다이몬다치마치(大門立町)로 말할 것 같으면, 신사 앞에 형성된 전형적인 상점가로 당시만 해도 꽤나 번화가였어요. 그때는 디스플레이란 말도 몰랐지만 그 비슷한 것을 하기도 했습니다. 액자 재고가 많아서 어떻게든 그걸 팔아야 할 때가 있었습니다. 잡지 사진 중에 웃는 얼굴만 추려내서 액자에 넣고 커다란 쇼윈도에 잔뜩 걸었더니 순식간에 품절. 전부 다 팔려나갔죠.

연말 즈음, 생쥐 모양 브로치를 납품하고 싶다고 찾아온 사람이 있었습니다. 검게 그을린 삼나무 판재로 만든 브로치였죠. 그 이듬해가 쥐띠 해였기 때문에 '이건 무조건 팔린다'고 생각했습니다.

커다란 쇼윈도 안에 건전지로 빙글빙글 도는 디스플레이 선반을 설치하고 그 위에 새끼줄을 올렸습니다. 새끼줄 한가운데 깃발을 꽂은 후 양쪽에 생쥐를 놓고 줄다리기하는 장면을 연출했죠. 행인들이 멈춰 서서 구경하기 시작했어요. 금세 사람들이 모여들었죠. 그 모습에 신이 나서 그해 연말, 이세신궁까지 팔러 나갔습니다. 미에대학 학생 두 명을 아르바이트생으로 고용했어요. 거기라면 무조건 팔린다고 생각했죠. 007 가방 같은 데다가 잔뜩 넣어 갔어요.

결국 다 팔긴 했지만, 그 근방을 관할하던 노점상 관리자가 있어서 처음에는 좀처럼 자리를 잡지 못했습니다. 화구점 간의 유대감을 노려보자는 생각에 근처에 있던 화구점에 들어갔어요. 쓰시의 '아르스'라는 화방에서 왔다고 하니 가게 앞을 빌려줬습니다. 노점을 열었죠. 하지만 거기서 팔 수 있는 양은 한계가 있어 보였습니다. 챙겨온 물건을 절반으로 나눠, 아르바이트생 두 명은 후타미가우라(二見浦)[1]로 보냈습니다. 그렇게 전부 팔아 돈을 벌었습니다.

장사를 처음 해본 건 고등학교 때였습니다. 고등학교 미술부에서 부장을 맡은 적이 있었어요. 학교 축제 후 다음 부장에게 자리를 넘겨줘야 하는데 미술부 회비를 너무 많이 써버려서 남은 돈이 없었습니다. '큰일 났다. 뭔가 돈 벌 방법이 없을까' 하고 고민하며 걷던 중 아이디어가 떠올랐어요. 예전에는 다들 종이가방을 사서 썼습니다. 150엔이나 200엔 정도 했죠. 이거다, 싶어 종이를 산더미만큼 사서 밤이면 밤마다 가방 몸통을 만들고 손잡이를 달았습니다. 학교 축제 때 테이블 위에 진열한 후, '세상에 단 하나. 당신만을 위한 종이가방'이라는 문구를 써 붙였습니다. 그리고는 손님이 원하는 것을 가방에 그려 팔았습니다. 특정 그림을 그려달라는 사람도 있었고 자기 이름을 영어로 적어달라는 사람도 있었습니다. 150엔인가 200엔 정도에, '마이 백'은 폭발적으로 팔려나갔죠. 한 장에 35엔짜리 전지 반절로 가방 몸통 두 개를 만들 수 있었으니, 끈 값을 포함해도 엄청나게 낮은 원가율이었습니다. 물건을 팔았다는 사실 자체도 기뻤지만, 거리에서 누군가 그 종이가방을 들고 지나가는 모습을 봤을 때가 더 기뻤습니다. 그 후 장사에 재미가 붙어서 미에대학 축제나 근처 다른 대학 축제까지 진출해 '마이 백'을 팔았습니다. 그림 그

---

1 이세신궁과 가까운 해변 관광지

리기나 물건 만들기를 좋아했던 만큼 장사하는 것도 좋아했죠.

화구점에서 일할 때 캔버스 제작을 맡아 했어요. 미술부 활동을 했던지라 캔버스 만들기에 익숙했거든요. 그렇게 만든 캔버스를 사장님이 운전하는 차에 싣고 화가들에게 배달했습니다. 화가들의 생활이 그리 여유롭지 않다는 사실을 눈으로 확인했죠. 그래서 생각했습니다. '우리에게는 캔버스 틀 재고가 있다. 화가들에게는 그림이 있다. 이 둘을 조합해 카페나 사람들이 모이는 장소에 장기간 그림을 대여해주는 사업은 어떨까?' 아무튼 이렇게 사업을 구상하는 게 재밌었습니다.

화구점 뒤쪽에 낮에만 영업하는 양재학원이 있었어요. 꽤 넓은 공간이었죠. 건물주와 이야기해 밤에만 거기를 빌리기로 했습니다. 그림을 그리는 또래들을 모아 스케치를 했는데, 사실 그림을 그리기보다 수다 떨 때가 더 많았어요. 다들 뭔가에 뜨거웠습니다. 흡사 양산박[2]처럼.

'블라하우스'라는 브랜드로 패치워크를 할 때도 든 생각이지만, 세상에는 패치워크를 취미로 하는 사람이 정말 많습니다. 나보다 뛰어난 사람도 산더미만큼 많죠. 하지만 그걸로 사업을 하려는 사람은 별로 없습니다. 그러니까 나는 그런 사람이었던 거죠. 물건을 만드는 것도 좋지만, 그것을 팔아 이익을 만들고 그 이익을 굴려 뭔가 재밌는 일을 하고 싶어 하는 사람. 그런 생각이 더 강한 사람이었습니다.

우리 세대 때는 여전히 학생운동이 왕성하던 시절이었
습니다. 미에대학 학생들의 학생 시위에도 참여했어요. 집
에서 나와 살았으니 하고 싶은 일이 있으면 자유롭게 했
습니다.

친구들과 그림을 그려 그룹전도 열었어요. 〈요죠한,[3] 그
룹전〉이라고 이름을 정했죠. 그때까지만 해도 수상한 이
름이라고 생각하지는 못했는데, 정치적인 색깔을 기대하
고 보러 오는 사람도 있었어요.

그때는 주로 어떤 옷을 입었었나요?

수수했어요. 수수하면서도 개성 있는 옷을 입었죠. 그때
입은 옷들을 보관해뒀으면 좋았을 걸 그랬네요. 물론 만
들어 입지는 않았습니다. 만들지도 못했고요.

시내의 화구점에서는 언제까지 근무하셨습니까?

스물한 살까지 근무했습니다. 가끔 화구점에 들러 이런저
런 조언을 해주는 분이 계셨어요. 나고야에서 갤러리 숍
을 경영하셨는데, 나를 재미있는 아이라고 생각했던 모양
이에요. "나고야에 오지 않겠냐"고 권유하시더군요. 그래
서 가게 됐고요.

2 《수호지》에 등장하는 지명. 호걸이나 야심가, 모반꾼들이 모여드는 곳
3 다다미 넉 장 반짜리(약 2.5평) 작은 방. 1970년대 가난한 학생운동가, 젊
   은 예술가들이 그 정도 크기의 방에 살며 활동하던 것에 빗대어 가난하나
   뜨거웠던 청춘 시절의 대명사처럼 쓰인다.

인생에서 큰 전환점이 된 사건이었습니다. 실제로 가보니 좁고 긴 침상 모양의 작은 매장이었습니다. 폭이 한 3척(약 1.18미터) 정도나 될까요? 매출도 별 볼 일 없는 매장이었죠. 여자 두 명이 근무하고 있었는데, 갤러리에서 우아하게 안내나 하는 공주과 타입이었습니다. 이러니 장사가 될 리가 있나, 거기에서 또 반발심이 생겼죠. 의욕적으로 덤벼들었습니다.

본래 그 갤러리 숍은 주로 도예 작가의 작품을 다루는 곳이었습니다. 작가주의적인 작품도 전시하면서 유행하는 잡화 스타일의 도예품도 다루기 시작했어요. 원하는 것을 작가에게 별도로 주문하기도 했죠. 마침 '팬시 문구'라는 말이 통용되기 시작한 시절이었어요. 화구점에서도 그와 관련된 일을 한 적이 있었습니다. 딸기 그림이나 무당벌레 인형이 달린 팬시 제품을 도매상에서 사들이는 일이었어요. 그런 연유로 잡화 도매상과 연이 있었고, 그쪽과 관련된 정보도 꾸준히 접하고 있었어요. 숍의 분위기도 중요하기에 뭐든 팔 생각은 아니었습니다. 그렇지만 좀 더 가벼운 것들도 들여오고 싶다는 생각에 조금씩 품목을 바꿔보았어요. 그랬더니 매상은 늘었지만 직원들이 그만두고 나가더군요. 그래서 또다시 혼자 이런저런 시도를 해보기 시작했습니다.

그때 장사의 법칙 비슷한 것을 터득했어요. 갤러리 숍 안쪽으로 사람을 끌어당기고 싶다면 입구 쪽에는 무엇을 진열해야 할까요? 소리가 나는 것, 움직이는 것, 변화가 있는 것. 이런 것들이 행인의 발걸음을 멈추게 한다는 사실을 알았습니다. 파키스탄에서 만든 앤티크 종을 진열하고, 그 안쪽으로는 대나무 잠자리 장난감을 놓고, 그 위에 멕시코에서 만든 마리오네트 인형을 달았습니다. 대나무 잠자리가 날아오르는 모습을 보여주면서 벨이 딸랑딸랑 울리면 그 소리에 이끌려 사람이 들어오기도 했어요. 이런 걸 '감'이라고 할 수 있겠죠. 장사의 감.

어디서 읽은 것도 아니고 스스로 생각하는 겁니다. 경험으로 배우는 거죠. 마침 그 무렵 나고야에도 '보행자 천국'이 생겨나기 시작했습니다. 나고야 사람들은 내 고향 사람들과 달랐습니다. 사실 고향 사람들의 기질을 좋아하지는 않았어요. 남편이 미에현 사람을 흉보면 미에현 출신으로서 반격은 하면서도 인정할 건 인정할 수밖에 없어요. 허세를 부린다거나, 호사스러운 것을 좋아한다거나, 좀처럼 깊이 생각하지 않는다거나. 그런 면에서는 지금 살고 있는 이와미 쪽 문화에 깊이가 있다고 느껴져요. 태어나 자란 곳에 대한 애향심이 없는 건 아닙니다. 하지만 개인적으로 이와미가 훨씬 더 마음에 들어요. 나랑 잘 맞는 곳, 정말 좋은 곳이죠.

미에현과 시마네현은 쓰는 말도 참 다르죠?
다르죠. 그렇지만 억지로 이쪽 방언을 쓰려 하지는 않았습니다. 써봤자 흉내 내기에 불과하니까요. 그래도 오모리는 에도 시대의 쇼군이 직할하던 영지였기 때문에 사람들이 비교적 표준어에 가까운 말을 씁니다. 그래서 억지로 맞추려하지 않아도 괴리감이 느껴지지 않았어요. 같은 시 마네현이지만 이즈모(出雲)나 마쓰에(松江) 쪽은 방언이 심한 편이죠. 쓰는 말이 전혀 다르니까요.

이와미가 있는 그대로의 '본심' 같은 곳이라면 이즈모는 겉치장으로 '포장된 말' 같은 곳이라고 하더군요. 그런 의미에서도 제 성격상 이와미에 오게 되어서 다행이라고 생각합니다.

아무튼 보행자 천국 제도가 활성화 됐을 때 다카야마(高山)시까지 나가 엄청나게 많은 앤티크 제품을 사 왔어요. '올드'한 앤티크가 아니라 '영'한 느낌의 앤티크 마켓을 열고 싶었거든요. 지금이야 '영하다'는 말도 죽은 말이 됐지만요.

그 당시엔 노상에서 철사를 구부려 액세서리 같은 걸 만들어 파는 사람이 많았습니다. '히피'라 불렸지요. 그들과 친해졌어요. 함께 시내에 행사장을 빌려 판매 이벤트를 벌였습니다. 고등학교 때부터 그런 스타일의 물건을 좋아했거든요. 개중에는 이상한 약에 손을 대는 사람도 더러 있었지만 도예나 히피 스타일 액세서리를 만드는 사람들, 가구 장인들, 그들이 창조해내는 수작업의 세계에 빠져들었죠.

그때는 젊고 건강했습니다. 언제나 의욕이 넘쳤죠. 월급도 괜찮은 편이었는데 액수는 기억이 안 나요. 월급이 얼마다, 이런 인식을 해본 적이 없었거든요. 그냥 재밌는 일을 할 수 있다면 그걸로 족했습니다. 돈에는 무신경했다고나 할까요? 그런 점은 지금도 마찬가지고요.

돈에 무신경한 것과 장사를 좋아하는 것, 이 둘이 양립할 수 있을까요?

그게 참 희한한 게, 그러면서도 비용 대비 효율에 대한 의식은 높습니다. 금전적 사고에 밝다기보다 시간과 물건에 대해서만은 엄격한 편이죠. 하지만 개인의 차원에서는 거의 빵점이에요. 생활 설계나 노후 설계 같은 건 생각해본 적도 없고, 보험도 있긴 할 텐데 다른 사람이 관리하는 식이니까요.

내 경우엔 나고야였지만, 미에현에서 취직하러 상경한다면 보통은 오사카로 나갑니다. 나고야의 갤러리 숍 사장님은 내가 원하는 건 뭐든 하게 해주셨습니다. 매장도 맡기셨죠. 거기 근무하는 동안 매장을 네 곳으로 늘렸습니다. 아침 일찍 출근해 밤늦게까지 열심히 일했습니다. 그런데 어느 순간부턴가 나고야와 내가 잘 맞지 않는다는 생각이 들었어요. 좀처럼 정이 붙지 않았다고나 할까요? 그래도 한 가지는 정말 좋았습니다. 나고야에서 다이키치 씨를 만났거든요. 다이키치 씨와는 우연히 이웃으로 만났습니다. 내가 살던 다가구주택에 다이키치 씨가 살고 있었죠.

도심에서 약간 떨어진 다이코(大幸)초. 약간 변두리긴 했지만 오조네(大曽根)역에서 걸어 다닐 수 있었기 때문에 그쪽으로 방을 얻었습니다. 2층짜리 건물에 열 집 정도 모여 사는 다가구주택이었죠. 전부 학생은 아니었고, 어린 아이가 있는 가족도 있었고, 혼자 사는 학생도 있었습니다. 들어가자마자 화장실, 곧바로 주방, 안쪽에 다다미방 하나. 그 작은 집에서 자취 생활을 시작했어요. 그런데 어느 날부턴가 속옷 도둑이 출몰했습니다. 세탁물을 넣어놓으면 속옷만 사라졌죠. 갤러리 숍에 가서 그 이야기를 했더니 다들 '옆집 남자가 수상하다'고 하더군요. 그때까지만 해도 이웃집 남자의 얼굴도 모르던 상태였습니다. 늘 밤늦게 들어갔으니 우연히 마주칠 일도 없었죠. 이참에 옆집에 어떤 사람이 사는지 확인해두자 싶었습니다. 마침 집에 수박이 한 덩이 있었어요. 그걸 쪼개서 들고 가면 얼굴은 볼 수 있겠다 싶었습니다. 그게 첫 만남이었을 거예요. 그전부터 어떤 사람인지 궁금하던 차였습니다. 벽 너머로 재채기 소리 같은 게 들렸거든요.

수박 핑계로 얼굴을 보셨겠네요? 첫인상은 어땠나요?
비교적 인상이 좋았어요. 그때까지 나는 내 멋대로, 원하는 대로 살았고, 친정과는 거의 의절한 상태였습니다. '앞으로는 정말 혼자 힘으로 살아가야 한다' 이런 각오를 다지던 때, 다이키치 씨와 처음 만났습니다. 네 살 연하의 대학생이었죠.

그때 그는 미스터 도넛에서 아르바이트를 했습니다. 다스킨[4] 계열사에 입사하면 교토의 잇토엔(一燈園)[5]에서 수행을 해야만 합니다. 우리가 만나기 직전, 그 프로그램에 지원했던 모양이에요. 특별히 신앙심이 있었던 것도 아니고, 수행에 대한 열망이 깊었던 것도 아니었습니다. 거의 호기심 때문이었다고 했어요. 처음 겪게 된 특별한 경험 때문인지 다이키치 씨는 무척이나 들뜬 상태로 돌아왔습니다. 우리가 만난 직후의 일이었기 때문에 그에 대한 이야기를 자주 나눴습니다.

처음에는 연애감정 같은 건 전혀 없었습니다. 물론 인간적인 면에서는 흥미가 있었죠. 매일 밤 서로의 방에서 이런저런 이야기를 나눴습니다. 때로는 격렬한 토론으로 이어져 험악한 분위기가 형성됐고요. 그러다가 점점 깊은 관계로 발전했습니다. 〈간다가와〉[6]라는 노래와 〈동거 시대〉라는 드라마가 유행한 시절이었죠.

결혼 전에 미와코(美和子)를 가지게 됐어요. 지금이야 '속도위반 결혼'이 흔한 말이 됐지만, 그때만 해도 사정이 달랐습니다. 아이를 낳아야겠다는 생각이 강했기 때문에 결혼은 어찌 됐든 상관이 없었습니다. 매일 밤 그와 이런저런 이야기를 나눴죠. '앞으로의 인생, 이 사람과 함께하면 재밌을 것 같다' 이런 생각은 확실하게 있었습니다. 하

---

4 미스터 도넛의 브랜드 사용권을 가지고 있는 모기업. 청소용역 전문 회사이기도 하다.

5 메이지 시대 말기에 설립된 수행봉사 공동체

6 1973년 포크송 그룹 '가구야히메'가 발표한 노래. 젊고 가난한 연인이 좁은 자취방에서 동거하던 시절을 떠올리는 가사다.

지만 좋아하네 어쩌네 이런 말들은 서로 하지 않았어요. 오히려 그런 마음은 지금이 더 강해요. 세월을 함께해온 만큼, 인간적인 매력도 포함해서 말이죠.

잇토엔은 종교연구가이자 사회사업가였던 니시다 덴코 (西田天香)가 설립한 수행도장입니다. 종교철학적인 면모가 강한 곳이죠. 오직 몸 하나로, 다른 집의 화장실 청소를 해주며 먹을 것을 보시받아 생활하는 곳. 남편은 잇토엔에서 "무(無)를 체험했다"고 하더군요. 보시를 받으려면 화장실 청소를 해야 하고, 화장실 청소를 하려면 일단 남의 집 안으로 들어갈 수 있어야 합니다. 쉽지 않은 일이죠. 말투나 표현 같은 것들, 어떻게 하면 저 집에 들어갈 수 있을지 고민에 고민을 거듭했다고 하더군요. 그러나 그런 속셈이 있을 때는 언제나 실패. 지칠 대로 지쳐 생각을 접었을 때, 들어오라는 소리를 들을 수 있었다고 했습니다. 그 말에 번뜩 제정신이 들어 "정말요? 정말 들어가도 됩니까?"했다고요. 지금도 술이 오르면 남편이 자주 하는 이야기가 있어요. 장사도 마찬가지라고 말이죠. 마음에 계략이나 욕심이 있으면 실패한다고. 그것을 버렸을 때 비로소 운이 열리기 시작한다고.

그때 다이키치 씨는 아직 학생이었죠?

경영공학부 학생이었습니다. 컴퓨터 분야의 최첨단 지식을 공부하고 있었죠. 그런데 아이도 태어났고 본가의 원조도 끊겼습니다. 이와미긴잔의 부모님도 처음에는 노하셨죠. 아이를 떼는 게 좋지 않겠냐는 소리가 여기저기서 날아들었습니다. 하지만 그땐 이미 늦었죠. 임신 5개월이 될 때까지 아무 말도 안 했으니까요.(웃음)

첫 임신이었던 데다가 편하게 물어볼 가족도 없는 상황이었습니다. 복대를 어디서 사야 하는지도 몰랐어요. 어찌어찌 물어 마쓰자카야 쇼핑몰에 가서 복대를 산 기억이 나네요. 생활도 힘들었죠.

그전에는 자기계발이다 뭐다 하며, 돈을 모으지도 않았습니다. 친구들과 맛있는 걸 먹으러 다니고 노상 그렇게 살았으니 저축이랄 게 전혀 없었죠. 아이가 생긴 후 갤러리 숍에서도 잘렸습니다. 남산만 한 배를 하고서는 이런저런 일을 했죠. 남편은 남편대로 아르바이트를 하며 열심히 돈을 벌었습니다. 첫째를 낳았을 때는 친정에서 얼마간 원조도 받았습니다.

남편의 본가는 명망 있는 가문까지는 아니어도, 대대로 이와미에서 장사를 해온 집안이어서 지역에서 신뢰가 높았습니다. 아버님이 지역 위원을 맡고 계셨으니 체면도 있고 입장이 난처하셨을 겁니다. 우리 때문에 이래저래 고생이 많으셨을 거예요.

시댁이 대대로 이불 가게를 했다고 들었습니다.
원래는 포목점이었습니다만, 이불도 팔고 속옷도 팔았습니다. 소금이나 우표, 담배까지 취급했죠. 남편이 웃으며 하는 말이, 대대로 마쓰바 집안의 가훈은 '매사에 유연하라'였다고 해요. 시대에 따라 취급 물품을 바꿔가며 오래도록 살아남았다는 거죠. 그 부분은 지금도 마찬가지입니다. 남편이 대학을 선택했을 때도 아버님은 딱 한마디만 하셨다고 합니다. "시대의 변화에 유연하게 대처할 수 있는 곳이냐?"

만나 뵌 적은 없지만, 남편의 할머니도 대단한 분이셨습니다. 여기 온 뒤로 여러 사람에게 할머님 이야기를 들었어요. 한마디로 여장부셨죠. 어린 나이에 남편을 잃은 할머님은 본격적으로 포목 장사에 뛰어들었습니다. 짐수레 가득 포목을 싣고 젊은 직원을 대동하고 팔러 다니셨다고 하더군요. 사진만 봐도 시원시원하세요. 큰 키에 다부져 보이는 분이셨습니다. 매일 아침 미용사를 불러 머리 매무새를 만지고, 화롯불로 불 붙인 담배를 입에 물고, 세밑이면 젊은이들을 불러 모아 화투를 쳤다는, 어딘가 전설적이고 늘 활기찬 분이셨던 모양이에요. 그래서 처음 우리가 이와미에 들어왔을 때 '그분 손자라면 무조건 응원한다'며 사람들에게 꽤나 많은 도움을 받았습니다. 정말이지 감사할 따름이지요.

그때 태어난 미와코가 벌써 서른셋[7]입니다. 1975년에 태어났죠.

미와코를 임신했을 때 어머니로부터 연락이 왔어요. 집에 와서 낳으라는 말씀이셨죠. 하지만 뻔뻔스럽게 친정으로 돌아갈 수는 없었습니다. 그래서 고향 근처인 가메야마시에서 아이를 낳았습니다. '도카이도 53 역참(東海道

五十三次)[8] 중 하나인 곳. 남편과 함께 거기서 미와코를 낳았죠.

둘째인 유키코(由紀子) 때가 정말 힘들었습니다. 1978년, 유키코가 태어날 무렵 집안 경제 사정이 바닥을 쳤거든요. 둘째 언니의 배려로 유키코는 스즈카(鈴鹿)시에서 낳았습니다. 친정에 가기 뭣하면 자기한테 오라는 거였죠. 하지만 병원에서 퇴원하는 날까지 걱정으로 안절부절못했습니다. 입원비를 낼 수 있을지 그것조차 불확실했거든요.

마지막으로 나오코(奈緒子). 나오코는 1984년에 태어났습니다.

셋 모두 난산이었습니다. 진통부터 출산까지 무척 오랜 시간이 걸렸죠. 게다가 나오코 때는 이상출산이었습니다. '역아'라고 하더군요. 태아의 머리가 산도 반대 방향으로 자리 잡고 있었어요. 50대 중후반이었던 산과 의사가 말하길, "은사로부터 이런 출산이 있다는 이야기는 들었어도 실제로 본 적은 처음"이라고 했습니다. 이대로라면 태아가 위험할 수 있다고 하더군요. 급하게 수술동의서에 서명하고 제왕절개로 낳았습니다. 그래서 나오코 때는 한 달 정도 병원에 입원해 있었어요. 다행히 태어난 후에는

7 딸 미와코가 1975년 태어나 서른셋이 됐으므로 대담 시기는 2008년으로 추정된다. 이 책의 일본어판 출간 년도는 2009년이다.
8 도쿄에서 교토까지 해안선을 따라 만든 도로. 뛰어난 해안 절경으로 유명하다.

별일 없이 잘 자라주었습니다.

둘째를 낳기 직전 전환점이 찾아왔습니다. 나고야의 원단 회사, 니시데(西出) 사장님과의 만남이 인생의 전환점이었죠. 미와코가 세 살, 배 속의 유키코가 8개월 된 무렵이었을 거예요. 전부터 알고 지내던 니시데 사장님께 연락을 받았습니다. "패치워크 일을 할 사람을 찾고 있는데 할 생각이 없냐"고 하셨어요. 남산만 한 배로 미와코의 손을 잡고 니시데 사장님을 만나러 갔어요.

니시데 사장님과의 인연은 나고야의 갤러리 숍 시절로 거슬러 올라갑니다. 갤러리 숍 사장님이 중국의 견본시장에서 접이식 의자를 잔뜩 사온 적이 있었어요. 단지 싸다는 이유에서였죠. 원가는 500엔 정도였습니다. 싸기는 했지만 앉는 부분이 빨간 인조가죽이었으니 도무지 멋이랄 게 없었죠. 그래서 의자의 일부분을 천으로 리폼하자는 아이디어를 냈어요. 그리고는 니시데 원단을 발견했죠. 면으로 된 멋진 원단을 파는 곳이었습니다. 일반적인 가격이라면 수지 타산이 맞지 않으니 싸게 해달라고 부탁했습니다. 그렇게 납품받은 원단을 징으로 박아 '마이 체어'라는 이름을 붙여 팔았습니다. 하나당 3500엔. 폭발적으로 팔려나갔죠. 그다음에는 '마이 데스크'라는 접이식 책상도 만들었습니다. 나고야 쪽에는 가구 장인이 많았고 그 밑에서 수련 중인 견습생들도 많았어요. 그들과 함께 책상을 디자인해서 만들었습니다. 그게 또 빅 히트. 그때가 니시데 사장님과의 첫 만남이었습니다.

그리고 마쓰카제야(松風屋) 제과점과의 인연도 있었습니다. 그 제과점 전무님이 가끔 갤러리 숍에 들르셨어요. 오가며 지나치다가 재밌는 곳이라고 생각했던 모양입니다. 그러던 어느 날 전무님이 제게 상담을 청하셨어요. '이번에 나고야 철도 라인에 매장을 내게 됐다. 과자로 승부하는 기존의 방식으로는 재미가 없다. 뭔가 아이디어가 없을까?' 이런 내용이었습니다. 그래서 유리병과 니시데 씨의 원단을 활용한 과자 패키지를 제안했습니다. 과자뿐만 아니라 패브릭 제품도 판매하는 잡화점이었죠. 이런 연유로 니시데 원단 사장님께 꽤나 귀여움을 받았습니다.

그런 그가 제게 부업을 제안하셨습니다. 내가 아이를 낳고 집에 틀어박혀 있다는 소식을 들었다고 하셨어요. 그러나 그전까지 바늘을 손에 쥐어본 적도 없었습니다. 주저했죠. 그러자 꼭 본인이 바느질을 할 필요는 없고, 사람을 끼고 해도 되는 일이라고 하셨습니다.

원래 패브릭은 좋아했습니다. 게다가 니시데 사장님의 원단은 멋있었죠. 패치워크 일도 재밌었습니다. 그래서 근처의 주부들을 모아 일거리를 나눠주고 그것을 모아 납품하게 됐어요. 그것이 패치워크 사업의 시작이었습니다.

20대 초반에 매장을 맡았다는 것도 놀라운데 패치워크 일까지……. 이와미긴잔 이전에 이미 패치워크 사업을 시작했다는 게 놀랍습니다.

노하라 차크 씨를 비롯해, 패치워크로 일약 스타가 된 사람들이 등장한 시대였습니다. 일본에 패치워크 붐이 일었죠. 니시데 원단도 경기가 좋아졌습니다. 회사도 커졌고 여기저기 매장도 늘어났어요. 면직물 전문의 니시데 원단은 주로 패치워크와 수예용 원단을 취급했어요. 그러다가 의복까지 취급하게 됐죠.

남편은 대학 졸업 후 다케다 제과에 취직했습니다. '다마고보로'라는 과자로 유명한 바로 그 회사죠. 그곳 사장님과의 만남도 우리에게 영향을 미쳤습니다. 지금이야 일본 제일의 투자가로 신년 방송에도 나오고 책도 낸 화제의 인물이 되셨지만, 그때는 상상조차 못한 일이죠. 당시 남편은 다마고보로 과자 영업팀에서 근무했습니다.

그 무렵 이사도 했어요. "아이가 있으니 조금 더 넓은 곳으로 가자"며 남편이 집을 찾아왔어요. 절과 묘지 사이에 끼어 있는 빈집이었습니다. 사람들이 꺼려하는 환경이니 집세가 저렴했습니다. 그 집에서 살림과 육아를 병행하며 패치워크 일도 시작했죠.

죽기 살기로 일하던 시절이라 추억이랄 것도 별로 없지만, 버려진 물건을 참 많이 주워왔어요. 돈이 없었으니까요. 지금도 쓸 만한 물건이 버려져 있으면 주워오는데, 그 시절 시작된 버릇이에요. 그에 관한 에피소드가 많습니다. 버려진 TV에 '작동됩니다'라는 쪽지가 붙어 있기에 가져왔더니 먹통이었던 적도 있었죠. 남편이 냉장고를 주워왔는데 다음 날 아침 열어보니 하얀 냉기와 함께 계란이 몽땅 얼어 있었던 적도 있습니다. 가재도구에 쓸 돈이 없었기에 그렇게 살았습니다. 그런데 그게 또 꽤나 즐거웠어요. 물건을 주워 쓴 제일 큰 이유는 돈 때문이었지만, 쓸 수 있는 물건이 버려져 있는 걸 보면 아깝다는 생각이 들었어요. 버려진 것을 활용하자. 이런 생각이 그때부터 시작됐는지도 모르죠. 지금도 제 지인들 사이에서는 '잘 주워오는 마쓰바 씨'로 통합니다.

그때나 지금이나 재활용에 대한 생각은 여전하시군요. 젊은 시절의 가난은 인생의 자양분이 되기도 하죠.

돈이 정말 간당간당할 때도 있었습니다. 이제 진짜 어떡하나 고민하고 있을 때 남편이 책장에서 독일어 사전을 꺼내 오더군요. 책갈피에서 만 엔짜리 지폐 한 장이 나왔죠. 만약을 대비해 빼둔 돈이라고 했습니다. 기쁘면서도 슬펐습니다. 왜 좀 더 빨리 말해주지 않았을까 하는 생각에 서글펐어요. 분유 값도 빠듯해 쩔쩔매던 시절이었거든요.

그 무렵 남편은 퇴근길에 친구들을 자주 데려왔어요. 돈도 없고 아무것도 없는데 밥과 술을 차려내야 했습니다. 회사 동료는 아니었고 도예가나 그런 쪽 친구들이었습니다. 남편은 대학 시절에 내가 근무하던 갤러리 숍에서 아르바이트를 한 적이 있었어요. 그때 만난 친구들인데, 집에 있는 재료로 후다닥 뭔가를 만들어 상을 차려냈습니다. 가난의 바닥을 친, 정말로 아무것도 없던 시절이었지만 그래도 즐거웠어요.

어릴 때는 어떤 음식을 좋아하셨습니까?

두부와 유부 빼고는 뭐든 잘 먹었습니다. 두부와 유부는 집에 늘 있는 음식이었기 때문에 돈을 주고 사 먹는 건 아깝다고 생각했어요. 결혼하고도 몇 년 동안은 두부를 산 적이 없을 정도였으니까요. 스키야키에도 두부를 넣지 않았는데 "왜 우리 집 스키야키에는 두부가 없나?"라며 남편이 의아해했죠. 최근 들어서는 좋아하게 됐지만 돈을 주고 산다는 생각은 한참 동안 못 했습니다.

연애 때는 크로켓이나 새우튀김을 자주 만들었어요. 학생이었던 남편이 변변찮게 끼니를 때우는 모습을 보고 새우튀김을 해주고는 했어요. 어느 날 다이키치 씨가 그러더군요. "오, 도미여. 당신은 새우로 근사한 돔을 낚았구려." 동거 초반에는 이것저것 부지런히 음식을 만들었습니다. 남편 말로는 "먹을 걸로 낚였다"고 하더군요.

음식 만드는 걸 좋아합니다. 잘하지는 못해도 딱히 힘들지는 않아요. 있는 재료로 뚝딱뚝딱 쉽게 하는 편이죠. 레시피를 보고 정석대로 만들기보다 내 식대로 만듭니다. 나는 뭐든 내 방식대로 합니다. 대단한 요리는 아닐지라도 요리한다는 것 자체가 좋아요. 청소도 좋아하고요.

젊었을 때 다이키치 씨는 가사 일을 많이 하셨나요?

전혀 안 했죠. 그래도 일은 정말 열심히 했어요. 수입이 부족하면 아르바이트를 해서라도 생활비를 벌어왔습니다.

가난했던 그 시절, 함께 고생한 경험이 지금의 우리를

만들었어요. 돈이 없어도 요리조리 궁리해 재미있게 산다, 그런 자세가 몸에 뱄죠.

젊은 날의 다이키치 씨는 어떠셨나요? 키도 크고 꽤 미남이셨을 것 같네요. 지금도 이렇게 멋진데 젊을 때는 더하셨을 것 같아요.

결혼식 사진을 본 군겐도 직원들은 예전보다 지금이 더 낫다고 하더군요. 그때는 엄청 말랐었거든요. 결혼식은 본가에서 올렸습니다. 아이는 언니에게 맡기고 그 사실을 숨긴 채 결혼식을 올려야 했죠. 그때 받은 축전 중에 '소의 스지[9] 부위도 어떻게 요리하느냐에 따라 그 맛이 달라진다'는 내용이 있었습니다. 남편이 그야말로 뼈에 힘줄만 있을 정도로 말랐던 거죠.

아슬아슬한 줄타기가 계속됐습니다. 아이를 숨긴 채 결혼식을 치르고 피로연을 하고. 결혼식 직후 아이가 있다는 사실이 알려졌죠. 시골분들은 고지식하면서도 정이 많아서 그 소식을 듣고 축의금을 들고 방문하셨어요. 그렇게 찾아왔는데 첫째는 벌써 아장아장 걷고 둘째는 한쪽에 누워 있었으니.(웃음) 아이가 둘이니 축의금도 두 배로 넣어야 하는 것이 아니냐며 다들 당황했었던 모양입니다.

생각해보면 마음 편히 살았던 적이 없었어요. 지금도 회사 경영은 여전히 큰일이고, 아이 학교 문제며 건강 문

9 힘줄과 그 주위의 근육 부위

제며 아무 일 없이 평탄했던 적이 없었지요. 둘 다 숫자에
둔감한 덕분에 이제껏 허허실실 할 수 있었던 게 아닐까
요?(웃음)

결혼식 이야기를 좀 더 하자면, 시댁 쪽 지인 중에 다나
카 씨라는 분이 계셨습니다. 우리 쪽 사정을 전부 설명하고
결혼식의 보증인이 되어주십사 청했어요. 부인인 지요다
씨는 오모리 제일의 똑순이로 뭐든 일처리가 확실한 분이
셨습니다. 시어머니보다 깐깐한 분이셨죠. 그 무렵 셋째 언
니가 야마구치(山口)현 하기(萩)시에 살고 있었고 거기에
미와코를 맡겼습니다. 그렇게 결혼식을 올렸습니다.

결혼식 때 조마조마하지는 않으셨습니까?
전혀요. 언제 들킬까, 들키면 어쩌나, 이런 생각은 별로 안
했습니다. 시부모님이 모든 걸 결정했고, 우리는 결혼식
전날 이와미에 도착했어요. 예식 때 쓸 가발이 어울리는
지 어떤지 볼 겨를도 없었고, 시부모님이 하라는 대로 하
고, 입으라는 대로 입고 일단 결혼식부터 올렸습니다.

고향에서의 나는 반항심으로 가득했었습니다. 부모님
에게도 반발했고 마을 사람들에게도 반발했어요. 부모님
과는 다른 길을 가겠다고 호언장담하고 살았죠. 그런데
희한하게 여기 와서는 시부모님께 반발한 적이 거의 없습
니다. 그런 것 따위 아무래도 좋았다고나 할까요? 밥을 먹
을 수 있고 평화롭게 살 수 있다면 내 주장을 내세우기보
다 시부모님 말씀을 따랐습니다.

시어머니는 무척이나 귀하게 자란 분이셨어요. 무남독녀 외동딸에, 동네 사람들 사이에서는 '할 줄 아는 게 아무 것도 없는 사모님'으로 통했으니까요. 시어머니가 손녀딸의 신발을 빠는 모습을 보고 "미이 씨(시어머님 성함이 미요코였습니다. 다들 '미이 씨'라는 애칭으로 불렀죠.)가 신발을 빨고 있다!"며 사람들이 놀랄 정도였습니다. 그러고 보니 처음 시댁에 왔던 날이 떠오르네요. 그때 시어머니가 "오늘 저녁 반찬은 뭐야?" 하고 물으셨어요. "네에?" 하고 당황했었죠. 있는 재료로 허둥지둥 뭔가를 만들었던 기억이 나네요. 아무튼 그런 분이셨습니다. 고생한 사람 특유의 뒤틀린 부분, 쓸데없는 심술이나 시집살이 같은 것도 없었습니다. 아이처럼 천진한 소리를 하셨어도 그런 시어머님이 편했어요.

결혼식만 올리고는 나고야로 돌아왔습니다. 그때 어떤 친척 분이 이런 이야기를 해주셨어요.

"풀씨는 바위 위에 떨어져도 거기에 뿌리를 내리지 않으면 안 된다."

잡초처럼 굳세게 살아가라는 말씀이었을까요? 난 이렇게 생각했어요. 풀처럼 유연하게, 자신의 자리에서 성장해나가면 된다. 그리고 결국은 이와미로 돌아가리라는 사실을 알았습니다. 남편은 장남이었고 언젠가는 고향에 돌아갈 거라고 처음 만났을 때부터 말했으니까요. 게다가 나도 오모리가 좋았습니다. 처음 간 날부터 오모리가 좋았죠.

처음 오모리에 갈 때는 어떻게 가셨나요? 버스? 전차?

처음에는 전차였지만 결혼식 때는 히로시마 방면에서 버스를 탔습니다. 달리고 달려도 산속이었고 그러다 민가도 사라질 때쯤엔 도대체 이 버스는 어디로 가는 걸까 싶었어요. 주고쿠산맥을 넘어야 했으니까요. 그래도 불안하지 않았습니다. 묘하게 차분했어요. 아니, 두근두근 설레기도 했습니다. 어떤 면에선 세상 물정을 몰라서 그런지 다들 걱정하는 부분도 전혀 신경 쓰이지 않았어요. '배짱 좋다', '겁이 없다'는 소리를 듣기도 했죠. 사람들의 보편적인 감각과 내 감각 사이에 미묘한 차이가 있었는지도 모르고요.

처음 오모리에 도착했을 때 생각했어요. '이런 산속에 사람이 살고 있다니, 이 얼마나 멋진 일인가.' 어쩌면 원래부터 이런 생활을 좋아했는지도 모르겠습니다. 잘 설명하지는 못하겠지만, 모리 씨와 함께 부탄에 갔을 때도 '이런 산속에서 사람들이 살아가고 있구나. 정말 멋있다' 하며 감탄했었잖아요? 그 비슷한 느낌이라고 할 수 있어요. 미와코가 태어난 무렵이니 벌써 30년도 더 된 이야기네요. 지금보다 훨씬 더 개방적인 동네였습니다. 문을 잠그는 집이 없었어요. 늘 열려 있는 문으로 왁자지껄하게 사람들이 드나들고는 했죠.

11월 2일, 진눈깨비가 내린 날 결혼식을 올렸습니다. 나고야에서 산 몇 년 동안 여름 방학만 되면 가족 모두 오모리로 향했습니다. 자동차를 타고 주고쿠산맥을 넘었죠. 다른 집도 마찬가지였어요. 여름이 되면 다들 가족과 함께 고향으로 돌아왔습니다. 그런 와자지껄한 분위기가 있었어요.

오모리에는 미슐랭 별이 붙은 레스토랑도 없고 해외 브랜드가 매장을 내는 일도 없습니다. 그러나 마을을 지켜주는 수호신이 있고, 이도신사(井戸神社)가 있습니다. 에도 시대에 기근이 들었을 때, 그 당시 이와미긴잔에 다이칸[10]으로 부임했던 이도헤이자에몬이 고구마를 들여왔습니다. 그때까지만 해도 고구마는 흔치 않은 작물이었어요. 고구마를 재배하면서부터 이 지역에 굶어 죽는 사람이 한 명도 나오지 않았다고 합니다. 고구마 재배를 장려한 유학자 아오키 곤요(青木昆陽)보다 3년이나 앞서는 이야기지요.

남편은 이도신사에 대한 애착이 정말 커요. 청소도 하고, 이런저런 행사에 팔을 걷어붙이기도 합니다. 사실 오늘도 신사에 축제가 있어서 마음이 분주합니다.

시어머님은 헤이세이 원년(1989년)에 돌아가셨으니 벌써 20년이 다 됐네요. 그 6, 7년 후 시아버님도 돌아가셨습니다.

시아버님은 정말로 온화한 분이셨어요. 근위축성경화증이라는 난치병에 걸려 호흡기를 매단 채 누워만 계셨지만 눈이 마주칠 때마다 방긋 웃어주셨습니다. 며느리인 제게 화를 낸 적이 한 번도 없으셨죠. 무서운 표정 한 번 보이신 적 없으셨습니다.

10 에도 시대 막부의 직할지를 다스리던 지방관

취중 인터뷰　　　다이키치 씨에게
　　　　　　　　　　듣는다

모리。　　　이 재킷도 군겐도 옷인가요?

다이키치。　네. 맞아요. 두 가지 색깔입니다. 밤에 봐서 잘 모르겠지만
　　　　　　낮에 보면 색깔이 달라요. 검은색과 차콜 그레이.

모리。　　　이번에 도미 씨의 책을 만들게 됐어요. 잘 부탁드립니다. 단
　　　　　　도직입적으로 이런 질문 드려서 죄송합니다만, 처음 만났
　　　　　　을 때 도미 씨의 인상은 어땠나요? 수박으로 낚이셨다는 소
　　　　　　문이 있던데요.(웃음)

다이키치。　새우튀김에 낚였죠.(웃음) 아내는 "격동의 쇼와 50년"이라
　　　　　　고 말하는데, 하필 그때 그 다세대주택에 사는 바람에.(웃
　　　　　　음)

모리。　　　수박 절반을 잘라 가면 이웃집 남자의 얼굴을 볼 수 있을까
　　　　　　했다고 도미 씨가 말씀하셨어요.

다이키치。　수박이 아니라 배였을 텐데요? 아무튼 옆집에 누군가 산다
　　　　　　는 건 알았습니다. 여자가 살고 있다는 것도 알았죠. 하지만
　　　　　　내가 속옷 도둑으로 의심받는 줄은 몰랐습니다.

모리。　　　다이키치 씨 외에도 남자는 많지 않았었나요?

다이키치。　많았죠. 2층에도 살았고. 이 사람 집이 입구에서 제일 첫 집
　　　　　　이었어요. 1층 첫 번째 집. 그 바로 옆집에 내가 살았고요.
　　　　　　수상하다면 나보다는 안쪽에 살던 남자가 더 수상했지요.

야마자키(군겐도 전무)。　속옷을 어디에 널어놨길래 그래?

다이키치。　사람이 다니는 통로에다 널어놨지 뭐야.

야마자키。　오, 대담하네.

모리 。 그렇다면 거기에 널어놓은 사람 책임도 있지 않나요?(웃음)

다이키치 。 하도 속옷을 훔쳐 간다고 그러기에 얼굴 사진을 붙여두면 어떻겠냐고 했어요.(웃음) 그러고 보니 도미는 그때 참 신기한 옷을 입고 다녔어요. 원피스도 아니고 파자마도 아니고 펑퍼짐한 에이라인의 한 장짜리 옷. 무늬도 특이했죠. 인도 천으로 만들었나 싶은, 복잡하고 기하학적인 무늬도 있었어요.

도미 。 특이한 옷을 입고 다니긴 했죠. 친정어머니한테 밝을 때 들어오지 말라는 소리를 들을 정도였어요. 너무 눈에 띄어 동네에 창피하다고. 다들 미니스커트나 무릎길이 치마를 입던 시절에 발목까지 오는 원피스를 입고 다녔으니까요.

다이키치 。 짧은 커트 머리에 화장기 없는 얼굴. 헐렁헐렁, 남자인지 여자인지 헷갈리는 특이한 옷을 입고 성큼성큼 씩씩하게 걸어 다녔죠. 그 무렵, 카르멘 마키가 인기였어요. 긴 생머리에 히피 스타일이었던 가수. 그 가수의 숏컷 버전이었다고나 할까요?

도미 。 패션 스타일은 나고야로 와서 더 특이해졌죠. 갤러리 숍을 맡고 매장을 하나둘 늘려갈 때, 나고야에 '사쿠라칸'이라는 빌딩이 생겼습니다. 스물다섯의 청년이 만든 빌딩이었는데, 최신 유행하던 '비기' 같은 브랜드를 입점시켰어요. 미국의 앤티크 의류를 취급하는 매장도 들어섰어요. 그 빌딩 제일 꼭대기 층에 매장을 낸 뒤 누구든 뒤돌아 볼만한 차림을 하고 기념사진을 찍었어요. 매장에서도 그런 스타일의 품목을 취급했고요.

다이키치 。 거기 모인 멤버들도 스타일이 다 비슷했어요. 손으로 액세서리를 만드는 그런 사람들만 모여들었으니까요.

모리。   다이키치 씨는 전공 분야가 다르셨잖아요? 놀라셨겠네요.

다이키치。 그랬죠. 나야 뭐 그때 '미스터 도넛'이었으니까요.

모리。   미스터 도넛 매장이 그때 벌써 있었군요.

다이키치。 나고야 1호점에서 일했죠. 대학교 2학년 때, 아르바이트로 그 일을 했습니다. 1학년 때는 골프장에서 캐디로 일했어요. 지금은 골프를 전혀 안 쳐요. 캐디 일을 할 때 그게 참 싫었거든요. 거만한 인간이 골프채를 휘두르고는 가서 공을 주워 오라고 하더군요. 돈을 벌어야 했기 때문에 "네, 네." 해야 했는데 그게 트라우마가 됐어요. 그래서 일절 골프를 치지 않아요.

모리。   집에서 생활비를 보내주지 않았나요?

다이키치。 3, 4만 엔 정도 받았을 거예요.

모리。   야마자키 전무님은 어디서 대학을 다니셨나요?

야마자키。 교토에서 다녔습니다.

다이키치。 같은 학교에 다녔어요.

야마자키。 집에서 생활비로 3만 엔 받았고, 월세가 9000엔 정도였어요.

다이키치。 우리가 이공계였으니 등록금은 아마 12만 엔 정도?

모리。   저도 학비가 그 정도였어요. 두 분과 같은 세대에 대학을 다녔으니까요. 요즘 사립대학은 100만 엔 쯤 하죠? 학비가 10배 가까이 올랐네요.

다이키치。 당시 국립대학 등록금이 3만 6000엔 정도였으니 12만 엔도 꽤 비싼 축이었죠.

모리。   그때는 다들 다다미 석 장 반짜리 코딱지만 한 방에 살았잖아요? 남자 동기 집에 놀러 가면 그 좁은 방에 둘이 마주 보고 앉아서 어떡하라는 건지. (웃음)

다이키치。 맞아요. 통로에 문이 다닥다닥 붙어 있는 월세방이었지요.

모리 ∘ 요즘에는 그래도 욕실과 화장실이 실내에 있으니 그때에 비하면 훌륭한 편이죠.

다이키치 ∘ 그때는 욕실이 바깥에 있었어요. 세면기가 두 개 정도 있어서 교대로 씻고 그랬지요. 첫 하숙집은 농가의 창고였습니다. 창고 안에 구획을 나눠 네 명 정도 모여 살았어요. 화장실은 실외에, 부엌은 창고 건너편이었는데 지붕만 쳐져 있고 바람이 웽웽 불어댔죠. 거기서 밥을 해 먹었습니다. 창고 바로 옆이 밭이어서 양파와 당근은 잔뜩 먹을 수 있었죠.

모리 ∘ 저도 그 시절이 생각나네요. 남자 동기네 집에 놀러 갔더니 밥을 해준다고 하더군요. 양배추 썬 것을 담고 그 위에 간장을 뿌려 "자, 양배추 밥 완성"이라며 가져왔어요. 쇼와 40년대 말, 그때는 가난해도 즐거웠어요.

다이키치 ∘ 된장하고 밥만 있으면 어떻게든 먹었죠. 어쩌다가 파친코에서 1만 5000엔 정도 잃고 나면 그때부터는 뭐 정상적인 생활이 불가능해요. 월급날까지 오직 밥에다가 반찬은 된장. 아니면 된장밥.

모리 ∘ 된장밥이요? 이상한 걸 드셨군요.(웃음) 제 남자 동기는 내장고기가 싸니까 소간 부추 볶음만 먹었나 봐요. 그 친구가 취업 후, 취업 준비 중이던 저에게 맛있는 걸 사주겠다고 하더군요. 그래서 소박하게 소간 부추 볶음이면 된다고 했더니 화를 벌컥 내더라고요. 지금껏 매일 그것만 먹고 살았다며.(웃음)

그나저나, 나고야에서 도미 씨와 만나고 얼마 만에 동거를 시작하셨나요?

다이키치 ∘ 내가 봄에 이사를 갔으니 서로 알게 된 게 아마 여름 정도?

도미 ∘ 확실히 여름이었죠. 수박을 줬으니까.

다이키치∘ 나는 왜 배라고 생각했을까? 아, 맞다! 당신이 수박을 가져왔고 내가 배로 돌려줬구나!

도미∘ 정답.

다이키치∘ 역시 당신이 나를 먼저 툭툭 건드렸군.(웃음)

야마자키∘ 누가 먼저든 상관없죠. 뭐, 벌써 30년도 더 된 일인데.

다이키치∘ 어떤 의미에선 그때 참 순수했구나 싶어요. 지금은 정보가 너무 빠르니까.

도미∘ 그때 편지도 꽤 썼었죠.

다이키치∘ 그랬지. 이 사람은 예전부터 달필이었어요.

모리∘ 이와미에 돌아오기 전, 이사를 몇 번이나 하셨나요?

다이키치∘ 두 번 이사했죠. 학교를 졸업하자마자 이사 갈 집을 찾기 시작했어요. 도미와 만난 다이코초의 셋집은 주방에 방이 하나인 집이었거든요. 목욕탕 갈 돈이 없어서 미와코의 아기 욕조에 물을 받아 가족 셋이 차례로 들어갔어요. 목욕물을 버릴 데가 없으니 현관 바닥에다가 촤악 하고 쏟아버렸고요.

모리∘ 그때 다이키치 씨 나이가?

다이키치∘ 스물하나였죠.

모리∘ 소노 아야코의 소설과 똑같네요.《스물한 살 아빠》라는 소설.

다이키치∘ 졸업 후 집을 찾기 시작했어요. 적어도 방이 2, 3개는 있어야겠다 싶어서. 그러다 우연히 찾은 집이 묘지와 절 사이에 끼인 집이었습니다. 우리가 들어갈 수 있을 만한 집은, 아무도 들어가지 않으려고 하던 그 집뿐이었죠.

도미∘ 집주인도 참 좋은 분이셨어요.

다이키치∘ 욕조 물을 데우려고 문을 열면 눈앞이 전부 묘지였던 집. 요즘 식으로 말하면 복층구조였고요.

모리∘ 집세는 얼마였나요? 나고야잖아요. 꽤 비싸지 않았을까요?

다이키치。월에 3만 엔.

도미。　　에이, 그 정도는 아니었어요. 그렇게 비쌌으면 못 빌렸을 걸요.

다이키치。내 월급이 아마 12만 엔 정도였지 싶은데……

모리。　　그 정도였을 것 같네요. 나도 다이키치 씨와 동년배니까. 제 초임이 10만 엔이었거든요. 요즘 젊은 사람들 보면 안타까워요. 도쿄에 산다면 월급의 절반을 월세로 써야 하니까요.

다이키치。그러게요. 그때 그 집 월세는 2~3만 엔 정도였던 것 같아요.

남편의 고향,
오모리 마을로!

핸드메이드 소품 만들기와
블라하우스의 탄생

마쓰바 도미는 이렇게 회상했다.

"나는 처음부터 이와미긴잔이 좋았다. 금방이라도 허물어질 것 같던 터널을 빠져나가자, 골짜기를 따라 옛 모습 그대로의 마을 풍경이 펼쳐졌다. 시간여행이라도 떠난 것 같은 기분이었다."

미에현의 시골 마을에서 태어난 소녀는 쓰시로 나가 장사를 배웠다. 그리고 나고야에서 일생의 동반자를 만났다. 결혼식 때 아이를 숨겨야 했지만 동요하지 않았다. 그녀는 남편 마쓰바 다이키치가 태어난 고향 이와미긴잔으로 갔다. 장남의 아내로서 시댁에 들어가 살려니 마음이 꽤 무거웠을 것이다. 그런데도 그녀는 '여기서 무엇을 할까' 하는 생각에 설렜다고 했다. 기대와 불안, 두 가지 감정이 공존했을 것이다.

그녀는 주부들을 모아 수작업으로 패치워크 일을 시작했다. 체크나 꽃무늬 천으로 파우치와 앞치마 같은 소품을 만들어 히로시마의 백화점에 가져가 팔았다. 그 무렵 로라 잉걸스 와일더가 쓴 《초원의 집》이 베스트셀러가 됐다. TV 드라마로 방영되면서 컨트리 스타일과 패치워크 붐이 일었다. 그 붐을 타고 그녀가 만든 제품도 잘 팔렸다. 1980년 무렵이었다. 일본은 고도성장의 꿈에 지쳐가고 있었다. 자연에 둘러싸인 조용한 시골 생활, 손으로 만든 옷, 정성이 깃든 식사를 그리워하는 시대가 도래한 것인지도 몰랐다.

결혼 후 한동안은 나고야 생활이 이어졌다고 들었습니다.
미와코가 다섯 살이 될 때까지 4, 5년 정도 나고야에 살았습니다. 그동안 니시데 씨의 일을 계속했어요. 그러는 사이 미와코가 초등학교에 들어갈 나이가 됐죠. 아무도 시골을 돌아보지 않던 시대였습니다. 사람도 돈도 도시로 흘러들었죠.

남편은 다마고보로 영업 일을 계속했어요. 그러다 드문드문 "고향에 돌아가면 어떨까?"라는 말을 꺼냈습니다. 고향에 가면 천을 만지는 일을 해보고 싶다고 했어요. 그래서 1년 좀 넘게 니시데 씨 밑에서 아르바이트를 하며 많은 도움을 받았습니다. 마쓰바 집안은 대대로 실 사(糸) 변이 붙는 것들을 팔아왔어요. 천으로 된 것들, 이불이라든지 포목이라든지. 그러니 섬유나 패브릭 쪽과 연이 있었던 건지도 모르겠네요.

당시 남편은 다소 지쳐 있었습니다. 다마고보로는 아무리 팔고 또 팔아도 기계에서 끊임없이 쏟아져나옵니다. 끝도 없이 같은 것에 쫓겨야 한다는 사실에 지쳐 있었던 모양이에요. 수량과 속도에 압도되지 않는 일을 하고 싶다고 했죠. 때마침 내가 하고 있던 부업이 그런 일이었습니다. 수작업의 패치워크 제품들. 화장품 파우치나 티슈커버 같은 것들. 완성하기까지 시간이 오래 걸리고 힘도 들지만 남편은 이 일을 고향에 가져가서 하고 싶어 했습니다.

두 아이를 데리고 이와미긴잔에 들어갔을 때, '자, 시작해보자!' 이런 느낌이었습니다. 속 편한 성격이라 그런지 '앞으로 여기서 살아간단 말이지?' 생각하며 기뻐했습니다. 산마루에서 내려다보니 이와미긴잔은 말 그대로 산골짜기 마을이었습니다. 맑은 날엔 저 멀리 바다까지 보였습니다. '과연 그 집 며느리가 우리 동네에 잘 적응할까?' 아마 마을 사람들 사이에선 이런 말이 돌았을 거예요. 시어머니는 여기서 나고 자란 분으로, 남들 이목을 상당히 신경 쓰셨습니다. 아니, 어쩌면 내가 유독 남들 이목에 개의치 않는 사람일지도 모르죠. 작은 마을이니 소문도 금세 퍼지고, 시댁에서도 고생이 많으셨을 거예요. 하지만 정작 나는 힘들다고 생각한 적이 없었습니다. 마침 봄이었기 때문에 아이와 산에 올라 산나물을 뜯어 말리고는 했어요. 그걸로 쓰쿠다니[1]를 잔뜩 만들어 언니들에게 보냈습니다. 그런 일들이 소중하고 즐거워 어쩔 줄을 몰랐죠.

그전까지만 해도 수도, 가스, 전기를 생활필수품이라 여

---

1 간장, 설탕, 맛술을 넣고 달콤 짭짤하게 조린 반찬

기고 살았습니다. 하지만 정말로 없으면 안 되는 것은 하늘의 별, 들판의 풀꽃, 졸졸졸 흐르는 시냇물 소리, 이런 것들이라는 걸 깨달았습니다. 그것을 알게 된 감동의 첫 해였죠. 지금까지와는 전혀 다른 생활이었습니다. 나라는 풀씨가 떨어진 곳이 바위일지도 모르지만, 거기에 뿌리를 내릴지 말지는 내가 어떻게 사느냐에 달렸다고 생각했습니다.

집안 분위기라고나 할까요? 사고방식도 전혀 달랐습니다. 친정어머니는 끊임없이 일하는 사람이었기 때문에 무얼 하든 효율적으로, 요령 있게 해내면 칭찬해주는 분이었습니다. 하지만 시어머니는 달랐습니다. 같이 수다를 떨거나 차를 마시면 기분이 좋아지지만 일을 하면 기분이 나빠지는 그런 분이셨죠.(웃음) 장사꾼으로서의 자세도 전혀 달랐습니다. 시부모님은 마쓰에시의 도매상들이 가져온 물건을 골라 그것을 지역 사람들에게 판매하는 일도 하셨습니다. 그런데 일단은 자신이 입고 싶고, 갖고 싶은 것을 고르는 데 열중하셨어요. 장사가 우선이 아니었던 거죠.

나중에 곰곰이 생각해보니 시부모님은 언제나 어떤 상황에서나 자신들을 찾아온 사람이 있으면 충실히 상대하셨습니다. 장사꾼의 기본은 충분히 갖추셨던 거죠. 어떻게든 팔아보겠다거나 장삿속으로 사람을 대한다는 느낌을 받은 적은 한 번도 없었습니다. 이것이 시댁 스타일의 장사 방식이었어요.

현재 오모리의 인구는 430명, 그 당시는 약 500명 정도였습니다. 우리가 들어온 그해, 초등학교의 졸업생은 한 명이었습니다. 이미 인구 과소화가 진행 중이었고, 고령화로 인해 젊은 인구가 줄어들고 있었습니다. 다들 어찌나 우리를 반겨주셨는지 모릅니다. 그런 마을에 아이 둘을 데리고 귀향했으니까요.

미와코가 유치원에 입학하던 날, 입학생은 전부 일곱이었습니다. 초등학교 교장을 겸임하던 원장선생님 말씀이 인상적이었습니다. "올해는 학생들이 많네요." 일곱이 많다니 깜짝 놀랐죠. 그도 그럴 것이 그해 초등학교 졸업생은 단 한 명뿐이었으니까요. 지금은 전교생이 열한 명입니다.

남편은 삼형제 중 맏이입니다. 나머지 두 형제는 교토와 도쿄에 살고 있어요. 내가 처음 왔을 때 막내 도련님은 고등학생이었습니다.

오모리로 들어오던 날의 기억이 지금도 생생합니다. 금방이라도 허물어질 것 같던 터널. 가족 넷을 태운 고물 자동차가 그 터널을 빠져나가자 옛 모습 그대로의 오모리 풍경이 펼쳐졌습니다. 정말이지 시간여행이라도 한 것 같은 기분이었어요. '우와! 이게 뭐지!' 초록 지붕 집으로 달려가는 빨강머리 앤 같은 심경이었습니다. 그 무렵 좋아했던 빨강머리 앤, 그 소녀가 고아원을 떠나 프린스에드워드섬으로 들어가던 그 장면이 떠올랐습니다.

'소녀는 스쳐 가는 풍경에 환호성을 질렀고, 이건 뭐예요? 저건 뭐예요? 계속해서 물었다. 차창으로 펼쳐지는 경치는 너무나도 아름다웠고, 앞으로 시작될 생활, 그 불안감에 지지 않겠노라 필사적이었다.'

그때 제 나이 서른둘이었습니다.

시골은 그렇게 열심히 하지 않아도 장사로 먹고살 수 있는 곳입니다. 다들 의리도 있고 웬만하면 사주니까요. 뜨내기손님도 없고 눈요기만 하고 그냥 가는 손님도 없습니다. 일단 오면 뭐든 사서 나갔기 때문에 지금껏 먹고살 수 있었습니다. 하지만 앞으로 매상이 늘지 않으리라는 것은 우리 부부도, 시부모님도 잘 알고 있었습니다.

사람들이 기모노를 입지 않게 된 것도 그 무렵부터였습니다. 지금도 지방에는 개점휴업 상태의 포목점들이 참 많아요. 예전에는 꽤나 잘됐을 것 같은 그런 가게들. 아마도 어느 시점에서 태세 전환이 제대로 이루어지지 못한 거죠.

우리 단골 중에도 가게를 물려주는 과정에서 세대교체의 어려움을 토로하는 분들이 많으셨어요. 그러나 마쓰바 집안에 부모 자식 간의 갈등은 없었습니다. 시아버지가 장사를 아주 열심히 하는 분은 아니셨거든요.(웃음) 그러니 고집을 부릴 필요도 없었지요.

이곳에서도 나고야에서 하던 일을 계속했습니다. 아이들을 키우면서 자투리 천으로 파우치 같은 걸 만들기 시작했지요. 아, 그러고 보니 회사가 자리잡기 전, 완전히 망한 적이 있었습니다. 이웃에 사는 주부들을 모아 시댁

2층에서 수작업으로 소품을 만들었어요. 상품진열용 카트를 빌려 역 중앙 광장, 백화점 특별전시장을 돌며 판매해봤지만 수지타산이 맞지 않아 해산했지요. 그때가 가장 힘든 시기였어요. 시부모님도 우리 때문에 쓰라린 경험을 하셨어요. 그 이후 블라하우스를 만들었습니다.

주부들끼리 모여 뭔가를 하다 보면 왠지 모르게 친목회처럼 되어버리기도 하죠.

그렇죠. 그런 면에서 첫 회사는 회사라기보다 사이좋은 동료 모임에 더 가까웠는지도 모르겠네요. 아무튼 원가계산을 확실히 하지 않은 탓에 수지타산이 맞지 않았던 것이 실패의 원인이었습니다.

사업할 때 여자들끼리 친목이 강조되다 보면 오래 지속하지 못하는 경향이 있기는 합니다. 블라하우스의 봉제 공정은 어디에서 이루어졌나요?

봉제 공정이라기엔 거창하지만 오다 시내에서 재봉하는 사람을 세 명 정도 고용했습니다. 공장이라 부르기는 어려운 작은 공간에서 작업을 시작했어요. 취미를 넘어 전문적으로 하고 싶어 하는 분들을 소개받았습니다. 거기서 앞치마와 같은 것들을 만든 게 블라하우스의 시작이었습니다. 지금의 종이공방 자리가 실은 마쓰바 집안이 포목점을 하던 자리였어요. 그곳에 블라하우스를 설립했죠.

좋은 물건을 만들어 깔끔하게 포장하지 않으면 상품으로 내놓을 수 없었을텐데 상품 관리에 어려움은 없으셨습니까?

세상에는 빈틈없이 완벽한 상품도 있습니다. 그러나 한편으로는 수작업의 온기가 더 중요한 것들도 있어요. 소품에 한해서는 어디까지나 '엄마가 손으로 만든 물건'이 콘셉트였어요. 라벨만 떼어내면 엄마가 만들었다고 해도 통할 것 같은 제품을 생각했으니까요. 기계도 필요 없고 균일할 필요도 없었습니다.

손바느질로 만든 제품도 있었나요?

네. 있었습니다. 왕년에 바느질 좀 해봤다는, 지금은 시간적 여유가 많은 할머님들이 맡아주셨습니다.자기 용돈 벌이 정도면 된다고들 하셨죠.

이 지역 분들이신가요?

네. 대부분 오다 시내에 거주하는 분들이셨죠, 멀리는 마쓰에시까지.

정직원 외에도 상당한 숫자의 사람들에게 돈이 도는 시스템을 만드신 거군요.

그 당시, 부업 하는 분들만 100명 정도는 있었을 거예요.

그렇게나 많이요? 블라하우스의 전성기였군요.

그랬죠. 연간 수천만 엔 정도를 부업 하는 분들 임금으로 지출했으니까요. 부업 하는 분 중에 이불집 사모님이 있었습니다. 그분 꿈이 영국에 가보는 것이었는데 번 돈을 한두 푼 모아 결국엔 그 꿈을 이루었지요. 화단 만들기에 열심이었던 할머니도 계셨습니다. 늘 할아버지 수입으로 꽃씨와 모종을 사야 했기에 마음이 불편하다고 하셨어요. 그런데 부업으로 수입을 얻고부터 마음의 부담이 사라졌다며 무척 좋아하셨죠.

부업 시스템을 관리하는 책임자가 있고, 거기서 가지가 뻗어나갔기 때문에 정작 작업자들을 만날 일은 그리 많지 않았습니다. 하지만 일 년에 한 번 정도는 그분들 집마다 돌며 직접 만났어요. 이런저런 이야기를 나누며 차를 마시고는 했습니다.

깊은 산속이라 차가 들어가지 못하는 곳에 사는 분들도 있었는데, 그때는 근처에서 만나 재료를 전달했습니다. 다소 고립된 곳에 사는 할머니들도 경제활동을 할 수 있었다는 것. 새삼스럽지만 그것만으로도 좋은 일이었어요. 그런 일을 다시 해보고 싶다는 생각도 있습니다. 꼭 아플리케나 패치워크가 아니더라도 말이죠.

천으로 엮어 만든 조리 슬리퍼도 있었죠? 수공예 느낌의.
네. 있었습니다. 여든 넘은 할머니가 만들어주셨죠. 지금은 돌아가셨지만요.

요즘 천으로 된 조리가 한창 유행하고 있어요. 제가 밭농

사를 짓고 있는 미야자키(宮崎)현 마루모리마치(丸森町) 에서도 천으로 된 조리 슬리퍼를 팔고 있으니까요.

우리 회사의 20년 전 히트 상품입니다. 내가 기획한 상품 중 가장 오랫동안 팔린 스테디셀러예요.

지방의 경우, 정규직을 뽑는 직장뿐만 아니라 재택이 가능한 부업 체계도 잘 갖춰져 있어야겠다는 생각이 드네요.

맞습니다. 시골의 주부가 밖에서 근무하기 쉽지 않은 시대였으니까요. 집안 어른의 병간호 때문에 일하러 갈 수 없는 사람도 있었고요.

감동적인 건, 그때 이미 블라하우스에 '세 가닥 땋기 제품'이 있었다는 겁니다. 바늘꽂이나 매트 같은 것들이죠. 끈을 만들어 뒤집고 털실을 넣어 빵빵하게 한 후 세 가닥으로 땋은 제품들입니다. 다리가 불편해 걸을 수 없는 할머니가 침대 위에서 만들어주셨어요. 그 할머니의 가까운 지인 몇 분이 팀을 꾸렸죠. 언제가 다들 모여 온천 여행을 갔는데, 끈을 뒤집을 때 봉이 닿는 부분에 똑같이 굳은살이 박인 걸 발견했다고 해요. 그래서 깔깔대며 다 같이 웃었다는 이야기를 들었습니다.

지금은 어디에서 봉제를 하나요?

인근 마을에 지쿠라쿠 공방이라는 곳이 있어요. 봉제공장이 없어진 후 거기서 일하던 아주머니 세 분 정도를 고용했습니다. 그분들이 앞치마 등 소소한 것들을 만들어주고 계시죠.

옷 제작 같은 본격적인 작업은 돗토리현에서도 하고, 시마네현 안에서는 여기 말고 인근 지역에서 하고 있습니다.

가까운 현 정도의 범위겠군요?
그렇습니다.

회사명과 브랜드명이 여러 번 바뀌었습니다. 어떻게 된 일인가요?
좀 복잡하지요? 처음에는 마쓰바 집안의 가게 이름을 가져와 '유한회사 마쓰다야(松田屋)'라고 회사명을 정했습니다. 그게 나중에 '주식회사 이와미긴잔 생활문화연구소'가 됐죠. 브랜드명은 '블라하우스'에서 '군겐도'로 바뀌었고요.

블라하우스는 나고야 시절에 만든 이름이었습니다. 니시데 씨의 일만으로는 생활이 어려울 때, 그에게 물건을 꿔다가 판 적이 있습니다. 지금으로 치자면 플리마켓인 셈인데, 뭐라도 가게 이름이 있는 편이 좋겠다 싶어서 블라하우스라는 이름을 만들었어요.

그때는 '무슨 무슨 하우스'라는 이름이 유행했습니다. 〈논노〉인지 〈앙앙〉인지 아무튼 잡지를 보다가 피지에 대한 기사를 봤습니다. '블라'가 피지 말로 '안녕하세요'라는 뜻이라고 하더군요. 피지에서는 가볍게 '블라' 하고 인사하며 말을 건네는 모양이었습니다. 그래서 그냥 별 뜻 없이 '블라하우스'라고 이름을 정했습니다. 안이하게 생각했지만 결국 그 이름이 오래도록 살아남았죠.

모리 씨와 처음 만났을 무렵만 해도 일부에서는 블라하우스라는 이름을 썼을 거예요. 현재는 공식적으로는 쓰지는 않지만 본점 간판 밑에 그 흔적을 남겨뒀습니다. 여전히 이 지역에서는 블라하우스라는 이름을 익숙해하거든요. 타 지역 손님이 군겐도 가는 길을 물어도 '아, 블라하우스 말이죠?' 하며 설명할 정도니까요.

제가 여기 처음 왔을 때가 아마 블라하우스에서 군겐도로 바뀌는 중이었을 겁니다. 둘 중 어느 게 진짜 이름일까 궁금했어요. 게다가 마쓰다야라는 회사 이름까지 추가되니 헷갈릴 수밖에 없었습니다.

그랬을 거예요. 우리 부부의 적당한 성격 탓이죠.(웃음) 특히 남편은 그 정도가 더 심합니다. 확실히 선을 긋거나 정확히 구분 짓는 걸 도통 하지 않아요. 그 대신 함부로 버리지도 않죠. 물건도 그렇고 사람도 그렇고.

한 번 망해서 접은 사업을 다시 살리게 된 계기는 친구의 권유 때문이었습니다. 1987년, 도쿄 하루미에서 〈도쿄 국제 기프트 쇼〉라는 대규모 박람회가 있으니 참가해보는 게 어떻겠느냐는 이야기를 들었어요. 우리 마을에서 유일하게 회사 체계를 갖추고 있었던 식당 이름을 빌려 기프트 쇼에 부스를 차렸습니다. 야간열차를 타고 올라갔죠.

- 오모리 마을 지도. 길을 따라 아베가, 군겐도 본점이 이어진다.
  '무자쿠암'은 '촛불의 집'을 말한다.

•• 본점 앞의 모습. 블라하우스 간판이 아직도 남아 있다.

산에서 주은 솔방울과 남편이 엮은 덩굴 바구니로 부스를 꾸미고, 오래된 거리 사진을 입구에 전시한 것이 바이어들의 이목을 끌었습니다. 큰 기업에서도 거래를 문의했죠. 정말 기뻤습니다. 디자인까지 전부 사고 싶다는 이야기도 있었으니까요. 하지만 남편은 "대기업의 하청업자가 되고 싶지는 않다. 어디까지나 이와미긴잔에서 내놓는 상품이어야 한다. 이번에는 시장의 흐름을 파악하기 위해 참석한 것이므로 주문은 다음부터 받겠다"며 상담을 전부 거절했습니다.

그 무렵 빗자루 인형이란 걸 만들었습니다. 나고야 시절, 집 근처에 시장이 있었습니다. 거기 장을 보러 갔다가 짧은 손잡이가 달린 종려나무 빗자루를 보았죠. 그걸 잔뜩 사 와서 인형처럼 만들어봤습니다. 얼굴을 붙이고 옷을 만들어 입혔고, 바닥을 쓰는 넓은 부분이 치마처럼 보이게 만들었습니다. 가게에 그 인형을 내놓으면 언제나 완판이었습니다. 그래서 생활이 좀 힘들다 싶으면 빗자루 인형을 만들어 팔았죠. 수작업으로 하느라 아무리 열심히 만들어도 큰 벌이가 되지는 않았지만요.

그다음으로 판 게 천으로 된 조리 슬리퍼였습니다. 근처에 사시는 여든 넘은 할머니의 수제품을 봤는데 정말 근사했어요. 맨발에 닿는 감촉도 좋았습니다. 면으로 지푸라기를 감싸 끈을 만든 후 그 끈을 엮어 만든 제품이었습니다.

그 뒤로 짚을 섞어 만든 종이봉투, 편지지 등 '와랏짜우'

시리즈[2]를 만들어, '지푸라기라도 잡는 지역 활성화, 지푸라기까지 되살려 쓰는 블라하우스'라는 카피를 쓰기도 했습니다. 지역에서 나는 지푸라기까지 활용해 마을을 살려야 한다는 메시지를 담았지요.

제가 도쿄에서 〈야나카, 네즈, 센다기(谷中, 根津, 千駄木)〉라는 지역잡지를 창간한 해가 1984년이었습니다. '지역 활성화', '마을 살리기'라는 말이 들려오기 시작한 것도 그 무렵이었죠. 마침 같은 시기에 도쿄와 시마네에서 '지푸라기라도 잡겠다'는 심정으로 각자 활동을 시작한 셈이네요.

매일 아침 아이를 유치원까지 데려다주고 이것저것 열심히 만들었습니다. 그때는 아이를 2시까지만 맡아줬기 때문에 그리 시간이 많지 않았죠.

니시데 씨의 원단은 비싸서 살 수가 없었습니다. 하지만 그가 의뢰한 부업을 오래했기 때문에 집에 남아도는 자투리 천은 많았습니다. 자투리 천은 반납하지 않아도 됐고, 그냥 두면 아까우니까 손수건 크기도 안 되는 것을 자르고 다시 꿰매 소품을 만들었습니다. 빗자루 인형은 750엔, 파우치는 600엔이나 1000엔 정도에 팔았죠.

그 무렵 백화점의 특별행사장에서 〈주부 핸드메이드 페스티벌〉이 열렸어요. 주부들이 취미로 만든 패치워크 작

2 본래 '와랏짜우'는 '웃다', '웃어버리다'라는 뜻이며, 일본어로 짚을 '와라'라고 한다. 두 단어의 발음을 연결지어 시리즈 이름을 붙였다.

품을 진열하면 그 친구들이 우르르 몰려와 구경하고, 돌아갈 때 하나씩 사 들고 갔습니다. 패치워크가 붐이었고 그런 이벤트가 유행하던 시절이었습니다. 블라하우스도 히로시마와 마쓰에의 백화점에 부스를 차렸습니다. 꽤 잘 팔려나갔죠.

다른 부스는 아침부터 찾아온 친구들로 북적였습니다. 하지만 우리는 멀리 진출한 참이라 찾아올 만한 친구가 없어 오전에는 손님이 거의 없었습니다. 그래도 계속 기다렸죠. 한바탕 북적였던 다른 부스의 친구들이 빠져나간 뒤에야 우리 물건도 팔리기 시작했습니다.

남편이 물건을 진짜 잘 팔아요. 자연스레 사람들과 섞이는 데 능숙하죠. 내 경우엔 어떻게 만들었는지, 얼마나 좋은 물건인지, 열심히 그리고 진지하게 설명합니다. 하지만 남편은 그런 말을 전혀 하지 않아요. 그냥 손님과 대화에 몰입합니다. '어? 그러다 보니 또 하나 팔렸네?' 뭐 이런 느낌으로 물건을 팝니다. 찾는 사람이 뜸해진다 싶으면 부스 앞으로 나가서 부스럭부스럭 정리하는 시늉을 하죠. 그럼 또 손님이 그 모습을 보고 다가옵니다. 과연 장사꾼의 아들이 맞다니까요.

이 근방의 주요 상권이라면 히로시마겠군요. 상품은 차로 운반하셨습니까?
네. 둘이서 차에 물건을 싣고, 아이는 시어머니께 맡기고 팔러 나갔습니다. 잘 판 날은 중간에 버스로 돌아와 밤새 또 만들었어요. 그리고 다시 다음 날 버스를 타고 물건을 가져갔죠. 지금 생각해보면 즐거웠습니다. 뭐든 초창기에는 재밌잖아요.

돈이 없으니 아끼고 또 아꼈습니다. 매번 매출이 좋았던 건 아니지만 그래도 어느 정도 인정을 받아 히로시마 소고 백화점에서 매장을 내자고 제안해왔습니다. 몇 년이나 그 일을 계속해왔고, 〈초원의 집〉 방송 등으로 인해 컨트리 스타일이 유행하면서 우리 물건을 좋아하는 사람이 생기기 시작했습니다.

말하자면 이와미긴잔은 제조 공장 같은 곳이었습니다. 이와미긴잔을 기반으로 물건을 만들고, 그 대부분을 시내로 가져가 팔았으니까요. 일부는 동네 매장에 진열해서 팔기도 했습니다. 초등학교나 유치원 학부모 모임에 가보면 블라하우스가 지역민들에게도 사랑받고 있다는 걸 느낄 수 있었습니다. 모여서 요리하는 어머니들이 모두 블라하우스의 앞치마를 하고 있었거든요.

그 무렵 시댁 바로 앞 건물이 매물로 나왔습니다. 과감하게 매입했죠. 그것이 지금의 본점 건물입니다. 시어머니가 돌아가신 1989년, 본점 건물이 완성됐습니다.

오픈 당시에는 손님이 거의 없었습니다. 매상이 없었던 날도 있었으니까요. 그러다 서서히 입소문이 퍼지기 시작했습니다. 도시의 백화점과 쇼핑몰에 매장을 낸 덕분에 사업이 커졌어요. 도매 거래도 시작했습니다. 점점 매상이 붙었죠. 블라하우스의 카피 상품이 나올 정도로 시장이 커졌습니다.

처음에는 돈이 없으니 주재료인 원단조차 충분히 살 수 없었습니다. 부업 하는 분들이 "내일 작업할 천이 없다"고 하면 남편은 어떻게 해서든 필사적으로 원단을 재단해 배달했습니다. 그 당시 〈오싱〉이라는 드라마의 인기가 대단했어요. 드라마에서 군복공장에서 옷감을 두 팔로 안고 넓게 펼치는 장면이 있었는데, 블라하우스 초창기에는 그 장면과 똑같은 방식으로 일했습니다. 연반기[3]도 없고 재단기도 없었기 때문에 남편은 필요한 천을 가늠한 뒤 바닥에 합판을 깔고 그 위에 펼쳐놓고 잘랐습니다. 가위로 재단했기 때문에 많은 양을 자르기는 어려웠어요. 그러던 어느 날 "오다 시내의 재봉 가게에 갔더니 이런 게 있더라"며 남편이 재단기를 사왔습니다. 〈오싱〉의 군복공장에서 쓰던 것과 똑같은 물건이었어요. 박음질만 맡기고 재단은 남편과 둘이서 전부 했어요

근처에 제복을 만드는 공장이 있었습니다. 거기 부탁해 밤 동안 연반 테이블을 빌렸어요. 연반 테이블이란 원단을 평평하게 펼칠 수 있는 장치예요. 처음부터 남편이 상품 제작과 관련된 일을 해왔습니다.

자주 오해받는 부분입니다만, 내가 디자인과 제품 제작을 전담하고 남편은 영업이나 경영만 하는 줄 알아요. 하지만 그 무렵에는 남편이 재단 일까지 도맡아 했습니다. 영업하러 돌아다니며 정보도 얻어 옵니다. 이런 것들이 팔린다, 이런 것들을 하면 좋겠다는 이야기들이죠. 나는

산속에서 남편이 오기를 기다립니다. 그리고 그 이야기를 토대로 디자인을 궁리합니다. 그렇게 상품이 탄생했어요. 여기까지가 1980년대 말까지의 이야기입니다.

하지만 10년 가까이 하다 보니 팔림새에 그늘이 보이기 시작했습니다. 복제 상품이 나돌았고 중국제가 들어왔죠. 더 이상 블라하우스의 시대는 아니구나, 남편은 그렇게 느꼈어요. 그 무렵 공간을 빌려 교토에서 전시회를 열었습니다. 전시회는 성황이었고 제품도 잘 팔려나갔지만 남편의 생각은 달랐습니다. 사거리 건널목을 건너면서 문득 그러더군요.

"블라하우스도 이제 끝이군."

나로서는 씁쓸한 기분이었습니다. 여전히 잘 팔리는데 왜 저럴까 싶었어요. 하지만 남편은 장사에 동물적인 감각이 있는 사람입니다. 그래서 그때부터 군겐도로 방향을 틀었습니다. 성인을 대상으로 한 기성복 시장이 타깃이었죠. 초창기에는 회사명이나 제품에 대한 손님들의 비판이 많았습니다. 그러나 군겐도는 점점 성장했고 사람들도 흥미를 가지기 시작했습니다. 완전히 군겐도로 바꾸는 데는 몇 년이나 걸렸습니다.

군겐도로 전환한 건 언제부터였습니까?

군겐도라는 이름을 쓴 건 1980년대 말부터입니다. 직원

---

3 재단하기 쉽게 옷감을 팽팽하게 펼쳐 고정하는 기계

중에 판 씨라는 중국인 유학생이 있었습니다. 그녀의 남편인 야오 와헤이 씨가 가르쳐준 이름이에요. 한 사람의 권력자가 높은 자리에서 하는 일방적인 말을 이치겐도(一言堂)라고 합니다. 말하자면 호랑이의 포효 같은 거예요. 그에 반해 군겐도(群言堂)란 모두가 내놓은 의견을 종합해 좋은 방향으로 결정해나간다는 의미입니다.

야오 씨는 마쓰에시에서 유학 중인 학생이었습니다. 부부끼리 중국어만 쓰다 보니 좀처럼 일본어가 늘지 않았대요. 그래서 한 달 정도 '촛불의 집' 근처에 살며 자주 만났습니다. 시마네대학에서 박사 과정을 밟고 있었죠.

아내인 판 씨는 시마네대학에서 박사 과정까지 모두 마친 상태였지만 아이까지 일본에 데려온 터라 먼저 돌아갈 수 없었습니다. 일본에서 취직하고 싶어 했어요. 그래서 남편이 이래저래 도와줬죠. 처음에는 그녀도 우리와 같이 일할 생각이 전혀 없었습니다. 농업, 그것도 수경재배가 전문 분야였으니 우리와 분야가 전혀 달랐죠. 그녀의 취직을 위해 다방면으로 애를 썼지만 상황은 점점 더 힘들어져만 갔습니다. 그래서 판 씨가 가진 능력 중 우리 회사와 맞는 게 뭐가 있을지 찾아봤습니다. 접점은 염색의 원료인 쪽밖에 없었어요. 그렇다면 쪽 연구원으로 채용하자는 결론이 났죠.(웃음) 쪽의 재배부터 성분 분석 등 시마네대학의 연구실까지 빌려 열심히 일해주었습니다. 연구개발자로 2년 동안 근무하다가 아예 오모리로 들어오게 됐죠. 야오 씨도 경제학 박사 학위를 무사히 땄어요. 그리고 지금은 중국에서 일하려고 준비하고 있습니다.

아, 방금 생각났는데 시마네현에 벤처 기금 제도가 있었어요. 자금난이 심할 때 벤처 기금을 신청한 적이 있었습니다. 심사위원 중에 그 당시 맥도날드의 사장이었던 후지타 덴(藤田田) 씨가 있었어요. 심사 날, 남편이 같이 가자기에 무슨 일인지도 모르고 일단 따라나섰습니다.

당시에는 천으로 만든 조리 슬리퍼가 주력상품이었기에 그걸 챙겨 갔어요. 복도에서 우리를 기다리던 심사위원들은 두꺼운 서류를 잔뜩 안고 있었습니다. 속으로는 조금 걱정스러웠지요. 남편과 함께 사무실에 들어가 만담처럼 주거니 받거니 심사위원들과 이야기를 나눴습니다.

후지타 씨는 이와미긴잔 같은 어두운 이미지의 이름은 붙이지 않는 쪽이 좋겠다고 하더군요. 유럽이나 해외 쪽을 잘 알고 있으니 만약 해외에 진출하고 싶다면 얼마든지 소개해줄 수 있다고도 했습니다. 그런데 남편이 주제넘게도 '지금 일본은 밖을 향할 때가 아니다. 자기 발밑부터 볼 줄 알아야 한다'는 취지의 이야기를 너무나도 태연하게 하는 바람에…… 그런 실례를 범한 것치고는 후지타 씨가 심사 때 우리를 꽤나 밀어주셨던 모양입니다.

부인이 시마네현 출신이기도 했고, 시마네현을 응원하는 마음이 있었나 봐요. 하지만 우리가 하는 모든 일들이 취미 수준에 그친다는 소리도 들었습니다. 그분은 숫자로 따져 묻는 사람이니까요. 어쨌든 그분 덕분에 벤처 기금을 받을 수 있었습니다. 받았다고는 하나 그것 역시 빚이

었고 다행히 전부 다 갚았습니다. 기한 안에 제대로 갚은
곳은 우리가 처음이었다고 하더군요.

**핵심 인물인 야마자키 노리아키 전무는 친척인가요? 어딘
지 모르게 다이키치 씨와 형제 같은 느낌이 있습니다.**

그런 말 자주 들었어요. 하지만 친척은 아닙니다. 야마자
키 전무가 초창기 멤버는 아닙니다. 도쿄 롯폰기 악세스
빌딩 지하에 '도쿄 캉캉'이라는 매장이 있어요. 아프리카
스타일의 의류와 잡화를 판매하는 곳인데 좋은 패브릭을
취급해 자주 들렀죠. 어느 날 그 매장에 갔다가 멋진 의
자를 발견했습니다. 통나무 한 그루를 다듬어서 만든 아
프리카 의자였고 판매용은 아니었습니다. 그런 스타일의
나무 침대도 있었는데 무척 탐이 나더군요. 거기에서 야
마자키 씨를 만났습니다. 오다시 출신이었던 그는 도쿄
에서 수입 잡화를 판매했습니다.

얼마 후 독립해 자기 사업을 시작한 야마자키 씨가 군
겐도를 방문해주셨어요. 수입 잡화들을 싣고 왔다기에 구
경하러 갔더니 놀랍게도 아프리카 가구가 실려 있었습니
다. 갖고 싶어서 찾아 헤맸던 바로 그 가구였어요. 그로부
터 얼마 지나지 않아 같이 일해보자는 이야기가 나왔고,
그렇게 군겐도에 입사하게 되었습니다.

참 신기하게도, 원했거나 마음으로 그렸던 것들과 결국
에는 만나게 되더라고요. 손에 넣게 되지요. 사업적으로
큰 이익을 얻게 된다는 이야기가 아닙니다. 왜 그런지는

몰라도 자연스레 하나둘 연결됩니다. 지금 이렇게 모리 씨와 만난 것만 봐도 알 수 있어요. 야나카에 매장을 내고 싶다고 생각한 그때부터 언젠가는 꼭 한번 만나고 싶었거든요.

야마자키 씨는 당시 히로시마로 돌아와 독립한 상태로 암중모색의 시기였습니다. 여러 가지가 잘 맞물려 함께하게 됐죠. 지금은 군겐도의 경영 전반을 맡고 계십니다.

가장 오래된 직원은 경리부의 다헤이 씨입니다. 시댁 2층에서 우리 부부가 맨바닥부터 다시 시작할 때, 그때부터 함께해온 사람입니다. 야마자키 전무 그리고 남편과 같은 대학 동기로, 꼼꼼하고 일처리가 확실한 사람이지요. 다헤이 씨가 있어서 지금까지 해올 수 있었습니다. "보통은 남편이 돈 계산을 못하면 아내가 잘하고, 아내가 못하면 남편이 잘하는데 이 집은 어떻게 된 게 둘 다 못한다"며 지금까지 우리와 함께해주고 있지요.(웃음) 이렇게 오랫동안 함께한 분들이 많습니다.

제일 처음 디자인한 옷은 무엇이었나요?

디자인 쪽은 아마추어나 마찬가지였어요. 블라하우스 시절, 앞치마나 원피스형 앞치마라 부르는 홈드레스 종류는 있었지만 옷이라고 부를 만한 건 없었으니까요. 어찌 됐건 내가 입고 싶은 걸 만들자는 생각이었습니다.

그 당시 원피스 같은 심플한 옷 위에 앞치마를 겹쳐 입는 컨트리 스타일의 옷을 입고 다녔습니다. 미국식 컨트리 스타일이 유행하던 시기였고 그런 것들이 날개 돋친 듯 팔려나갔죠. 하지만 내가 만든 옷은 〈초원의 집〉 스타일과는 달랐습니다. 니가타현에서 만든 원단을 좋아하는데, 거기서 인그레인 기법[4]으로 염색한 체크무늬 천을 사와서 옷을 만들었습니다. 블라하우스 특유의 색감이 잘 표현된 옷이었어요.

제품을 소량생산하고, 한 제품의 판매기간도 짧은 편입니다. 주력상품이나 대표상품들, 잘 팔린다는 이유로 계속 판매 중인 상품은 없나요?

대표상품은 없지만 군겐도를 대표할 만한 디자인과 소재는 있습니다. 베이직한 디자인이 우리의 상징이기 때문에 제품 자체가 그리 눈에 띄지는 않을 수 있겠네요. 소재 면에서는 생산자들의 노고를 잘 알고 있기 때문에 좋은 것을 선택하려고 합니다. 몇몇은 색이나 무늬만 바꿔 오랫동안 사용하고 있어요. 계속해서 만들지 않으면 기술의 전승이 끊어질지 모르는 전통 소재도 있으니까요.

요즘 들어 다시 블라하우스의 상품이 잘 팔리는 시대가 올지도 모른다는 느낌이 듭니다. 이와미긴잔 생활문화연구소 내부에 딸 세대의 직원들이 꾸려가는 '네네'라는 브랜드가 있어요. 그들이 만드는 물건에서 내가 예전에 만든 것들과 비슷한 느낌을 받습니다. 물론 시대가 다르니 디자인도 훨씬 세련되고 발전했지만, 어쩐지 한 바퀴 빙 돌고 다시 만난 느낌이랄까요? 수작업의 온기라든가 가족적인 따뜻함이라든가. 그야말로 블라하우스의 원류를 발견하곤 합니다.

초기의 제품들, 그러니까 블라하우스 시절의 상품을 구매할 수는 없나요? 그 제품들도 하나씩은 보관하고 계신지 궁금합니다.

사진은 남겨뒀습니다. 모든 아이템을 보관한다는 건 무리니까요. 지금으로서는 손님이 가지고 있는 것들이 전부입니다. 낡아도 버릴 수가 없다고들 하시죠. 본가의 언니들도 내가 선물한 것들을 지금까지 쓰고 있다고 합니다. 한 땀 한 땀 손바느질로 만든, 손맛이 깃든 물건이니까요.

물건을 만드는 사람은 앞만 봅니다. 팔리면 팔리는 대로 전부 다 팔고 모아두지 않아요. 그것이 취미로 하는 사람과 다른 점이에요. 만든 작품을 고이 모아두고 가끔 꺼내 보며 즐거움을 느끼는 사람도 있습니다. 다른 사람에게 주는 것을 좋아하는 사람도 있지요. 나는 물건을 만들고 거기에 가격을 붙입니다. 그리고 누군가 그것을 사줄 때, 그때야 비로소 상품이 되고 기쁨을 느낍니다. 그런 부분이 취미의 세계와 다릅니다. 내가 만든 것들은 어디까지나 상품이지 작품이 아닙니다.

블라하우스 시절에는 '바구니 속 암탉'을 테마로 한 아플리케 디자인이 폭발적으로 팔렸습니다. 컨트리풍 원단

4 원단을 짜기 전에 실을 미리 염색하는 기법

중 히트 상품은 1만 미터 단위로 발주했어요. 그러나 지금은 군겐도에서 쓰는 원단의 특성상 1000미터 이상 발주 가능한 원단이 거의 없어요.

다이키치 씨가 '블라하우스 시대는 끝났다'고 말했을 때, 도미 씨의 마음도 컨트리풍 잡화에서 자연스레 멀어졌나요? 어떠셨습니까?

그 부분이 아주 미묘합니다. 남편이 그 전시회에서 무언가를 간파했을 때, 내 마음은 약간 달랐거든요. 블라하우스 상품에 대한 애착도 있었고 아직 더 해나갈 수 있을 거라는 믿음도 있었어요. 그러나 그보다 '다음'이라고 할까요? 앞으로 시작할 새로운 무언가로 마음이 기울었습니다. 새로운 것에 도전하는 걸 좋아하니까요. 만약 군겐도로 전환하는 게 1년 더 늦었다면 어땠을까요? 아마도 컨트리 붐의 쇠퇴와 함께 큰 타격을 받았을 겁니다.

군겐도,
사람이 모이고 뜻이 모이는 곳

지역에 뿌리내린 물건 만들기

이즈모 공항에 도착한 뒤 이즈모시역까지 셔틀버스로 이동후 거기서 다시 산인 본선을 갈아타고 1시간 반을 달리면 니마역에 도착한다. 거기에 직원 중 누군가가 마중 나와 있다. 다시 그 차를 타고 20분쯤 달려야 오모리의 옛 공관 건물(현재, 이와미긴잔 자료관)에 도착한다. 드디어 이와미긴잔이다. 참 멀리까지도 왔구나. 그 옛날, 사람들로 북적였을 소극장, 찻잎 파는 가게들. 여기서부터는 산 쪽으로 난 길 하나뿐이다. 완만하게 곡선을 그리는 길을 따라 붉은 세키슈 기와[1]를 이고 있는 은광 마을이 이어진다.

이와미에서 은 광산이 발견된 것은 1309년이라고 전해진다. 무로마치 시대 후기, 하카타의 부호였던 가미야 주테이가 은광 개발을 시작했으며, 17세기에는 도쿠가와 막부가 이와

---

1 이와미 지방에서 생산되는 점토기와

미긴잔을 직접 관할하며 세계 최대의 은 광산이 됐다. 독자적인 회취법[2]으로 제련된 은은 굽이굽이 산을 넘어 유노쓰 항을 통해 바다로 나갔다. 에도 시대, 이와미긴잔의 은은 네덜란드 무역의 주요 수출품 중 하나였다. 설탕, 비단, 계피 등을 싣고 나가사키 항으로 들어온 네덜란드 배는 이와미긴잔의 은과 규슈 아리타 지역의 도자기 이마리야키를 싣고 고향으로 돌아갔다. 막부가 붕괴된 뒤에는 후지타구미[3]가 은 채굴권을 이어받았다. 1923년 은광은 휴광에 들어갔다. 1969년 이와미긴잔의 은광 지구가 국가의 사적으로 지정됐으며, 1987년에는 이와미긴잔의 시가지가 문화재 보호구역으로 선정됐다. 마침 일본에 버블경기가 시작되던 무렵이었다.

마을 초입의 이와미긴잔 자료관에서 은을 채굴하던 류겐지 갱도까지는 걸어서 1시간 30분 거리다. 은광 마을은 산골이고, 산출된 은의 반출을 감시하던 무관의 저택이 마을 안에 있었다. 메이지 시대에 이르러 무관 저택 사이로 상인의 집과 주택들이 들어섰다. 초입에서 10분 정도 걷다 보면 길의 왼편에 군겐도 본점이 있다. 아직까지도 '블라하우스'라고 쓴 작은 간판 하나가 걸려있다. 오른쪽으로는 예전의 자택을 개조한 조그마한 매장이 있다.

시중에 나온 옷 중에는 입고 싶은 옷이 없었습니다. 패치워크 소품 일을 하면서 그게 계속 불만이었어요. '그래? 그렇다면 만들어볼까?' 싶었지요. 그런 생각과 더불어 지금의 군겐도를 있게 한 몇 번의 소중한 만남이 이어졌습니다.

블라하우스 시절, 매년 본점 2층에서 쪽 염색 전시회를 열었습니다. 전시회의 주최자인 도야마 씨가 어느 날 이런 말을 하더군요.

"지역에 뿌리내린 사고방식, 일본문화의 활용. 앞으로 물건을 만들 때는 이런 점들을 좀 더 고민해야 하지 않을까요?"

나도 고민하던 부분이었습니다. 내가 만드는 제품과 지역성 사이에서 괴리감을 느끼던 시기였으니까요. 지역을 재생하고 마을을 살리는 데 가장 중요한 것은 그곳의 '역사'와 '스토리'라는 말도 귀에 남았습니다. 이와미긴잔은 그 조건에 완벽히 부합하는 곳이었습니다. 전국적으로 널리 알려진 데다가 중세부터 이어져 온 역사는 물론이고 스토리 면에서도 부족함이 없는 곳이니까요. 이른바 '역사의 로망'이 가득한 곳이었습니다. 사람들이 생각하는 이와미긴잔이라는 지명과 기업 이미지를 연결해야겠다고 생각했습니다. 그래서 그때부터 상품 태그에 이런 카피를 넣기 시작했습니다.

'우리는 이와미긴잔을 사랑합니다. 이 땅에 뿌리내린 물건을 만들어가고자 합니다.'

그리고 다키자와 구니코(瀧沢久仁子) 씨의 작품을 만난

---

2 은이 포함된 광석을 녹이고, 산화마그네슘 등을 첨가해 불순물을 제거한 후 순수한 은만 채취하는 제련법
3 1869년 후지타 덴자부로가 창립한 비금속 제련 회사

것도 큰 행운이었습니다. 처음 듣는 이름이었지만 단번에 머릿속에 들어왔습니다. 일본인 염색가로 태국에 거주 중인 멋진 작가라고 하더군요. 그로부터 2주쯤 지났을까? 친구로부터 전화 한 통을 받았습니다. 아시안 게임 시즌에 맞물려 아시아 각국의 물건이 들어왔는데 그중에 정말 좋은 태국 제품이 있다는 이야기였어요. 듣자마자 다키자와 씨의 작품일 거라는 생각이 들었습니다. 다음 날 바로 히로시마로 달려갔더니 역시나 그녀의 작품이 맞았습니다.

군겐도의 본질이라고 할까요? 한 걸음 더 내딛기 위한 힌트를 얻은 것 같았습니다. 그 자리에서 바로 그녀가 염색한 실크 원피스를 한 벌 구입했습니다. 당시 4만 엔 정도였으니 엄청나게 비싼 옷이었습니다. 그 원피스를 걸어둔 행거를 대나무로 만들었다는 점도 인상적이었어요. 지금까지 내가 지향해온 컨트리풍과는 전혀 달랐습니다. 태국에 그녀의 아틀리에가 있다고 하더군요. 가보고 싶었습니다. 남편도 다녀오라고 하기에 곧바로 준비해 2, 3주 후쯤 태국으로 날아갔습니다. 이럴 때 보면 행동력이 있는 편이죠.

그리고 또 신기한 우연이 이어졌습니다. 공예연구가인 모치즈키 마리(望月真理) 씨에게 전화를 했더니 다키자와 씨와 예전부터 알고 지낸 사이라고 하더군요. 그리고 태국에 갈 거면 치앙마이에 들러 '아름다운 대나무 마을'이라는 공방에 꼭 다녀오라는 말을 덧붙였습니다.

또 한 사람, 거래처의 모 사장님에게도 큰 도움을 받았습니다. 여차여차해서 태국에 가게 됐다는 소식을 전하니 '호텔이나 통역은 정했느냐', '가고 싶은 마음만 있고 아무 준비도 안 했다니 너무 무모한 것 아니냐', '그쪽에 지인이 있으니 소개해주겠다'는 식으로 이야기가 진행됐습니다. 박자가 척척, 맞는 게 뭔가 꿈같은 느낌이었습니다.

친구와 둘이서 태국 행 비행기를 탔습니다. 공항에 내리니 어느 인도인이 우리를 맞아주셨습니다. 태국에서 봉제공장을 경영 중인, 오사카 사투리를 쓰는 남자였습니다. 정말 친절하셨어요. 처음 만난 사이라는 게 믿기지 않을 만큼 친숙한 느낌이었습니다. 어딘가 우리 아버지와 닮으셨더라고요. 그분이 태국 체류 내내 함께해주셨습니다. 가고 싶은 곳은 어디든 데려다주겠다고 하셨어요. 치앙마이도 같이 가주셨죠.

방콕에서 치앙마이까지요? 꽤 먼 거리일 텐데요.
그렇죠. 셋이서 치앙마이에 갔습니다. 그리고 그곳에서 천의 매력과 소재의 중요성에 대해 알게 됐습니다. 이야기가 중간에 다른 곳으로 튀지만, 태국으로 가기 전에 개울 건너편 쪽 1000평 규모의 땅을 매입했었어요.

현재 본사가 있는 곳 말씀이시죠?
그렇습니다. 거기에 공방을 만들어도 괜찮을지, 마을의 풍광과 어울릴지 고민하던 중이었습니다. 우리 마을에는 대나무가 아주 많으니 '대나무 숲속 공방' 느낌이면 괜찮지 않겠느냐고 남편과 의견을 나누었죠. 그런데 치앙마이의 그 공방도 '아름다운 대나무 마을'이라는 이름에 딱 들어맞는 곳이었습니다. 정말 아름다웠죠. 대나무 아치 밑을 통과해 들어가자 주춧대를 세워 바닥을 높인 태국식의 오래된 민가가 눈에 들어왔습니다. 산다 바싯토라는 여성이 만든 공방이었어요. 그 당시 치앙마이에는 먹고살기 위해 방콕으로 나가는 사람들이 많았다고 합니다. 하지만 그녀는 모두 힘을 모은다면 먹고살 수 있으리라 생각했습니다. 그리고 옛 방식대로 천을 짜기 시작했어요. 손으로 실을 잣고 천연염료로 물들여 천을 만들었지요. 하나의 마을 산업을 일구어냈습니다. 우리가 방문했을 때 그분은 이미 돌아가신 후였지만 며느리들이 공방을 물려받아 일하고 있었습니다.

그곳을 둘러보며 '이런 일들을 시마네에서 하고 싶다'고 생각했습니다. 거기서 만든 패브릭에 감동했고 삶의 방식에서 더 큰 감명을 받았죠. 바싯토 씨가 공방을 만든 나이가 마흔셋. 내가 태국에 날아간 나이도 마흔셋. 앞으로 무언가 바뀌겠다고 직감했죠.

태국이 첫 번째 해외여행이셨나요?
그전에 미국에 간 적이 있습니다. 블라하우스에서 컨트리풍 잡화를 만들 때, 휴스턴에서 〈패치워크 페스티벌〉이 열린다며 원단 업자로부터 초대를 받았거든요. 유럽 쪽으로는 프랑스와 영국, 이탈리아에 다녀온 적이 있었습니다.

해외여행은 세 번째였지만 태국에서 받은 자극에 비하자면 미국과 유럽에서의 경험은 그리 대단하지 않았습니다. 비교조차 되지 않았죠. 태국의 풍경, 건축, 소재는 무의식 속에서 일본에 맞게 치환되어갔어요.

산다 바싯토가 만든 공방 2층에는 다양한 생활도구가 전시되어 있었습니다. 그들의 생활상을 엿볼 수도 있었지요. 기후 면에서 봤을 때 우리도 똑같이 바닥을 높인 대나무집을 지을 수는 없는 노릇이었습니다. 일본이라면 띠지붕을 얹은 집이어야 한다는 이야기를 남편과 나누었지요. 귀국 후 보름쯤 지났을까? 신문을 보던 남편이 "어엇!!"하고 놀라기에 무슨 일인가 싶어 다가갔습니다. '부농 민가 해체. 인수자 모집 중'이라는 기사가 눈에 들어왔습니다. 히로시마 쪽에서는 꽤 화제가 된 사건으로 TV에도 몇 번 방영된 적이 있었습니다.

원래 그 민가가 있던 곳이 어디였죠?

히로시마현 세라(世羅)군 고잔(甲山)초라는 곳이었습니다. 고잔초는 예부터 고야(高野)초[4]를 비롯해 그 근처의 와카야마산, 고야산을 잇는 옛 영지였다고 하더군요. 이와미긴잔에 은을 실어 나를 때 쓰던 옛길인 긴잔가도의 중간에 있던 곳이니 예로부터 오모리와도 인연이 있었던

---

4 진언종의 성지가 있는 곳. 여러 사찰과 불탑, 참배길의 가치를 인정받아 2004년 유네스코 세계유산에 등재됐다.

게 아닐까요?

지은 지 250년 된, 가지타니 아키요(梶谷あきよ) 할머님이 여든까지 살았던 집이었습니다. 집을 신축해야겠다고 결심한 할머님께서 여든의 나이에 옛집의 인수자를 찾고 계셨어요. 할머님은 그 후 아흔다섯에 돌아가셨습니다. 정말이지 인품이 좋은 분이셨어요. 낡디 낡은 집이었지만 가져와야겠다는 생각이 들었습니다.

시간이 빠듯해 거의 마감일 직전에 신청서를 접수했습니다. 우리가 찾아간 그날, 마침 대형 건설회사 직원과 행정처 관계자도 집을 보러 왔더군요. 정말 그렇게 생각해요, 사람도 집도 땅도 모두 인연이 있다고. 접수 후 1, 2주쯤 지났을까요? 할머님 쪽에서 연락이 왔습니다. 우리에게 집을 맡기겠다는 말씀이셨지요. 그 집을 해체해 이와미로 옮겨왔습니다. 지금의 히나야(鄙舍)가 바로 그 집이지요.

5회를 맞이한 〈시골의 히나마쓰리〉에 아키요 할머님을 게스트로 초대했습니다. 그때 할머님은 자신이 여든까지 살았던 그 집의 역사에 대해 말씀해주셨습니다. 때 이엉을 말끔하게 정비한 히나야에서 큰 연회를 열었는데 정말이지 기뻐하셨습니다. "내가 이와미긴잔에 와 있다는 걸 잊을 정도다. 히로시마에 시집와서 살던 그때처럼 사람들로 북적거려서 옛집에 와 있는 듯한 기분이다"라며 몇 번이고 고맙다고 하셨어요. 정말로 인자한 분이셨습니다. 기뻐하는 할머님을 보면서 나도 정말 기뻤습니다.

시대에 따라 도미 씨가 만드는 물건이 달라졌듯, 히나야의 용도도 변해온 것 같습니다. 처음에는 히나마쓰리의 무대로 쓰였고 학생들이 찾아오면 합숙소로도 쓰였죠. 지금은 본사의 입구이자 직원들의 휴게실로 쓰이고 있고요.

지금도 리쓰메이칸대학의 학생들이 오면 히나야에서 묵어요. 몇 년 전, 자전거 여행을 하던 남학생을 재워준 적이 있습니다. 리쓰메이칸대학의 다국적 음악 서클 데마에진돈에서 활동하는 학생이었죠. 그 일이 계기가 되어 매년 여름이면 데마에진돈이 이와미를 찾아옵니다. 닷새 정도 히나야에서 합숙하며 민속 음악을 연습해요. 빈 논에 들어가 마음껏 악기를 두드립니다. 그리고는 마지막 날 툇마루에서 콘서트를 엽니다. 마을 사람 스무 명 남짓이 듣는 연주회이니 호사도 이런 호사가 없죠. 영화의 한 장면처럼 정말 멋져요. 공연은 해 질 녘부터 시작됩니다. 뉘엿뉘엿 해가 기울고 하나둘 별이 떠오르다가 공연이 끝날 즈음에는 히나야 지붕 위로 달이 떠오릅니다. 그런 식으로도 히나야를 사용하고 있지요.(웃음) 몇 년 동안 봤지만 매년 감동합니다.

그 집은 아키요 할머님이 며느리로 들어온 후 60년간 살았던 집입니다. 그곳에서 여덟 명의 자식을 낳아 키웠습니다. 그런 것들을 전부 기록으로 남겨뒀습니다. 그 역사도 함께 이어받고 싶었으니까요. 그 집을 보러 간 날, 이와미로 돌아오는 차 안에서 '히나야'라는 이름이 떠올랐습니다. 마침 3월이니 오히나사마[5]의 이름을 따와서 히나

- 히로시마의 오래된 민가인 히나야를 해체해 오모리에 이축하는 모습 기둥부터 먼저 세웠다.

•• 토대가 완성된 히나야. 띠 지붕을 올리고 있다.

야[6]라고 짓자고 말이죠.

히나야를 옮겨온 것보다 〈시골의 히나마쓰리〉 행사를 시작한 것이 먼저였죠?

네. 히나마쓰리가 먼저였습니다. 그 행사를 하던 중에 집을 옮겨왔으니까요. 그런데 자금이 부족했어요. 이축 비용이 어마어마했습니다. 당시 우리가 가진 돈으로는 도무지 감당할 수 없는 금액이었어요. 건축회사 대표의 호의와 이런저런 도움으로 정말 저렴한 비용에 이축 공사를 진행했습니다. 물론 우리로서는 그 금액도 큰돈이긴 했습니다.

히나야를 옮겨오던 바로 그 무렵, 군겐도의 첫 전시회도 준비 중이었습니다. 첫 전시회는 교토에서 열고 싶다며 남편이 전시회장을 수배해왔어요. 원단 도매상 대표가 소유한 건물로, 다카야마(高山)시의 오래된 술 창고를 해체해 그대로 옮겨 지은 건물이었습니다. 정말 멋진 공간이었죠. 넓은 부지에 대나무 숲과 다실까지 있었습니다. 당시 아흔 살이던 건물주가 남편을 '재밌는 사람'이라고 좋게 봐준 모양인지 싼 값에 공간을 빌려주셨어요. 고급 포목을 취급하는 원단 도매업을 오랫동안 해온 분이었는데 우리가 만든 옷도 좋아해 주셨습니다. 전시회 동안 매

---

5 히나마쓰리 제단에 올리는 인형. 매년 3월 3일 여자아이들의 건강과 행복을 비는 히나마쓰리가 열린다.
6 오히나사마의 '히나(雛)'와 같은 발음이지만 시골을 뜻하는 한자 '히나(鄙)'을 써서 택호를 정했다. 히나야(鄙舍)는 '시골집, 촌집'이라는 뜻이다.

일같이 들르셨죠.

장사와 관련은 없지만, 오와키 겐이치(大脇健一) 교수님과의 만남도 큰 의미가 있었습니다. 어딘가 도인 같은 분이었는데, 처음 만났을 때 그분 나이가 벌써 여든 후반이었을 거예요.

언젠가 신문에 제 기사가 조그맣게 실린 적이 있었습니다. 그 기사를 봤다며 나이 지긋한 어르신께 전화가 걸려왔습니다. 대뜸 하시는 말이 "나랑 잘 맞을 것 같은데 친구 합시다."였어요. 이런 말이 실례이긴 한데, 처음에는 약간 치매기가 있으신가 싶었습니다. 다짜고짜 그런 말씀을 하셨으니까요. 아무튼 자신이 개발한 'HOMT 도형'이 패치워크 배색에 도움이 될 거라고 하셨습니다. 도형을 입력하고 팔레트에 색을 지정하면 무한대로 배색이 편성되는 프로그램으로 그 소프트웨어를 만든 분이었던 거죠. 그 당시에는 히로시마 공대의 명예교수를 맡고 계셨고 그전에는 후지쯔에서 이사직을 역임할 만큼 컴퓨터 전문가셨죠.《20세기를 살아간 어느 과학자의 빛과 그늘》이라는 저작도 보내주셨습니다. 그런 계기로 친밀하게 교류하기 시작했습니다. 정말 재밌는 분이셨죠.

오와키 씨는 히로시마의 오사키카지마섬(大崎上島)에 살고 계셨습니다. 배를 정말 좋아하셨어요. 그 섬에 선원을 양성하는 상선학교가 있었는데, 뭐라도 도움이 됐으면 하는 마음에 섬에 들어갔다고 하셨습니다. 무문암(無門庵)이라는 작은 집을 짓고 아내와 둘이서 섬 생활을 하며 히로시마 공대까지 모터보트를 운전해 출퇴근한 대단한 할아버지셨죠. 부인은 교토의 유서 깊은 집안 출신으로, 젊은 시절엔 스키로 전국체전에도 출전하셨대요. 돌아가시기 전까지 서로 자주 오가며 친척처럼 친밀하게 지냈죠.

어느 날 오와키 겐이치 씨가 '복고창신(復古創新)'이라는 단어를 주셨습니다. 그 이후 내 물건 만들기의 원점에는 늘 그 단어가 함께합니다. 오래된 것을 소중히 여기는 것은 중요합니다. 그러나 지금을 살아가는 우리의 감성과 시대성을 살려 새로운 것을 만드는 일도 중요합니다. 그 둘을 결합해내는 것, 이것이 가장 즐겁습니다. 심지어 새벽 2시에도 오와키 교수님께 전화가 걸려오곤 했어요. "내게는 시간이 없으니 지금 말해두지 않으면 안 된다" 하시며.

도미 씨가 고인의 사진을 품고 눈물짓던 모습이 기억납니다. 히나마쓰리에서였죠. 돌아가시고 얼마 안 됐을 무렵이었을 거예요.

그랬죠. 그때는 정말로…… 오와키 교수님은 과학자셨지만 그래픽디자인에도 흠뻑 빠져 있으셨지요. 재미있는 작품도 많이 남기셨습니다.

"누가 내게 '당신은 과학자요? 예술가요?'라고 물어본다면 '나는 인간이오'라고 말해준다네."

이렇게 말하며 껄껄 웃으셨어요. 오사키카미지마섬 사람들과의 일화도 기억나네요.

"아니, 섬사람들이 말이야 내가 죽으면 동상을 세워주

겠다지 뭔가. 그런 것은 필요 없지만 굳이 만들겠다면 이런 걸로 해달라고 물구나무서기 한 그림을 그려줬지. 그랬더니 다들 '선생은 역시 별난 사람이니 동상도 물구나무서기 한다'며 놀리지 뭔가. 그래서 말해줬지. '그러니 자네들은 바보야. 이건 물구나무가 아니라 다리로 우주를 밟고 두 팔로 지구를 들어 올리고 있는 그림이잖나.'"

교수님은 인기가 많으셨어요. 여기에서도 그랬습니다. 이와미에 오신다는 소식을 전하면 스무 명이고 서른 명이고 교수님을 뵈러 모여들고는 했지요.

여러 분야, 다양한 분들과 만남을 이어나가시는군요. 제가 아는 분만 해도 쪽 염색가인 가토 에이미(加藤エイミ) 씨, 자연주의 라이프스타일을 알려나가는 니베 하루미(二部治見) 씨가 계십니다.

에이미 씨와의 만남도 참 각별했습니다. 벌써 꽤 오래전 이야기입니다만, 출장 갔던 남편이 우연히 발견했다며 책을 한 권 사 왔어요.

"이 책 좀 봐. 일본의 시골 풍경을 이렇게 멋진 사진집으로 만든 사람이 있어. 그런데 그 사람, 미국 사람이야."

《재팬 컨트리 리빙》이라는 사진집이었습니다. 그 책에 엄청나게 감동해서 만나는 사람마다 추천했었죠. 그러다가 처음으로 도쿄에서 전시회를 열었을 때 에이미 씨를 만났습니다. 전시회를 보러 와주셨어요.

가토 에이미 씨는 도쿄에서 '블루 앤 화이트'라는 갤러리 숍도 운영 중이시죠. 제가 만든 지역잡지 영어판도 매장에 진열해주셨습니다.

그녀는 미국 국적이지만 남편이 일본인이죠. 처음 만났을 때 일본인인 우리가 에이미 씨의 미적 감각에서 오히려 더 일본다운 느낌을 발견할 수 있었습니다. 에이미 씨의 미적 감각을 중심으로 서로 비슷한 점을 공유해나갔죠. 이곳을 오간 이후에는 자신의 미적 감각이 우리의 그것에 가까워지고 있다고 말씀하셨어요. 우리 회사의 만능 목수, 가지타니 미노루(楫谷稔) 씨의 소박한 목공 작업을 좋아하셨습니다. 첫 책을 냈을 때와 지금 느끼는 바가 다르다고 하셨어요. 처음에는 빈티지 물건을 좀 더 멋있게 담는 작업에 흥미를 느꼈다면 지금은 더 소박한 것, 조금 더 사소한 소품, 약간은 장난스러운 것 등 가볍고 위트 있는 것들에 흥미를 가지게 됐다고요.

그리고 또 한 사람, 니베 하루미 씨도 늘 주목하던 분이었습니다. 자연주의 라이프스타일을 추구하는 생활 방식, 그녀가 눈여겨보는 지점이 흥미로웠습니다. 특히 야생화 꽃꽂이, 자연주의 요리에서 많은 영향을 받았죠.

에이미 씨에게 니베 하루미 씨의 이야기를 한 적이 있었습니다. 당신 작품만큼이나 니베 씨의 작업도 좋아한다고 말했는데 '그녀와 친하니 언제 같이 만나자'는 식으로 이야기가 흘러갔어요. 그래서 직접 만나게 됐죠.

직업이 이렇다 보니 평소에 잡지를 많이 보고 스크랩도

열심히 합니다. 두 분을 만나기 훨씬 전부터 제 스크랩북에는 니베 씨와 에이미 씨의 페이지가 압도적으로 많았습니다. 그런 두 사람과 자연스레 연결되다니 정말 신기한 일이죠.

저도 두 분과 만난 적이 있었어요. 에이미 씨에게 언제부터 일본에 계셨냐고 물어봤더니 "에도 시대부터"라고 하시더군요.(웃음) 근데 순간적으로 믿어버렸지 뭐예요.
두 분 다 모리 씨에 대해 잘 알고 계셨습니다. 만나보고 싶다는 이야기를 한참 전부터 하셨어요. 에이미 씨는 늘 걱정하셨습니다. '일본인들은 일본의 좋은 것들을 아무렇지도 않게 버리고 너무 쉽게 망가트리고 있다'며. 그런데 모리 씨는 오래된 동네를 지키고, 오래된 건물을 지키고, 오래된 장인들의 이야기를 귀담아듣고 다양한 글을 쓰는 사람이니까요.

잠시 정리하자면, 군겐도의 창립보다 히나야의 이축과 복원이 먼저였군요. 군겐도를 창립하게 된 시점, 그러니까 '입고 싶은 옷이 없었다'는 부분에 관해 좀 더 이야기를 들려주시기 바랍니다.
일단 우리 지역에는 옷을 파는 곳이 없었습니다. 마을 안에 양품점 같은 곳이 없었죠. 물론 서점도 없었지만요. 아무튼 오다시까지 나가도 '이거다' 싶은 옷이 없었습니다. 그래서 만들기로 했습니다.

백화점의 부인복 매장에 가도 전형적인 아줌마 스타일의 옷뿐이었습니다. 그런 틀에 박힌 옷은 입고 싶지 않았습니다. 그렇다고 디자이너 브랜드같이 멋들어진 스타일은 안 어울렸어요. 나는 키가 작습니다. 그야말로 전형적인 일본인 체형이지요. 서양 체형의 모델이나 입을법한 그런 옷이 어울릴 리 없어요. 조금이라도 체형이 커버되고 착용감이 좋은 옷을 입고 싶었습니다. 거기다가 소재도 좋아야 했죠. 그래서 직접 만들었습니다. 즉, 디자이너 중에서도 소비자에 가까운 디자이너라고 할 수 있지요.

디자이너로서 어디까지 작업하시는지 궁금합니다. 디자인 원안을 그리는 데까지인가요?

의상 디자이너 사이에도 다양한 스타일이 존재합니다. 디자인 원안까지 작업하는 사람도 있고 패턴까지 완성하는 사람도 있어요. 군겐도에서는 내가 디자인하고, 그 원안를 바탕으로 패턴 제작자가 옷본을 만듭니다. 프랑스어로 투알(toile)이라 부르는 거친 평직물로 형태를 만든 후 '이 부분을 좀 더 이렇게 해 달라'는 식으로 체크합니다. 그렇게 조금씩 보정하고 변경해나갑니다.

제작 중인 옷은 반드시 내가 먼저 입어봅니다. 소매통에 여유가 없거나 하면 입고 벗기 힘드니까 수정합니다. 이런 점은 신체 치수만으로는 확인할 수 없는 부분입니다. 그 후에는 원단 회사에서 원단만 사 오면 나머지는 금방입니다. 곧바로 완성품을 내놓을 수 있지요. 그런데 좀처럼 내가 원하는 원단이 없어요. 그러면 샘플 제작에만 한 달 이상 걸리지만 원단을 주문제작합니다.

이 방식으로 유행을 따라가려 한다면 늦을지도 모릅니다. 하지만 유행을 좇을 생각은 전혀 없습니다. 물론 시대의 흐름을 읽어내고자 유념하고는 있습니다. 50대나 60대 여성이 입을 옷이 없다는 생각에 옷을 만들기 시작했으니까요. 남성복은 남편에게 입혀보고 작업합니다.

가끔은 전혀 다른 디자인에도 도전해보고 싶어요. 블라하우스 시절에 사랑스러운 스타일도 만들어봤고, 군겐도에서 심플한 것도 만들고 있는데 좀 더 폭넓게 다양한 것들을 만들어보고 싶어요. 싫어하는 걸 만들지는 않지만 그렇다고 모든 것을 내 취향에 맞추지도 않습니다. 군겐도라는 브랜드에 팬이 생겼다는 것은 행복한 일이지만 노선을 쉽게 바꿀 수 없어 답답하기도 해요.

군겐도에 대한 이미지를 말씀하시는 거죠? 소재가 좋고 소박하고 심플하고 입기 편하고 통기성이 좋다고 하는.

그렇죠. 50, 60대 옷이라는 장르 안에서 뭔가 다른 느낌을 시도하고 싶은 마음도 있습니다. 하지만 그걸 두고 '군겐도다운가'라고 물어본다면 조금 갸우뚱해요. 예를 들어 지금 내가 쓰고 있는 마름모꼴 안경과 일곱 색깔의 안경줄. 둘 다 좋아하는 아이템입니다. 하지만 딱히 군겐도스럽지는 않잖아요?

입고 있는 옷과 잘 어울립니다. 포인트도 되고요.

요즘 사람들은 가스리[7]나 오시마 쓰무기[8]로 된 낡은 기모노를 리폼해 옷을 만들기도 합니다. 하지만 그런 건 별로 좋아하지 않아요. 기모노 무늬는 기모노를 위해 만들어진 것입니다. 기모노 천으로는 기모노를 만드는 게 제일 멋있다고 생각합니다.

저도 마찬가지입니다. 예복용의 화려한 기모노로 이브닝 드레스 같은 걸 만들기도 하지만 디자인도 별로인 데다가 어딘가 뒤죽박죽이라는 느낌이 듭니다. 쓰무기 천을 패치워크로 이어 조끼나 치마로 만드는 것도 별로입니다. 어딘가 덕지덕지 화려하기만 해요. 가스리나 홀치기염색 천도 까딱 잘못하면 민예품 상점의 점원 같은 느낌이 들기 십상이고요.

아무래도 그렇죠. 그런 옷 중에서 '우와, 멋있다!'는 생각이 드는 물건을 만난 적이 없어요. 사무에(作務衣)[9]만 봐도 그렇습니다. 긴 세월을 거치며 사찰의 일상 속에서 완성된 옷이잖아요. 그런 것은 굳이 바꾸지 않으면 좋겠어요.

가스리 원단의 느낌을 좋아해서 재미 삼아 그런 무늬를

---

7 일본 전통 방식으로 짜고 염색한 무명천. 붓으로 살짝 스친 것 같은 무늬가 특징이다.
8 가고시마현에서 전통 방식으로 만든 고급 견직물
9 저고리와 바지로 구성된 한 벌 옷. 원래는 승려들이 입던 옷이지만 일반인에게는 작업복으로 알려졌다.

2009년 가을 · 겨울 시즌에 발표한 스웨터와 벌룬스커트
모델은 마쓰바 도미. 일곱 색깔로 된 안경줄에 마름모꼴 안경을 끼고 있다.

쓰기도 하지만, 그건 또 그것대로 재창조한 무늬입니다. 옛것 그대로가 아니라 새로움을 첨가한 것. 그런 쪽이 더 좋다고 생각합니다. 그것이 나의 '복고창신'입니다. 오래된 것을 지키고 사랑하는 일에 머물지 않고, 나의 감각과 시대성을 덧붙여가고 싶어요.

도미 씨의 옷은 앞섶이 중앙에서 살짝 비켜난 경우가 많습니다. 왜 그런가요?

아무래도 기모노를 좋아하기 때문이겠죠. 서양 복식의 좌우대칭적인 라인은 그리 좋아하지 않습니다. 슈트라고 불리는 것들은 다 별로입니다. 빈틈없는 모습이 거북하고 불편해요. 예전에 미용실에 가면 누가 봐도 '미용실 다녀왔구나' 할 만큼 드라이어로 머리 모양을 잡아줬잖아요? 나는 그게 너무 싫었습니다. 그래서 미용실을 나오자마자 애써 다듬은 머리를 헝클어뜨리고는 했죠.

머리부터 발끝까지 좋은 것만 입고 시계나 모자까지 깔끔하게 맞추려면 돈도 많이 듭니다. 완벽한 복장에서는 주름 하나, 흠집 하나로도 엉망이 되죠. 그런 식으로 늘 긴장한 채 옷을 입고 싶진 않아요. 처음부터 다림질이 필요 없는 옷을 입는 게 좋고 적당히 낡은 것을 입는 게 더 편하죠.

게다가 오래 입어 낡은 것들에는 그 자체의 맛이 있어요. 이런 집에 살다 보니 점점 더 그런 것들을 찾게 됩니다. 원래부터 낡고 오래된 느낌을 좋아했는지도 모르지만요.

상대적으로 군겐도의 옷은 진동 부분이 여유 있게 만들어져 있습니다. 아예 몸판에 소매가 붙어 있는 옷도 있죠. 체형에 맞춰 타이트한 곡선으로 암홀을 만들지 않는 이유가 있습니까?

팔의 움직임이 편한 것이 우선이니까요. 어깨 패드 같은 것도 넣지 않습니다. 가슴에 다트도 넣지 않고 허리도 조이지 않습니다. 서양 옷과 일본 옷의 가장 큰 차이가 뭘까요? 서양 옷은 옷에 맞춰 몸을 교정하지만 일본 옷은 몸에 맞춰 옷을 조정할 수 있다는 겁니다. 일본적인 모호함, 애매함, 그런 부분들을 디자인에 끌어오고 싶어요.

느슨하면서도 깔끔해 보이도록 하는 게 쉽지는 않습니다. 그런데 군겐도의 옷이 그렇습니다. 느슨하면서도 어딘가 야무진 선을 만들어내고 독특한 표정이 있습니다. 입고 거울에 비춰 보면 어딘지 약간 철학적으로도 보이죠.(웃음) 입고 있으면 "이거 군겐도죠?"라고 사람들이 금세 알아봅니다.《빨강머리 앤》에서 앤은 서로 마음이 통하는 사람을 '요셉을 아는 사람'이라고 칭하는데, 군겐도의 옷을 좋아하는 사람과 만나면 어딘가 친구 같은 느낌이 듭니다. 얼마 전에 배우이자 수필가인 단 후미(檀ふみ) 씨와 대담을 한 적이 있어요. 그때 군겐도 옷을 입고 있었는데 혹시 유르겐 렐(Jurgen lehi) 제품이냐고 물어보시더군요.

그럴 수도 있겠네요. 시골에 살다 보니 유르겐 렐에 대해서는 전혀 몰랐습니다. 기본적으로 다른 디자이너를 신경 쓰지 않는 편이기도 하고요. 그저 내가 입고 싶은 옷을 만들 뿐이니까요. 그런데 몇 년 전, 하카타의 유르겐 렐 매장에 갔을 때 깜짝 놀랐습니다. 기성복을 보고 그 정도로 멋있다고 생각한 적은 없었습니다. 일단 소재가 훌륭했습니다.

유르겐 렐은 폴란드에서 태어난 독일인이라고 하더군요. 사진을 통해 그의 일상을 본 적이 있어요. 오키나와에서 거주 중이고 발리풍의 멋진 집에 살고 있었습니다.
그렇군요. 확실히 그의 옷에는 아열대 쪽 아시아의 느낌이 납니다. 반면에 내 옷은 어디까지나 일본의 산인 지방 느낌이 강하죠. 그런데 의외로 양쪽 모두를 좋아한다는 분이 많았습니다. 군겐도 손님 중에 일상복은 군겐도, 외출복은 유르겐 렐을 입는다는 분도 있었어요. 회사의 규모는 완전히 다르지만 어딘가 일맥상통하는 부분이 있나 봅니다.

서양인 취향의 오리엔탈리즘. 유르겐 렐의 옷에는 그런 느낌이 있어요. 그것도 살짝 어딘가 납득이 안 되는.
물론 군겐도 옷과 그의 옷이 주는 느낌이 다른 것은 당연합니다. 그럼에도 소재 개발 면에서는 대단하다고 봐요.

그 외에 관심이 가는 브랜드가 있으신가요?
딱히 그런 브랜드는 없습니다. 그런데 영업 담당자의 말에 따르면, 의류 시장에서 군겐도와 가장 많이 비교되는 브랜드가 플랜테이션이라고 하더군요.

확실히 그럴지도 모르겠네요. 전체적인 느낌으로 본다면
요. 하지만 플랜테이션은 규모가 상당한 브랜드입니다. 이
세이 미야케 그룹의 브랜드니까요.
사실 패션계에 대해 그리 흥미도 없고 잘 알지도 못합니
다. 하지만 이세이 미야케나 요지 야마모토, 꼼데가르송
같은 브랜드가 한꺼번에 나오면서 그전까지의 가치관을
상당히 바꿔놨다고 봅니다.

맞는 말씀입니다. 이에 관해 후카이 아키코[10] 씨가 '의복과
신체'를 주제로 한 심포지엄에서 발표하신 적이 있어요. 그
녀의 말에 따르면 모리 하나에[11]까지는 서양풍의, 그러니
까 몸이라는 입체에 맞춰 천을 재단하는 디자인을 선호하
고 거기에 약간의 아시아풍 수작업인 자수나 일본 전통 원
단을 첨가하는 식으로 만들었지요. 하지만 이세이 미야케
는 기모노의 형태를 따랐어요. 벗어서 개어놓으면 평면이
되는 그런 옷을 만들었습니다. 가와쿠보 레이나 요지 야마
모토는 몸의 선을 전혀 의식하지 않았습니다. 푹 뒤집어
입는 옷, 구멍이 잔뜩 뚫린 아방가르드한 옷을 만들기도
했죠.
그런 쪽에는 흥미가 있습니다. 요전에 니가타 시의 원단
공장에 갔다가 꽤 마음에 드는 원단을 발견했어요. "이거
멋지다. 써보고 싶다"고 했더니 이세이 미야케를 위해 만

들었다가 퇴짜 맞은 원단이라고 하더군요. 아무래도 내가 그런 쪽으로 마음이 끌리는 모양입니다.

나는 무엇보다 긴장감이 없고 입을 때 편한 옷을 만들고 싶어요. 입는 것도 그렇지만 사는 방식도 마찬가지입니다. 남들 눈에 멋져 보이는 생활 방식, 요란하게 떠벌리고 드러내는 생활 방식, 갈채를 받고 주목받는 생활 방식으로는 도무지 살 수가 없어요. 애초에 도회적인 것에도 흥미가 없습니다. 나는 내가 만든 옷을 입으면 안정이 됩니다. 다른 옷을 입을 때 보다 훨씬 더 나답게 존재할 수 있습니다.

나다운 것이 최고라고 생각합니다. 한때 이세이 미야케의 '플리츠 플리즈'라인이 폭발적으로 팔려나갔습니다. 지적이라 불리는 도쿄의 직업여성들은 다들 그걸 입을 정도였죠.
저도 여행 갈 때는 플리츠 플리즈의 바지를 가져갑니다. 폴리에스테르 소재라 모양이 망가지지 않고 빨면 금방 마르니까요. 하지만 여름에는 계속 앉아 있으면 축축해져요. 통기성이 안 좋아서 입었을 때 느낌이 좋지 않죠. 그래서 요즘은 면이나 마 종류에 손이 갑니다. 겨울에는 견직물이 따뜻해서 좋고요.
옷은 음식과 비슷합니다. 보기에 예쁘다거나 이런저런 기

---

10 현재 와코루의 교토 복식문화 연구재단의 큐레이터로 일하고 있다.
11 여성 디자이너. 1965년 뉴욕 컬렉션을 통해 세계적으로 주목받았다. 1977년 아시아인 최초로 프랑스 오트쿠튀르 협회의 회원이 되었다.

준이 있겠지만, 너무 맛있어서 손으로 집어 먹을 정도로 스스럼없는 음식이라면, 게다가 몸에도 좋다면 최고 아닐까요? 그렇다고 자연식같이 너무 깐깐한 기준을 고집하기보다 극히 평범하고 일상적인 음식이 더 좋습니다. 옷도 마찬가지라고 봅니다.

조금 전에 종이봉투에 관한 책을 보여드렸잖아요? 여든 넘은 할아버지가 낡은 종이로 매일 만든 봉투들. 이 책을 처음 봤을 때의 감동은 처음 겪는 종류였습니다. 할아버지는 '자연스럽게'나 '무작위' 같은 여러 단어를 나열해봤지만 어느 것도 이 책과 어울리지 않았다고 합니다. 2, 3일 고민하다 찾은 것이 '그냥'이라는 단어였다고 책 앞머리에 쓰여 있어요. 덕분에 나도 '그냥'이라는 말을 좋아하게 됐습니다.

'자연스럽게'라는 말도 그 말을 쓰는 순간 어쩐지 자연스러워 보이지 않으니까요. 말은 소비됩니다. 지역잡지를 25년간 만들어오면서 자주 듣는 말입니다만, '지역의 본분에 맞는 미디어'라거나 '핸드메이드 감성 미디어', '주부의 생활감', '등신대' 등 이상한 단어를 가져와 자기들 마음대로 꼬리표를 붙입니다. 이렇게 남에게 규정당하고 나면 갑자기 그 말이 싫어지기도 합니다.

말로 하는 표현에는 한계가 있으니까요.

'고집스럽게 지켜온다', '애착이 있다'는 말도 그렇습니다.

'모리 씨는 지역을 고집스럽게 지켜오고 있다.' 참 자주 듣는 말이죠. 하지만 고집하고 있다는 게 싫습니다. 고집하는 게 없으니까요. 저는 좀 더 훌훌, 자유롭게 살고 싶을 뿐입니다.

나도 그런 말을 자주 들어요. 주변에서 보기엔 애착을 가지고 고집스럽게 지켜오는 삶처럼 보이는 걸까요? 마을 살리기에 대해 들려달라거나 지역 활성화의 성공 비법에 대해 많이 물으시지만 정작 나는 별로 할 말이 없습니다. 그런 말을 듣다 보면 점점 답답해집니다. 대단한 사상에서 출발한 것도 아니고, 처음부터 그럴 생각으로 시작한 것도 아니니까요.

요전에 에히메(愛媛)현에 갔을 때도 비슷한 경험을 했어요. 우리를 맞아준 공무원은 정말 순수하고 솔직한 분이었습니다. 하지만 지나치게 순진하게 마을을 바라보고 있었고 개인의 욕구는 배제한 채 이상주의적으로 지역 활성화를 말씀하셨습니다. 점점 갑갑해졌어요. 조금 더 내 멋대로, 적당히 슬슬…… 그렇게 임했기에 지금까지 이어올 수 있었다고 봅니다.

우리는 마을에서 살아가지 않으면 안 되니까요. 어디까지나 기본은 먹고살려고 하는 일입니다. 넉넉하지는 않더라도 어떻게든 아이도 키워야 하고요.

동감입니다. 나는 거창한 무언가를 위해서가 아니라 우리를 위해, 그리고 내 인생을 위해 지금의 일을 한다고 생각합니다. 점점 더 그런 마음이 강해집니다.

"남을 위한다는 것은 사실 거짓말이다." 기스키유업의 창
업자인 사토 다다요시(佐藤忠吉) 씨가 한 말입니다. 나쓰
메 소세키가 말하는 자기본위(自己本位)의 진정한 의미도
바로 이 지점이죠. 그 사실을 기본에 놓고, '자, 이제 내가
할 수 있는 일은 뭘까' 고민하는 것이죠.
할아버지의 종이봉투가 바로 그런 것이라고 봅니다. 자기
본위에 충실하죠. 일단 팔고 보자는 식으로 만든 책은 절
대 아닙니다. 그렇다고 봉사나 희생 같은 이타적인 시선
에서 만들어진 책도 아니지요. 그 균형감이 절묘합니다.

약간 딴 이야기지만, 내가 만든 옷이 보기 싫을 때가 있
습니다. 전시회가 시작되기 전에는 늘 기쁘고 설렙니다.
이렇게 괜찮은 것을 만들었다는 사실에 신이 납니다. 다
들 또 저런다 싶을 거예요. 그런데 정말로 그래요. 옷의 완
성도에 만족하고, 발주하고 받아보기를 기다리는 게 즐겁
고 기대됩니다. 전시회 기간에도 만족합니다. 그런데 전시
회가 끝나고 나면 '이 부분은 좀 더 이렇게 할걸', '색감은
좀 더 저렇게 할걸' 하며 기분이 축 가라앉아요. 양산된 옷
을 매일 보는 게 괴로워지죠. 그러다가 '다음에야말로 꼭!'
하며 기운을 차립니다. 이런 감정이 봄·여름 시즌, 가
을·겨울 시즌, 늘 반복적으로 찾아옵니다.

책을 쓸 때도 마찬가지입니다 기획할 때가 제일 설레고, 쓰

는 동안은 괴롭고, 그러다가 또 활자로 정리된 글을 보면 다시 설레고, 그걸 손보면서 '이번 책은 끝내준다'고 생각합니다. 하지만 출판 후에는 침울해져서 보기도 싫어지죠.

정말 똑같군요. 남들이 만든 건 매장에서든 어디서든 자랑스레 칭찬하지만 내가 만든 건 어쩐지 보기도 싫고 부끄럽기도 하고, 늘 그런 식입니다. 도쿄에 간 김에 직영점도 가끔 둘러보라고들 하지만 내키지 않아요.

하지만 만든 것 중에서 마음에 드는 옷이 있을 테고, 그걸 입으시는 거잖아요.

대체로 그렇죠.

본인이 디자인한 옷을 전부 입지는 않으시나 봐요.

전부는 못 입습니다. 너무 많아서 다 입을 수도 없어요.

도미 씨는 늘 자신을 모델로 디자인하시잖아요. 콘셉트가 '내가 입고 싶은 옷' 아니었던가요?

매장에서는 잘나가지만 나는 전혀 입지 않는 디자인도 있어요. 물론 만들 때는 입고 싶어서 만들지만 마음이란 게 바뀌기도 하니까요. 내가 아니라 '이런 사람이 입어줬으면' 하는 마음으로 만들 때도 있습니다. 모리 씨도 그중 한 사람이고요.

나다운 옷에 대한
생각

소재, 색, 무늬, 형태

"잠시 차나 한잔할까요?"

마쓰바 도미는 본점 한쪽에 있는 카페 히나야로 나를 이끌었다. 카페는 예전부터 있었다. 하지만 그때는 빛이 들어오는 선룸 같은 평범한 분위기였다. 커피와 케이크 세트를 팔 것 같은 서양풍의 카페. 그런데 지금은 낮은 의자로 바뀌었고 오야키(お焼き)[1]를 변형한 고히나야키(小鄙焼) 같은 메뉴를 내는 카페로 바뀌었다. 마쓰바 도미는 지체 없이 과자와 커피를 주문했다.

군겐도의 옷을 여러 번 빨아 입다 보면 조금씩 색이 바래고 옷 모양도 처진다. 마쓰바 도미는 말했다.

"사람으로 치자면 잡티나 주름 같은 겁니다. 그것이 나이죠. 그런 게 생기지 않는다면 사람이 아니라 로봇이겠죠. 언

---

1 밀가루나 메밀가루 반죽에 팥이나 채소로 소를 만들어 넣고 둥글넓적하게 구운 간식

제까지고 빳빳하게 새것 같은 옷은 기분 나쁘잖아요. 세월이 더해진 느낌, 그건 또 그것만의 독특한 감촉이 있어요."

그런데 손님 중에는 방직이나 염색에 약간의 티나 고르지 못한 부분이 있으면 반품하는 경우도 있다.

"사람이 하는 일이니까요. 한 치의 오차도 허락하지 않는 사회라니, 숨 막히지 않나요?"

그녀는 그렇게 말하며 반품된 옷을 사랑스럽게 바라봤다. 그리고 "모리 씨라면 이해해주실 것 같은데." 하며 그 옷을 나에게 건넸다.

군겐도의 '다이키치' 라인을 정말 좋아합니다. 남성용 셔츠나 청바지를 헐렁하게 입는 걸 좋아하거든요.

매출이 좀체 늘지 않는다는 이유로 구석으로 쫓겨나 있지만, '다이키치' 라인은 앞으로 성장할 가능성이 큽니다. 단카이 세대[2] 사람들도 이제 슬슬 정년을 맞이하게 됩니다. 다들 어느 정도 금전적인 여유도 있고 정년 후의 삶에 대한 의욕도 있어요. 정장을 벗고 나면 캐주얼하면서도 위트 있는 옷을 입고 싶어 할 거예요. 그래서 조만간 '다이키치' 라인을 멋지게 부활시킬 생각입니다.

'다이키치' 라인 중에 가슴에 길쭉한 주머니가 달린 셔츠가 있었잖아요? 카드나 티켓을 넣어두기 편리한 그 옷도 아직 생산되고 있나요?

네. 아직 만들고 있어요.

그 셔츠를 몇 장이나 가지고 있었습니다. 그런데 가는 곳마다 '이 셔츠 멋지다'며 남자들에게 뺏기고 말았어요. 남자들도 실은 멋을 부리고 싶어 해요. 좀처럼 그런 옷을 발견하지 못하는 것 같아요. 정장을 벗고 나면 다들 고만고만한 옷들뿐이죠. 골프웨어나 유니클로, 아니면 파타고니아 같은 스포츠웨어 정도니까요.

그런데 희한한 게, 분명히 같은 셔츠인데도 다이키치 씨처럼 멋지게 소화해내지는 못하더군요. 그냥 무난하거나 아니면 후줄근해 보이거나. 왜 그런 걸까요?

아무래도 생각이 경직되어 있거나 타인을 지나치게 의식하거나 거들먹거리기 좋아하는 타입에게는 어울리지 않아요. 남편은 '칠칠치 못한 자에게 어울리는 옷'이라고 표현하죠.(웃음) 조그만 얼룩과 주름을 못 견뎌 하는 사람에게는 어울리지 않을 겁니다. 우리 옷은 대체로 천연 소재이기 때문에 오래 입으면 색도 바래고 형태도 무너지니까요.

말쑥해 보이고 싶다면 양복에 넥타이가 최고겠죠.(웃음) 제 경우 군겐도 옷은 100번 정도 빨아 입습니다. 색도 자연스레 빠지고 천이 약간 후들후들해지면서 피부에 닿는 느낌이 정말 좋거든요. 그런데 색깔에는 아쉬움이 있어요. 너무 수수하다고 할까요. 가끔은 좀 더 밝은색을 입고 싶

2 제2차 세계대전 이후인 1947~1949년 사이에 태어난 일본의 베이비붐 세대. 1970~1980년대 일본 경제의 고도성장을 이끌었다.

을 때도 있습니다.

색이 심심하다는 말, 자주 듣습니다. 어쩌면 내가 이 마을에 살고 있기 때문인지도 모르겠네요. 일본의 전통 마을도 그렇고, 일본인도 그렇고, 기본적으로 화려한 색이 어울린다고는 생각하지 않아요. 피부색, 머리색을 봐도 그렇고요. 그런데 요 몇 년 사이에 조금씩 바뀌고 있습니다. 나도 나이를 먹다 보니 어두운색보다 밝은색에 끌리더라고요. 그래서 조금씩 색감에 변화를 줘보고 있어요. 어두운 빨강이나 초록, 자주처럼 느낌 있는 색들을 써요. 원래 군겐도 옷에 100퍼센트 까만색은 없습니다. 먹색은 지금도 좋아하는 색깔이고요. 회색 중에서도 따뜻한 쥐색 같은 것도 쓰면서 조금씩 바꿔보고 있어요.

한때 제가 100만 명 중 예닐곱이 걸린다는 희귀병을 앓았습니다. 그 이후 다소 우울해져서 좀 더 화려한 색감을 찾게 됐어요. 그래서 오렌지색 프레임의 선글라스를 샀습니다. 팽창색 계열을 입기엔 어색해서 옷은 감색이나 검정, 갈색 톤을 입지만 숄이나 가방은 밝은 것을 선택합니다.

그렇죠. 색깔이 정신에 미치는 영향은 대단하니까요. 그런데 천연 소재로 아름다운 색을 낸다는 게 참 어렵습니다. 색에 깊이가 없거나 싸구려처럼 보이기도 하거든요. 울이나 견직물이라면 비교적 깨끗한 색조로 완성되지만 면직물로는 그렇게 하기가 쉽지 않습니다.

아무튼 숄 같은 의류 잡화로 포인트를 주는 건 좋은 방법이네요. 옷은 면적이 넓으니 눈에 띄지 않는 수수한 색으로 하고요.

미야자키현에서 밭농사를 조그맣게 짓고 있는데, 그 동네의 어떤 여자 분이 늘 핑크나 연두 계열 옷을 입으세요. "늘 밝은색 옷을 입으시네요?" 했더니 화려한 색깔을 입으면 시설에 있는 어르신들이 좋아한다고 하시더군요. 오랜 세월 간병을 해온 분이었거든요.

맞아요. 그것도 이해가 가네요. 색이 가장 어렵습니다. 초록이건 자주건 예쁜 색은 예쁘고, 같은 빨강 중에서도 예쁜 빨강과 그렇지 않은 빨강, 깊은 느낌을 주는 색깔과 그렇지 못한 색깔이 있으니까요. 이렇게도 해보고 저렇게도 해봤지만, 면직물에 밝은색을 입히면 어딘가 저렴한 공산품 느낌이 나서 고민입니다.

원단 패턴이나 줄무늬 같은 것은 머릿속의 이미지대로 바꿀 수가 있어요. 하지만 색깔은 원단 회사에 주문을 전달하는 일부터 어렵습니다. 컬러칩이라는 수백 개가 넘는 색상 샘플이 있지만 거기에 내가 원하는 색은 없습니다. 어찌어찌 지정해도 완성되어 나온 것과 내가 원한 색깔이 다를 때가 많죠. 재질은 이걸로, 무늬는 이렇게, 색깔은 저렇게. 텍스타일 전 과정을 아우르기 때문에 간단하지가 않습니다. 줄무늬만 해도 심플하게 반복되는 줄무늬는 좋아하지 않아요. 약간 복잡하다고 할까, 무너진 줄무늬, 간격이나 두께가 규칙적이지 않은 줄무늬를 좋아합니다.

지금 본사 매장에 진열된 상품들, 그러니까 옷부터 생활 잡화, 주방 용품까지 아이템이 수천 개는 넘을 것 같습니다. 냄비나 컵 같은 제품도 하나하나 직접 고르시는지 궁금합니다.

직접 하지는 않습니다. 그 일에만 집중할 수는 없으니까요. 자사제품을 제외하고는 젊은 스태프에게 상품 매입을 전부 맡깁니다. 솔직히 가끔은 '왜 이런 물건이 여기 있을까?' 싶을 때도 있어요. 하지만 맡길 일은 맡겨야 합니다. 나 역시 수없이 실패해 왔으니까요. 직접 경험해보지 않으면 모릅니다.

편지 가게는 둘째 딸인 유키코 씨의 아이디어였죠?

네. 기간 한정 매장입니다. 그전까지는 곡물 가게라는 이름으로 햅쌀이나 뚝배기, 농협과 제휴해 들여온 밤이나 은행 같은 것들을 팔았습니다. 여름엔 수건 가게를 하고요. 지금 편지 가게 자리는 원래 공방 자리입니다. 매 시즌 테마를 정해 변화를 주고 있어요.

갑자기 예전 이야기로 되돌아가지만, 어렸을 때는 어떤 옷을 좋아하셨나요?

여자아이들이 일반적으로 좋아할 만한 옷을 좋아하지는 않았습니다. 기억나는 옷이 하나 있어요. 상하 한 벌로 맞춘 투피스였는데, 지금 와서 생각해보면 꽤 세련된 느낌의 자잘한 체크무늬 원단이었습니다. 근처 맞춤집에 그 원단을 갖다주고 맞춰 입은 옷이에요. 꽤나 마음에 들어 오래도록 입었어요. 그 옷의 모양, 원단의 느낌이 지금까지도 생생합니다.

예전에는 '단벌 나들이옷'이라고 해서, 맞춤으로 지은 옷을 소중히 입었죠. 바지도 입으셨나요? 치마는 좋아하셨나요?
치마를 좋아했어요. 바지가 어울리는 체형이 아니라고 생각했거든요. 지금도 마찬가지라서 가끔 바지를 입고 가면 다들 놀랄 정도예요. 그래서 바지 라인은 군겐도의 또 다른 디자이너, 오리이(折井) 씨가 맡아서 디자인합니다. 오리이 씨는 바지도 즐겨 입는 사람이거든요. 직접 디자인한 바지는 거의 치마에 가까운 바지거나 와이드 팬츠처럼 상당히 편안한 타입입니다. 일자에 가까운 날렵한 바지는 잘 어울리지 않아서요. 고무줄 바지나 통바지 스타일로 디자인합니다.

이와미에 들어올 때만 해도 유치원 선생님이나 학부형들이 트레이닝팬츠 차림인 경우가 많았습니다. 흔히들 '추리닝'이라 부르는 운동복 바지요. 물론 아이를 보살펴야 하니 움직이기 편하다는 면에서는 좋을 지도 모르죠. 하지만 그 옷만은 절대 입고 싶지 않았습니다.

코트의 경우 트렌치코트처럼 깃 부분이 과한 스타일은 좋아하지 않아요. 견장이나 벨트도 키가 작은 일본인으로서는 소화하기가 쉽지 않죠. 올해 나온 코트 중 마음에 드는 게 있어서 한 벌 샀습니다. 지금도 잘 입고 있어요.

군겐도 옷을 사서 입으신다고요?

네. 사서 입습니다. 다른 직원들도 그렇게 하니까요. 직원이나 디자이너는 직원 할인으로 싸게 살 수 있습니다. 코트도 망토풍 스타일을 선호합니다. 굽이 있는 구두는 싫어하고요.

맞아요. 군겐도의 코트는 입는다기보다 두르는 느낌이죠. 여자아이 중에도 프릴이나 레이스가 달린 옷을 좋아하는 아이와 그렇지 않은 아이가 있지요.

어머니는 특별히 옷으로 개성을 추구하는 분은 아니셨지만 어머니가 입혀주는 옷이 싫다고 투정을 부린 적은 없었습니다. 축제 전날이면 베갯머리에 새 치마가 가지런히 놓여 있었어요. 다 내가 좋아하는 스타일이었고 마음에 들었습니다.

어머니도 옛날 사람이라 유카타 같은 걸 직접 만들어주셨어요. 겨울이면 플란넬 원단을 기모노 모양으로 재단해 잠옷도 만들어주셨습니다. 지금도 그 옷이 그리워요. 내 손자에게도 플란넬 잠옷을 만들어줘야겠다 싶어요.

저도 그런 잠옷을 입었던 기억이 납니다. 여름이면 도쿄에서도 모기장을 쳤었죠. 그 기억도 새록새록 떠오르네요.

그때만 해도 학교에서 학부모 모임이 있다거나 약간 격식을 차려야 할 때는 다들 기모노를 입었습니다. 우리 어머

니는 외출용 정장은 한 벌도 없었어요. 어머니에게 기모
노란 '멋 부리는 날 입는 옷'이었습니다. 어릴 적인데도 기
모노를 입은 어머니 모습이 참 멋져 보였어요. 근처에 결
혼식이 있어 도와주러 갈 때도 기모노에다가 새하얀 갓포
기(割烹着)³를 입고 가셨죠. 그래서 그런지 기모노에 대한
동경 같은 게 있어요. 와사라사(和更紗)⁴의 섬세한 무늬를
요즘 식으로 배치하거나 티셔츠에 국화꽃 프린팅을 하는
것도 그때의 영향이 아닐까 싶어요.

그리고 보관 중인 옛날 염색본이 300~400장 정도 있습
니다. 금속조각가 요시다 마스즈미(吉田正純) 씨의 집을
개축할 때 나온 것인데, 아마도 그 집이 예전에 염색을 하
던 집이었던 모양입니다. 그 염색본에서 복원해 만든 무
늬도 있습니다.

염색본이라면 무늬를 염색할 때 쓰는 등사판 같은 건가요?
네. 맞아요. 하지만 줄의 간격이나 배치 등을 고민해 줄무
늬는 전부 새로 만듭니다. 옛 원단의 견본첩에 괜찮은 줄
무늬가 있으면 그걸 참고하기도 하죠.

몇 번이고 찾아가 겨우 매입해 복원한 오래된 민가 아
베가(阿部家)의 별채에서도 100년 이상 된 견본첩이 나왔

---

3 기모노를 평상복으로 입고 일할 때 오염 방지를 위해 덧입는 앞치마. 상의
처럼 소매가 달려 있다.
4 인도, 이란의 쪽 무늬가 화려한 원단 '사라사'를 차용해 일본식으로 만든
원단

습니다. 원단 샘플이 붙어 있는 견본첩이었죠. 아마도 본인 마음에 들었던 무늬 원단, 본인이 해 입었던 옷 원단을 모아뒀던 게 아닐까 싶어요. 거기에 있던 줄무늬 몇 개를 복원하기도 했습니다.

그 견본첩에 이름이 쓰여 있었는데, 훼손이 심해 '도(登)'라는 글자까지만 알아볼 수 있었습니다. 막연히 도요(登代)씨가 아닐까 생각했는데 과거장[5]에서 찾아보니 놀랍게도 내 이름과 똑같은 도미(登美), 아베 도미 씨의 물건이었습니다. 새삼 아베가와의 인연을 느낄 수밖에 없었죠.

또한 견본첩에 깨끗하게 도려낸 듯한 구멍이 줄줄이 뚫려 있었습니다. 벌레 먹은 흔적이었어요. 그런데 희한하게도 쪽으로 염색한 부분에는 그런 흔적이 없었습니다. 쪽이 방충제 역할을 한거죠. 옛말에 '쓰디쓴 여뀌도 맛있다고 먹는 벌레가 있다'고 했는데 그 말이 정말이구나 싶었습니다.

원단 중에는 마쓰사카 목면(松坂木綿)[6]도 참 좋죠. 군겐 도로 전환하고 성인용 옷을 만들기 시작하면서 각 지역의 원단 생산자들과 하나둘 인연을 맺어왔습니다. 가장 최근에는 오사카의 한 원단 도매상과 거래를 시작했어요. 니가타를 중심으로 다양한 생산지와 연결되어 있는 도매상이라 그곳을 통해 각지의 원단을 구입할 수 있죠.

블라하우스 시절부터니까 8, 9년 정도는 주문 생산으로 오리지널 원단을 만들어왔습니다. 원단 업체의 제안으로 그 의견을 수렴해 만든 적도 있었습니다.

아무래도 원단은 국산을 고집하고 싶어요. 품질과 소재 때문이죠. 소재의 느낌이 좋은 원단을 발견하면 그걸 샘플로 구입합니다. 그리고 '이런 맛을 내고 싶다'며 쓰무기 같이 전통 방식으로 직조한 원단이나 원하는 무늬의 견본을 보여줍니다. '이런 식으로 만들어 달라', '여기에 이런 줄무늬를 넣어 달라' 의견을 주고받으며 원단을 만듭니다.

한번은 옛날 천으로 만든 남자 옷에서 재밌는 줄무늬를 발견하고, 그걸 가져가 샘플로 보여드린 적도 있습니다. 물론 그분들도 수십 년 동안 일해왔기에 축적된 자료가 많습니다. 그 자료를 참고해 만든 원단도 있어요.

생산자들과 의기투합하는 경우도 있습니다. 면직물로 유명한 하마마쓰(浜松)나 모직물로 유명한 비슈(尾州) 등 산지를 직접 찾아가, 가능한 한 작은 공방 위주로 둘러봅니다. 그 외에도 좋은 원단을 생산하는 곳은 얼마든지 있습니다.

가라보 방직기[7]도 마찬가지입니다. 니가타에서 원단을 만드는 아흔 된 사장님이 계셨어요. 니가타는 예로부터 목면의 산지로 번성해온 곳입니다. 그런데 일본이 생산혁명 시대에 들어서면서 고속 방직 기계로 짠 광폭천의 생산을

---

5 죽은 이의 속명, 법명, 사망일시 등을 기록한 사찰의 명부

6 미에현 마쓰사카시 근방에서 생산되는 면직물. 쪽 염색에 줄무늬로 유명하다.

7 1800년대 말 일본의 독자 기술로 만든 방직기. 작동할 때 '가라 가라' 하는 큰 소리가 난다고 하여 '가라보'라고 부른다.

장려하기 시작했습니다. 오래된 가라보 방직기를 버리고 고속 방직기를 사면 보조금이 나왔다고 하더군요. 하지만 그분은 가라보 방직기에 천을 덮어 보존해오고 있었습니다. 언젠가 그 낡은 방직기로 짠 원단이 니가타의 멋으로 재평가될 시대가 올 거고 생각하셨다고요. 그런 곳에 원단을 주문하는 일은 문화의 보존과도 연결됩니다. 그 어르신이 만들었던 것이 바로 '망간 가스리'입니다. 옛 방식 그대로 광물성 염료로 물들여서 만든 원단이지요. 그 외에도 오우미(近江)의 마, 비슈(備州)의 울, 에치고(越後)의 면, 요네자와(米沢)의 견 등 다양한 생산지를 찾아 여러 생산자들을 만나왔습니다.

고속 방직 직물은 이제 중국에서도 대량생산이 가능해졌습니다. 일본 방직 회사들이 기계와 기술을 전부 중국으로 가져갔습니다. 중국에서 더 싸게 원단을 주문할 수 있게 됐죠. 하지만 니가타의 가라보 방직기로 짠, 공기를 머금은 듯한 포근한 느낌을 내지는 못합니다. 그래서 오랜 세월 그쪽과 거래를 이어오고 있어요.

그러다 보니 아무래도 옷의 원가율이 높아집니다. 비용도 비용이지만 원단을 만들어내기까지 시간이 정말 많이 듭니다. 샘플 원단을 짜는 데만 해도 한 달에서 두 달은 걸리니까요. 원래 있던 원단을 한 롤 단위로 사는 게 아니므로 추가 주문에 대한 시간 리스크도 큽니다. 의류 업체에 따라서는 몇만 미터 정도 대량으로 생산하는 곳도 있는 모양입니다. 원단 단가는 훨씬 낮아지겠지만 글쎄요, 옷을 대량생산한다는 것에 의문이 들긴 합니다.

대량생산 제품에 인간적인 맛은 없죠. 하지만 규격화되어 있기 때문에 확실히 빈틈이나 실수는 적은 편입니다. 라오스에 발주했던 이야기를 해주신 적이 있지요. 주문한 것보다 폭이 좁은 원단이 도착했다고 하셨죠.

언젠가 라오스에 천염염색 공방을 보러 갔어요. 어떻게든 그곳을 응원하고 싶었습니다. 공정무역으로 천을 발주한 것까지는 좋았습니다. 그런데 라오스에서는 길이를 잴 때 자를 쓰지 않고 사람의 팔 길이가 기준이었습니다. 그러다 보니 팔이 긴 사람, 짧은 사람에 따라 폭이 다 제각각이었습니다.(웃음) 그 천으로 옷을 만들기는 무리였죠. 그래도 요즘은 라오스도 달라졌습니다. 천연으로 염색해도 색 빠짐도 덜하고 치수의 기준도 꽤 정확해졌으니까요.

지금은 라오스와의 거래를 그만두셨습니까?

그만뒀다기보다 원래 적극적으로 외국 원단을 들여올 생각이 없었습니다. 재차 강조하지만 일본에서 만든 원단을 쓰고 싶었습니다. 물론 일본에서 만들 수가 없고, 정말로 질이 좋은 원단이 있다면 그것을 쓰기도 합니다.

그렇게 원단을 확보하면 샘플을 만들어 컬렉션에서 선보입니다. 그리고 도소매점의 주문량에 따라 생산량을 결정합니다. 히트 상품이 되면 상당히 많이 만들어야 되는데, 그 '상당히'라는 양이 어느 정도일지 잘 모르겠어요.

예를 들어 요리만 해도 포장마차 요리부터 별 세 개짜리 레스토랑 요리까지 다양하게 존재합니다. 옷도 마찬가지입니다. 유니클로처럼 싸게 대량생산 하는 곳이 있는가 하면, 고가의 옷을 딱 한 벌만 만드는 곳도 있으니까요. 원단이나 소재도 최고급만 생산하는 회사가 있고 정반대의 회사도 있고 천차만별입니다.

유니클로는 유니클로만의 존재의의가 있다고 봅니다. 유니클로가 있어서 도움을 받는 사람도 많으니까요. 대학 교수 중 유니클로 셔츠를 입는 사람이 꽤 많아요. 좋아하는 연구는 하고 싶고, 그런데 월급이 엄청 많지는 않고, 그래서 옷보다는 책이나 연구에 더 큰 비용을 쓰고 싶어 합니다. 유니클로는 저렴하면서도 보편적입니다. 안에는 유니클로를 입고 다른 브랜드의 멋진 재킷을 매치해 멋을 내는 거죠. 유니클로는 헌 옷을 난민 캠프에 기증하기도 합니다.

무인양품은 어떻게 보시는지 궁금합니다.
생활 잡화 쪽에서는 무인양품을 꽤 많이 씁니다. 쓸데없는 디자인으로 스트레스를 받지 않아도 된다는 점이 좋아요. 여성적이라고 해서 휴대용 티슈에 커버를 씌우거나 핸드폰에도 귀여운 걸 매다는 건 내 취향이 전혀 아니거든요. 욕실에 무인양품의 CD 플레이어가 있는데, 꽤 마음에 드는 물건입니다. 기능성 좋고 심플한 디자인에는 끌리는 편이에요. 이상한 디자인 요소가 없기 때문에 기존의 물건과도 잘 어울려요.

무인양품은 옷이나 커튼, 쿠션커버 같은 패브릭 제품에 인도나 아시아의 면을 사용합니다. 전략적인 선택일까요? 저렴하기 때문일까요?

저렴하다는 이유가 클 거라고 봅니다. 그렇게 만든 것 중에 괜찮은 물건이 나온다면, 반면 우리는 차별화를 위해 저렴함이 아닌 다른 점을 우선시해 물건을 만들어야 합니다. 저렴하다는 것은 분명 매력적인 요소입니다. 그러나 무턱대고 거기에 집중하면 대기업의 조직력을 이겨낼 수가 없습니다. 전혀 다른 관점에서 시작해야 합니다.

젊은 사람에게도 부담 없는 가격이고요.

뛰어난 회사죠. 세상이 필요로 하는 브랜드라고 생각합니다.

저도 그렇게 생각합니다. 플라스틱과 골판지 소재는 좋아하지 않습니다만.

플라스틱은 생활의 흔적으로 멋이 나는 소재가 아니니까요. 흠집이 나고 더러워져도 그 나름의 멋이 나는 소재를 좋아합니다.

군겐도 제품은 직영점 외에도 대리점 형식으로도 판매합니다. 각 대리점의 주문을 받아 옷을 생산하는 시스템이죠. 그런데 수요를 예측해 생산하는 게 쉽지가 않습니다. 본사가 대리점에 몇 벌 이상을 확보해두라고 강요하지 않기 때문에 대리점은 각각 마음에 드는 옷을 한 벌씩 주문하고 그 옷이 팔리면 다시 주문합니다. 그제야 그 옷의 팔림새가 가늠됩니다. 전시회에서는 어느 정도 감이 오지만 예상 외로 팔림새가 금세 줄어드는 경우도 있습니다. 그렇다고 열 벌만 다시 발주할 수도 없는 노릇이고요.

잡지 세계도 비슷합니다. 인쇄해야 하는 부수가 예측과 다른 경우가 많아요. 많이 남기도 하고 금세 다 팔려 모자라기도 하고요. 말씀하신 대로 모자랄 경우 원하는 사람이 있어도 좀처럼 더 찍지 못하죠. 1000부씩 찍어야 하는데 그러기에는 리스크가 너무 큽니다.

그렇죠. 원단도 마찬가지에요. 원단 500미터를 주문해 옷을 만들었다고 해보죠. 그 옷이 잘 팔려도 100미터, 200미터씩 소량으로 추가 제작할 수는 없습니다. 최소 300미터에서 500미터씩은 만들어야 하기 때문에 추가 제작 여부를 결정하는 데 리스크가 따르죠.

꼭 그럴 때만 그러지 않나요? 사고 싶다고, 왜 그 옷 다시 안 만드냐고.

맞아요.(웃음) 그리고 책과 달리 옷에는 시즌이 있기 때문에 팔리겠다는 감이 와도 생산량을 그 시즌 안에 다 맞춘다는 게 쉽지 않아요. 그런 부분이 까다롭습니다. 올해 잘 팔렸다고 그 옷을 내년에 다시 내놓지는 않습니다. 하지만 몇 년 주기로 그 디자인이 반드시 다시 빛을 봅니다. 좀 전에 보여드린 원단도 색과 무늬는 올해 것이지만 소재는 몇 년이나 써왔던 거예요. 그 원단으로 여름 블라우스를 만들면 다른 옷은 못 입을 정도로 시원해서 참 좋아하는 원단입니다. 슬라브 실이 들어가 있어서 그 원단만의 '표정'이 있어요. 그래서 계속 쓰게 됩니다. 올해는 한정판 느낌으로 색과 무늬를 바꿔가며 블라우스부터 원피스까지 두루 만들고 있죠.

지금 말씀하신 천의 '표정', 세월의 '질감'이란 뭘까요?

견직물로 말하자면, 광택이 나고 매끈한 '표정'의 새틴 계열은 그리 좋아하지 않아요. 올에 듬성듬성 마디가 있고 약간 느슨하게 짠 전통 방식의 쓰무기 원단 느낌, 노골적이지 않고 독특한 뉘앙스를 주는 표정을 좋아합니다.

몇 번 세탁하고 나면 그 시간만큼 '질감'이 더 좋아지죠. 물에 빨 수 있다는 건 꽤 중요한 요소입니다. 물에 빨 수 없는 옷이란 있을 수 없다고 생각해요. 하물며 드라이클리닝을 권장하는 울 코트도 기본적으로는 물세탁을 할 수 있다는 게 원칙입니다. 원래 양모 원단도 마무리 공정에서 물을 사용합니다. 축융 과정[8]을 거치기 때문이죠. 물론 거칠게 빨면 안 되겠지만 집에서도 충분히 빨아 입을 수

---

8 겹친 양모 원단을 알칼리 용액에 적셔 열과 압력을 가하고 마찰하면서 조직을 조밀하게 만드는 마무리 과정

있어요.

정성스레 보풀도 떼어주며 관리해야 하고요.

일부러 울 원단 표면에 보풀이 생기게끔 가공하기도 합니다. 몽글몽글한 느낌을 내기 위해서죠. 100퍼센트 울이라면 보풀이 생겨도 자연스레 떨어집니다. 폴리에스테르 혼방인 경우에는 그렇게 안 되지만요.

좋아하는 패브릭 제품이 찢어졌다면 고쳐 쓰는 것도 좋다고 생각합니다. 일부러 다른 색으로 수선해도 나름의 멋이 있는 것 같아요.

서구적인 개념에서 보자면 낡고 찢어진 천은 더 이상 사용할 수 없는 것, 쓸모없는 것을 의미합니다. 그러나 낡은 천이 지닌 매력을 테마로 하면 독특한 분위기를 낼 수 있습니다. 일부러 낡은 소재로 옷을 만드는 경우도 있으니까요.

불교에서는 누더기가 청빈이나 탈속의 상징이되기도 하죠. 예전에 쪽 염색 원단으로 현관용 밸런스 커튼을 만들었는데 햇볕을 받아 색이 점점 바랬습니다. 원래 남색이었던 것이 예쁜 하늘색으로 바뀌는가 싶더니 하트 모양으로 구멍까지 났어요. 노란색 원단으로 하트 구멍을 메우고 빨간 실로 기웠더니 오는 사람들마다 그게 포인트라며 좋아하더군요.

애정의 손길로 고쳐 쓰는 것에는 멋이 깃드니까요.

정장을 만들 생각은 없으신가요?
아주 살짝, 만들어보고 싶은 생각은 있습니다. 생활 속 특별한 순간들, 예를 들면 장례식이나 결혼식에 군겐도라면 어떤 옷을 내놓을 것인가, 그런 생각은 하고 있지요. 그때에만 입고 걸어두는 옷 말고 다른 옷과 다양하게 조합할 수 있는 옷을 만들고 싶습니다.

저는 장례식에도 군겐도 옷을 애용합니다. 검은색에 가까운 군겐도 셔츠에 검은색 바지를 입고 참석하죠. 장례식용 정장이라는 게 대체로 정해져 있잖아요? 울로 된 정장 투피스에 하얀 진주목걸이, 하이힐, 핸드백 그리고 염주.
나도 그 차림새는 별로입니다. 장례식 때 일반적인 정장을 입은 적이 한 번도 없어요. 여름에는 예복용 소재가 너무 덥고요. 그럴 때는 면실크 소재의 차분한 옷을 입고 장례식에 갑니다.

그런 소재라면 결혼식에도 괜찮겠어요. 개인적으로 최근에 크게 앓고 난 뒤로 왠지 치마가 좋아졌어요. 전에는 대체로 베트남풍의 헐렁한 바지만 입었거든요. 그런데 요즘엔 치마를 자주 입게 됩니다.
모리 씨는 둘 다 잘 어울려요. 내 경우엔 바지는 절대 무리예요. 도무지 안 어울려서.

제가 한참 아플 때 도미 씨가 군겐도 옷을 몇 벌이나 보내 주셔서 기분전환에 큰 도움이 됐습니다. 혼자서 이 옷 저 옷 갈아입어 보며 기운도 났고요. 그때 도미 씨가 '몸에 좋은 옷'이라고 표현하셨던 기억이 납니다.

아무래도 옷에 따라 그날의 기분이 꽤나 바뀌니까요. 애매한 표현이긴 하지만 인간은 기분에 따라 살아간다고 생각합니다. 날씨가 좋다는 것만으로도 마음이 들뜨는 게 사람이니까요. 사소한 것들로 기분이 오락가락하잖아요. 그런 의미에서 보자면 그날 자기 기분에 딱 맞는 옷을 입으면 감정도 마음도 편안해지리라 생각합니다.

외출할 때 뭔가 이도 저도 아니고, 떨떠름한 상태로 나서는 것과 '이건 정말 나답다' 싶은 옷을 입고 자신감 있게 나서는 것은 전혀 다릅니다. '일단 입고 나갔다면 변명의 말을 하지 않는다.' 소설가 고다 아야(幸田文) 씨가 한 말이죠.

정말 맞는 말씀입니다. 타인의 눈에 어떻게 보일까 하는 잣대가 아니라 스스로의 기준으로 결정한 것. 그런 옷을 입으면 말 한마디에서도 자신감이 묻어납니다. 기분을 바꾼다고나 할까요, 그런 옷을 만들면 좋겠다고 늘 생각해요. '몸에는 편하고 마음에는 건강한 옷' 이것이 우리의 캐치프레이즈입니다.

점점 브래지어도 하기 싫어집니다. 코르셋은 평생 동안 한 번도 입어본 적 없고요. 스타킹도 싫어합니다.

그렇죠. 나도 40대부터는 스타킹을 신은 적이 없어요.

하이힐도 마찬가지입니다.
발이 피곤해지니까요. 납작한 신발 외에는 신은 적이 없
어요.

**도미 씨와 저는 취향이 비슷한 것 같습니다. 공항에 가면
면세점이 필수 코스라고들 하지만 향수, 화장품, 가방, 시
계, 스카프, 아무것도 마음에 드는 게 없어요. 유명한 브랜
드 매장에 가도 마찬가지입니다. 도미 씨는 어떠신가요?**
나도 마찬가지입니다. 일단 일본인에게 어울리지 않아요.
적어도 나한테는 그렇습니다. 물론 서양식 아름다움 그
자체를 부정하지는 않아요. 그러나 일본에는 일본의 아름
다움이란 게 있고, 일본인의 좋은 면도 무수히 존재합니
다. 서양인처럼 보이고자 하는 것. 그것을 멋이라고 착각
하고 있어요.

한때 기모노도 만드셨죠?
군겐도에서 만든 건 아니고, '좋은 물건 클럽'이라는 교토
의 다른 회사에서 만들었습니다. 면직물 소재의 기모노였
죠. 군겐도를 시작하고 첫 전시회를 교토에서 열었는데,
전시장을 빌려주신 포목 업계 사장님이 군겐도에 흥미를
가지셨습니다. 우리가 제작한 순면 체크 원단으로 기모노
를 만들면 어떻겠느냐고 제안해주셨죠. 너무 화려한 기모

노 말고 일상적으로 입을 수 있는 기모노를 만들어보자고 하셨습니다. 비싼 것을 무리하게 팔려는 태도가 전통 원단 업계를 망쳤다고도 말씀하셨습니다. 그분의 아드님이 설립한 회사가 '좋은 물건 클럽'이었죠.

여러 의미에서 서로의 경계를 넘나드는 작업이었겠군요.
그렇습니다. 지금은 규모가 작아졌지만 다시 해보고 싶은 작업입니다. 시즌에 따라서는 군겐도에서 사용하는 원단으로 기모노를 만들기도 합니다. 전시회나 쇼윈도의 양복들 사이에 같은 소재로 만든 기모노를 걸어두기도 합니다. '군겐도에서 만든 기모노도 있습니다.' 이런 느낌이죠. 보통 봉제는 다른 곳에 맡기지만 자체 제작 기모노를 만든 적도 있습니다.

요즘 젊은 여성들 사이에서는 기모노를 입는 전통 방식을 지키지 않는 경우가 많습니다. 그에 대해서는 어떻게 생각하십니까?
지나치다는 생각이 듭니다. 그렇게 간편하게 입고 싶다면 차라리 양장 차림을 하면 되지 않을까요? 하지만 기모노가 쇠퇴할 수밖에 없었던 이유는 분명히 있습니다. 나가지반[9], 오하쇼리[10], 오비아게[11], 오타이코무스비[12], 오비도메[13] 등 너무 많은 원칙이 있기 때문입니다.

요즘은 기모노를 입고 목걸이를 한다거나 부츠를 신기도

2009년 가을·겨울 시즌에 발표한 롱 스웨터와 스커트를 함께 매치했다.
모델은 마쓰마 도미

합니다.

그건 좀 아니라고 봐요. 그렇지만 양복 원단 같은 새로운 소재로 기모노를 만드는 건 흥미로워요. 기모노는 역사 안에서 이미 그 형태가 완성된 복식입니다. 이상하게 만지작대며 형태를 망가트리지 않는 편이 더 아름답다고 봅니다.

간토 지방과 간사이 지방의 기모노는 서로 다르지 않나요? 교토나 오사카 쪽 기모노는 색상과 무늬가 화려합니다. 도쿄에서는 줄무늬나 쪽빛 등 단색 계열을 자주 입고요.

맞아요. 기모노만 그런 게 아니라 양장 스타일도 전혀 다르죠. 나는 어느 쪽으로 보이나요?

이쪽이 간사이 권역이기는 하지만 서쪽 해안가 지역은 약간 다른 것 같아요. 교토에서는 기모노 원단과 전혀 다른 무늬, 전혀 다른 색깔로 오비를 맵니다. 도쿄의 기모노에서는 찾아보기 어려운 감각입니다.

화려한 오비를 맨다면 기모노는 단색 계열이나 심플한 것을 택하는 게 이쪽 지역의 감각이지요.

침구나 잠옷도 내놓고 계신데, 예전부터 흥미가 있으셨는지 궁금합니다.

옛날부터 관심이 많았습니다. 으레 침구라 하면 다들 비슷비슷했잖아요? 틀에 박힌 프린트에 색깔도 너무 화려하고. 그런 이불을 덮고 자는 게 싫어서 만들어보자 싶었죠.

거즈 소재 셔츠와 잠옷은 언제부터 만드셨나요?
만든 지 벌써 몇 년은 됐습니다. 이중거즈로 만든 옷들이
죠. 세상에는 이중거즈 제품이 정말 많아요. 하지만 나는
내가 만든 이중거즈 제품에 자신이 있습니다. 군겐도의
대표상품으로 계속해서 만들어갈 생각입니다.

**스탠드칼라의 이중거즈 셔츠를 입고 있는데 정말 편합니
다. 보드라운 데다가 땀 흡수도 잘 되고요. 거즈는 침구뿐
만 아니라 블라우스 같은 용도로도 쓰일 만큼 편안한 소
재입니다. 그런 면에서 앞으로 환자나 몸이 불편한 분들을
위한 디자인도 필요하지 않을까요? 고령화 사회니까요.**
그렇죠. 몸에 편하고 기분 좋은 옷, 만지는 것만으로도 좋
은 기분이 전달되는 옷, 그런 것들이 중요하다고 생각합
니다. 나이를 먹고 다른 사람의 간호를 받아야 하는 상태
가 된다고 해도 나는 나다운 옷, 존엄이 있는 옷을 입고 싶
습니다.

9 기모노의 오염을 방지하기 위해 입는 속옷 개념의 긴 옷
10 신장보다 긴 기모노를 허리 부분에서 접어 넣고 끈으로 고정하는 것
11 허리를 고정하는 끈인 오비가 흘러내리지 않게 고정하는 띠
12 오비를 북 모양으로 둥그렇게 묶는 방법
13 오비 중앙을 여며 고정하는 장식끈

공감합니다. 얼마 전 입원했을 때 병원에서 잠옷을 가져오
라고 하더군요. 근데 잠옷이라 할만한 게 없었습니다. 서둘
러 잠옷을 사야 했는데 흐릿한 핑크색 꽃무늬 파자마밖에
없더군요. 군데군데 레이스까지 달려서 정말이지 누가 봐
도 잠옷 그 자체였죠. 그걸 입고 있으려니 기분이 별로였습
니다. 결국 군겐도의 티셔츠와 요루 원단으로 된 헐렁한 바
지를 입고 병원 생활을 했어요. 슬리퍼도 싫어하기 때문에
오키나와의 알피니아 줄기로 만든 조리를 신고 다녔어요.
나도 슬리퍼는 별로예요.

상해에선 파자마 차림으로 외출하는 거 알고 계셨나요?
아뇨. 몰랐어요.

여름에 가면 다들 파자마 차림으로 돌아다니고 있어요. 외
출용 파자마와 실내용 파자마가 있는 모양이더군요. 밖에
나갈 때는 좀 더 좋은 파자마를 입는 거죠.
외출에서 돌아오면 그 차림 그대로 잠이 드는 건가요?

우리로서는 이상한 이야기죠? 하지만 재밌어요.
그러네요. 파자마 차림으로 밖에 나가지는 않지만요. 그런
데 생각해보면 내 인생에서 파자마다운 파자마를 가져본
적이 없는 것 같아요. 요즘은 군겐도의 박스티를 잠옷으
로 애용합니다. 기본 디자인에서 통을 더 넓히고 기장을
길게 만든 티셔츠가 있는데 그걸 입고 자요.

요즘도 판매하나요?

지금은 판매하지 않습니다.

회사라는 하나의 집

젊은이가 모여드는
시골 마을

이와미긴잔을 관통하는 외길. 그 길옆 개울 건너편으로 빨간 기와를 이고 있는 단층집이 있다. 군겐도의 본사 건물이다. 높다란 띠 지붕의 히나야와 연결되어 있는데다가 도로 쪽에 설치된 낮은 울타리와 법랑 간판 덕분에 복고적인 분위기를 자아낸다. 지붕의 붉은 기와는 이 지역의 세키슈 기와다. 인근의 오름가마에서 구운 마지막 기와를 사다가 올렸다고 했다. 사옥이라는 말 대신 다들 '워크스테이션'이라고 부른다. 그렇게 공을 들였음에도 100퍼센트 만족하지는 않는 듯했다. 마쓰바 도미는 이렇게 말했다.

"불경기에 그리 대단한 공간을 만들 수는 없었고, 일단 비바람이나 피하자는 마음으로 보수를 시작했습니다. 워크스테이션이 완성됐을 때 남편이 이런 말을 했어요. '지금은 마이너스 200점이지만 아무쪼록 모두의 힘을 모아 마이너스 제로까지는 가봅시다.'"

안으로 들어가면 의외로 널찍한 공간이 펼쳐진다. 채광도 좋다. 기능적인 책상이 곳곳에 놓여 있고, 20대부터 60대까지, 여러 세대의 사원들이 각자의 일에 집중하고 있다. 점심이나 휴식은 히나야에서 취한다. 사원 주차장은 히나야 뒤쪽에 있으며 삼나무로 둘러싸여 있다.

인구 과소화가 진행 중인 첩첩산중에서 패션에 관련된 일을 할 수 있다니. 게다가 여유로운 시골 생활도 가능하다. 심지어 가족 같은 기업이다. 사장은 아버지 같고 소장은 어머니 같다. 회식은 군겐도에서 특별한 일이 아니다. 이런 군겐도에 입사를 희망하는 젊은이가 많은 것은 자연스러운 일이다.

군겐도와 이와미긴잔 생활문화연구소는 별개의 존재죠?
네. 군겐도는 브랜드 이름이고 이와미긴잔 생활문화연구소는 회사 이름입니다. 군겐도라는 브랜드 산하에 '도미', '다이키치', '네네' 라인이 존재하고요.

군겐도의 하위 라인이군요. 회사는 하나인가요?
지금은 이와미긴잔 생활문화연구소 하나입니다. 유한회사 마쓰다야는 예전에 폐업했으니까요.

사원들도 주식을 갖고 있나요?
중역들이 자금 대부분을 출자했지만 자사주 제도를 도입해 직원 모두와 주식을 나누고자 합니다. 지금 그 준비를 해나가고 있어요.

처음 방문했을 때 도미 씨는 2층 갤러리에 계셨습니다. 지금도 2층은 갤러리 공간이고요. 군겐도 초기에는 정원에서 밥을 먹거나 차를 마시며 한가로운 시간을 보내기도 했었습니다. 상판을 잔디밭처럼 형상화한 테이블도 있었고요. 그런 것들은 다 가지타니 씨의 작품인가요? 가지타니 목수님 나이가 이제 60대 중반 정도 인가요?

네. 맞습니다. 정원 테이블 같은 것들은 전부 가지타니 씨의 작품입니다. 가지타니 씨는 정원사이자 미장이, 목수 등 뭐든 만능인 사람입니다. 하나를 말하면 열을 이해하는 사람이라서 소재부터 시작해 하나하나 궁리하며 모든 걸 맡아서 해주시죠.

가지타니 씨는 옆 마을 출신입니다. 젊을 때 일을 하러 간사이 쪽으로 나갔다가 정년 무렵 고향으로 돌아왔죠. 그런데 만난 건 따님인 마스미(真澄美) 씨가 먼저였어요. 군겐도에 직원으로 입사했거든요.

가지타니 씨는 다양한 분야의 여러 일을, 자신이 원하는 방식대로 자유롭게 하시는 것 같습니다. 그렇게 일하며 월급을 받을 수 있다는 것, 훌륭한 노동방식이라는 생각이 들어요.

내가 말을 하기도 전에 일을 찾아서 해주십니다. '날이 추워졌으니 욕실 유리문을 겨울 창호로 바꿔야겠다' 생각하면 그 말을 하기 전에 벌써 교체가 되어 있어요. 이 곶감도 가지타니 씨 작품인데, "슬슬 곶감 철이니 부탁한다"고 했더니 이렇게 만들어주셨습니다. 자세한 이야기는 하지 않아요. 대충 이야기해도 내가 생각한 대로 일을 해주시니 신기합니다.

직원들의 근무시간은 아침 9시부터 오후 5시 혹은 6시까지라고 들었습니다.

맞습니다. 하지만 우리는 기본적으로 자율성을 중시합니다. 다들 원하는 시간만큼 원하는 방식으로 근무해요. 갓 입사한 신입에게 누군가를 붙여 일을 가르치지도 않습니다. 다들 각자 스스로 일을 찾아서 합니다. 물론 대략적인 흐름을 공유한 상태여야겠죠. 예를 들어 전시회 시즌이라면 '지금은 이런 것들을 해야 할 시기'라거나 '이런저런 것들을 해나가자'는 이야기를 아침 미팅 때 공유합니다. 누가, 무엇을, 어떻게, 하는 식으로 세세하게 지시하지는 않습니다.

일반적인 회사처럼 부서가 나뉘어져 있나요?

기획제작부, 경영부, 총무부, 이렇게 큰 틀로 나뉘어져 있습니다.

매장을 점점 늘여나갈 생각이신가요?

아니오. 매장은 오히려 점점 줄여나갈 생각입니다.

군겐도 안에서 다이키치 씨와 도미 씨의 역할분담은 어떻

게 되는지 궁금합니다.

'호랑이 같은 도미 씨, 부처님 같은 다이키치 씨'라고들 하죠.(웃음) 내가 혼을 내는 역할이고 남편이 칭찬해주는 역할입니다. 좋은 것만 쏙 가져갔다고 할 수 있죠. "사람은 칭찬으로 키워야 한다." 남편이 늘 하는 말입니다. 그런데 정작 나는 남편에게 칭찬받은 적이 거의 없어요. 가족에게는 상당히 엄격한 사람입니다. 일의 내용 면에서 보자면 그가 경영을 맡고 나는 기획·제작을 맡고 있습니다.

입사시험을 치르지 않는다고 알고 있는데, 신입사원 선발은 어떻게 하시는지 궁금합니다. 도미 씨가 개개인을 만나보고 그 사람의 능력을 간파한 다음 적당한 일을 배분하나요?

아뇨. 직원 채용은 대부분 남편이 합니다. 남편한테 좀 특이한 면이 있어요. 보통의 회사라면 면접에서 떨어뜨릴 것 같은 그런 젊은이를 선호합니다. 그런 사람일수록 더 많이 성장한다는 게 남편의 이유죠. 극단적인 이야기로 "버스 정류장에서 눈이 마주쳤다고 직원으로 데려오는 그런 일은 제발 그만두라"며 전무에게 한 소리 들을 정도니까요. 더 설명 안 해도 무슨 말인지 아시겠죠? 더군다나 남편은 손이 많이 가는 사람을 데려옵니다. 나도 어느 정도 이해는 합니다. 인구가 줄어드는 이 산골에 젊은 사람이 있다는 것 자체가 소중하니까요.

지금 본사 직원들은 다들 이 산골에서 어려운 시련을 견뎌 내고 남은 분들이시죠?

그렇다고 할 수 있죠. 영업부에서 근무 중인 아라이 겐타로(新井謙太郎) 군은 이와쿠니(岩国) 출신입니다. 취업에는 관심이 없었고 아르바이트를 전전하며 살았다고 하더군요. 겐타로의 숙부님이 걱정이 많으셨습니다. '이와미긴잔의 마쓰바 다이키치라는 사람을 찾아가보라'고 추천한 것도 겐타로의 숙부님이었습니다. 그렇게 겐타로가 우리를 찾아왔는데 그날이 마침 군겐도의 회식 날이었습니다. "면접 볼 생각으로 왔는데 면접은커녕 도착하자마자 닭꼬치를 구워야 했다"며 아직까지도 겐타로 군은 그날 이야기를 합니다. 회식이 끝나갈 무렵 다이키치 씨에게 "자, 그럼 다음에 또 놀러 오게"라는 말을 듣고 그대로 이와쿠니로 돌아갔거든요.

그는 결국 군겐도에 입사했고 우리 집 근처에서 살게 됐습니다. 그런데 이 산골에는 게임센터도 없고 파친코도 없고 편의점도 없으니 매일 밤 욕구불만으로 죽을 맛이었던가 봐요. 밤마다 "으아아악!" 소리 지를 정도였다고 했으니까요.

하지만 약간은 희망이 보였던 것이, 여기 왔을 때부터 겐타로 군은 "의류제조업체의 대표가 되는 게 꿈"이라는 말을 했었습니다. 확실한 목표를 가지고 있었던 거죠.

하지만 생활태도는 정말 나빴습니다. 지금까지 그 증거가 남아 있는데, 전근으로 짐을 뺀 후 겐타로가 깔고 자던

요를 들춰보니 세상에나 색색의 곰팡이가…… 빨강, 파랑, 노랑, 아마도 다섯 색깔쯤 되는 곰팡이가 요란하게 피어 있었습니다. 한심하기 짝이 없었죠.

아무튼 늘 나가고 싶다고 노래를 부르던 친구였기 때문에 도쿄에 사무실을 내면서 그에게 의사를 물었습니다. 겐타로는 신바람이 나서 도쿄로 갔죠. 그런데 그 사무실이라는 데가 실은 단골 거래처의 창고였습니다. 책상 하나에 전화기 한 대, 본인이 무얼 해야 할 지도 모르는 상황이었죠. 겐타로는 울면서 다이키치 씨에게 전화를 걸었습니다.

"제가 뭘 해야 할지 도통 모르겠어요."

그러자 다이키치 씨가 이렇게 이야기했죠.

"너, 바보 아니잖아. 스스로 생각해."겐타로가 정말 대단한 건, 야학에서 공부하며 계속 발전해나갔다는 점입니다. 지금은 든든한 리더로 훌륭하게 성장했죠.

그 무렵 겐타로의 동생인 요지로(洋二郎) 군이 우리를 찾아왔습니다. 군겐도에 입사하고 싶다고 하더군요.

"형이 여기 있다는 이유로 왔다면 너무 안일한 생각 아닌가?"

"아뇨. 그래서가 아니라 형이 변한 것을 보고 정말 놀랐습니다. 저도 이 회사에서 일하고 싶다는 생각에 찾아왔습니다."

이 친구도 쉽지 않았습니다. 기본적으로 인성은 좋았지만 생각이 너무 많고 쉽게 침울해하는 성격이었죠. 도쿄

전시회 건으로 출장을 갔는데 전시회에는 나오지 않고 호텔 방에 누워 있었던 적도 있습니다. 그랬던 그가 지금은 정말 달라졌어요. 현재 기획제작부에서 상품기획을 하고 있습니다. 어느새 성장해서 다른 직원의 신뢰를 받고 있죠. 두 형제를 보고 있으면 '인간은 성장해나가는 존재구나' 그런 생각을 하게 됩니다.

군겐도는 어떤 면에서는 회사가 아니라 교육기관 같다는 생각도 듭니다. 다른 직원들도 궁금합니다.

6, 7년 전쯤일까요? 출장에서 돌아와 매장에 들어서는데 입구 쪽에서 여자 손님이 혼자 책을 읽고 있었습니다. 뭔가 느낌이 좋은 사람이더군요. '이런 사람이 우리 매장에 와주니 참 좋다'라고 생각하면서 안쪽으로 들어갔더니 매장 매니저가 이런 말을 하더군요.

"지금 꽤 괜찮은 손님이 와 있어요. 여기 단골인데 자기가 근무하던 마쓰에의 욕실 건축 설비 기업인 이낙스 매장이 요번에 문을 닫는대요. 조금 지치거나 쉬고 싶을 때면 이와미긴잔을 찾는 모양이에요."

그 이야기를 듣는데 아까 그 손님일 것 같다는 생각에 나가봤습니다. 마침 집에 돌아가려고 차를 타려는 중이었어요. 괜찮으면 차나 한잔하자며 꼬드겼습니다. 운전도 교대로 해주겠다고 했죠.(웃음) 카페에서 차를 마시며 이런저런 이야기를 나눴습니다. 그러다가 "내일 에히메현 우치코에 갈 일이 있는데, 혹시 일정이 없으면 같이 가지 않겠느냐"고 제안했습니다. 실은 자동차가 필요해서 그런다고 농담하면서.(웃음) 그래서 같이 가게 됐어요. 정말 차분하고 조용한 친구였습니다.

다음 날 조각가인 요시다 마스즈미 씨도 동행했습니다. 그 친구가 너무 조용하다 보니 휴게소에서 쉬다가 그녀를 태우는 걸 깜빡하고 우리끼리 차를 출발하기도 했어요. 고속도로를 달리다가 "아이고! 그 친구!"하고 다시 돌아가 태워갈 만큼 조용한 친구였습니다.(웃음) 우치코에 다녀오니 너무 늦은 시각이길래 일단 집에서 재웠습니다.

다음 날 아침을 먹는데 다이키치 씨가 그녀에게 새 매장에 대한 이야기를 꺼냈어요.

"이번에 교토에 매장을 내게 됐는데 자네 혹시 거기 갈 생각 없나?"

"가고 싶어요. 평생 마쓰에에서만 살았습니다. 새로운 곳에서 일해보고 싶어요."

그렇게 이야기가 진행되어 교토 매장 오픈부터 우리와 함께했습니다. 좋은 감성을 지닌 친구예요. 요리도 잘하고 센스도 좋고. 아라이 요지로 군과 결혼해서 지금은 아이 둘의 엄마이기도 하고요.

형인 겐타로 군도 사내결혼을 했다면서요?

네. 겐타로 군도 그랬고, 그 외에도 몇 커플 더 있어요. 진자이(神西) 군도 그런 경우인데, 그의 아버지가 블라하우스 시절 원단 구입처의 영업직이었어요. 아들이 빈둥대고 있어서 속수무책이라며 맡아 달라고 하셨죠. 고베 전시회를 도와주러 왔다가 그길로 우리와 함께 일을 하게 된 친구입니다. 일처리에 뚝 소리 나는 기획실의 리쓰 짱과 결혼해서 지금 행복하게 잘 살고 있어요.

외지 사람들인데 다들 본인이 원해서 이 산골에 살고 있는 거잖아요? 흔치 않은 경우입니다.

진자이 부부는 처음에 오다 시내에 집을 빌려서 여기로 출퇴근하는 생활을 했어요. 그런데 최근에 입사한 미네야마(峰山) 군, 다카이시(高石) 씨, 나카노(中野) 씨는 처음부터 우리 마을에 살고 싶어 했습니다. 어쩌면 군겐도보다 이와미긴잔이라는 이 마을이 지닌 흡인력이 더 강한 건지도 모르겠어요. 이 친구들은 마을 회의에도 참석하고 운동회에도 나가고 축제에도 참가합니다. 마을과 좋은 관계를 맺는 것이니, 우리로서는 흐뭇하죠.

미네야마 군은 돗토리환경대학 재학 중 교수로부터 이와미긴잔에 대한 이야기를 듣고 우리를 찾아왔습니다. 여기에서 일하고 싶어 했지만 불경기였고 더 이상 직원을 늘릴 생각도 없었기 때문에 돌려보낼 수밖에 없었죠. 그렇게 몇 번인가 만나다가 그에게 물었습니다. 왜 여기여야 하느냐고 말이죠. 그는 일찍이 아버지를 여의었고, 친구의 죽음도 겪었다고 했습니다. 그러면서 '인간은 언제 죽을지 모른다. 후회하지 않는 삶을 살겠다'고 생각했다더군요.

채용까지 이어지지 못했지만 언제든 놀러 오라고 했고 실제로 자주 찾아왔습니다. 그러다가 색스폰 연주자 아키다 사카라(坂田明)씨의 재즈 공연을 열게 되면서 미네야마 군에게 도와달라고 연락을 했어요. 청소 담당으로 불렀는데 청소에 임하는 태도가 정말 좋았습니다. 결국 채용하게 됐죠.

요리와 청소 같은 기본 생활태도가 이곳에서는 중요한 것 같습니다.

직원 개개인이 자신만의 이야기가 있고 그것이 곧 채용의 근거가 됐습니다. 이른바 면접이나 이력서로 뽑은 친구는 거의 없습니다. 최근까지만 해도 이력서 같은 건 아예 보지도 않았으니까요. 지금 기획부에서 근무 중인 다카이시 씨는 지바대학 졸업 후 '군겐도에서 일하고 싶다'는 메일을 보내왔습니다. 하지만 채용이 불가능한 상황이었기 때문에 일단 거절했어요. 그런데 그녀는 그때부터 문화복장학원 야간부를 다니며 디자인 패턴을 공부하기 시작했습니다. 그러던 중 부서에 자리가 나서 입사하게 됐어요. 그저 군겐도에서 일하고 싶다, 이와미긴잔이 좋다는 생각에서 멈추지 않고 우리의 생각까지 제대로 이해해준 친구입니다. 생각하는 것도 건실하죠. '네네' 라인을 끌고 가는 주요 멤버입니다. 이번에 나온 아기 턱받이도 그녀가 기획한 아이템입니다.

군겐도의 다음을 짊어지고 갈 사람들이군요. 작은 회사이기에 더더욱 젊은 직원에게도 여러 일을 맡겨야 한다고 생각하시는 거죠?

그렇습니다. 일을 배우기 위해 남편과 떨어져 지내는 직원도 있어요. 아마도 남편이 좋은 사람이어서 가능한 일이겠지만요. 원래 그녀는 판매직 직원으로 군겐도에 들어왔습니다. 오사카의 소고 백화점에 매장을 낼 때 그녀의 언니와 함께 채용했던 것이 인연의 시작이었지요. 처음에는 판매직이었지만 시간이 지나면서 기획 일을 배우고 싶어 했어요. 지금은 본사에서 옷감의 색과 무늬를 컴퓨터로 시뮬레이션 하는 일을 합니다.

개개인의 인생까지 같이 안고 계신 느낌입니다. 쉽지 않은 일이지요.

이제 겨우 아장아장 걸음마를 뗀 수준이지만 그 친구들 손으로 '네네'라는 브랜드를 만들었다는 게 나의 큰 기쁨입니다. 둘째 딸인 유키코는 장사꾼 감각이 있어요. 그리고 다카이시 씨는 군겐도의 정신을 이어나가고자 하고 있습니다. 다카이시 씨와 함께 야나기사와라는 젊은 디자이너가 주축이 되어 '네네'의 제품을 디자인하고 있어요. 20대 중반부터 30대 초반의 젊은이들, 그들은 이곳을 무대로 새로운 것을 만들어내고자 합니다. 최선을 다하고 있어요. 그 모습만 봐도 든든합니다.

'네네' 이전에 젊은 여성을 타깃으로 한 '히나'라는 브랜드도 있었죠.

이번에 '히나'를 없애고 '네네'로 재정비했습니다. 야나기사와가 맡았던 브랜드였지만 '히나'는 너무 젊은 층을 대상으로 삼았다는 한계가 있었습니다. 그런 면을 보완해 그녀와 함께 '네네'라는 브랜드를 만들게 된 거죠.

젊은이들이 하고 싶어 하는 일을 할 수 있게 해주는 것. 그러면서도 매출이 어느 정도는 늘어나는 것. 무엇보다도 다음 세대를 키워나가는 것. 그러기 위해서는 좀 더 제대로 된 브랜드를 만들어야 합니다. 이런 생각 속에서 '네네'가 태어났습니다.

'네네'는 그녀들끼리 생각해낸 이름입니다. 시마네(島根)의 '네(根)'에 '뿌리(根)가 있는 삶'을 테마로 잡아 '네네(根根)'라고 이름 붙인 것이지요. 요즘 시대와도 잘 어울리고, 좋은 의미를 담아 잘 시작했다고 생각합니다. 어떤 면에서는 예전에 내가 블라하우스를 만들 때와 비슷한 감각이 느껴져요. 좋은 느낌으로 '네네'의 시작을 바라보고 있습니다.

'히나'는 미혼 여성을 대상으로 한 소박하면서도 순수한 느낌의 브랜드였습니다. '네네'는 어떤가요? 일상적인 느낌이나 생각을 더욱 강조한 브랜드라고 보면 될까요?

일상적인 느낌이 강화되고 즐거운 가족의 이미지도 추가됐어요. 아이가 태어나면 어렸을 적 부모님이 해주신 것들을 내 아이에게도 해주고 싶은 마음이 들죠. 그런 마음을 바탕으로 상품 구성을 해나가고 있습니다.

직원들과 식사 준비를 같이 하거나 같이 먹는 등 도쿄의 일반 기업과는 전혀 다른 분위기입니다. 생활까지 함께하는 게 힘들지는 않으십니까?

힘들다는 생각을 해본 적은 없어요. 다들 아베가에서 짧으면 3개월, 길면 반년 정도 나와 함께 생활합니다. 또 모르죠. 직원들은 힘들었을지.(웃음)

함께 생활하면서 느끼는, 요즘 젊은이들의 감각이 상당히 재밌습니다. 또한 내가 재밌다고 느낀 것을 그들에게 전달했을 때 돌아오는 반응도 상당히 흥미로워요. 고용관계도 아니고 사제관계도 아닌 듯한 각별한 무언가가 있죠. 오늘도 기획부의 다카이시 씨가 12월 3일의 내 일정에 관해 물어보더군요. 비어 있다고 했더니 "생일 파티를 하자"고 하더군요. 제 생일인 걸 기억하고 뭔가 해줄 모양인가 봐요. 특히 기획부가 가족적인 분위기예요.

군겐도에서는 손님에게 직원들이 먼저 다가가는 느낌입니다. 혼자 아베가에 묵을 때도 잠깐씩 들러 말동무를 해주는 직원도 있었어요.

그럴 거예요. 바쁠 때면 손님맞이를 도와주기도 하니까요. 내가 육아를 잘했다고 생각하지는 않지만, 여러 손님이 모이는 자리에 아이들도 함께했던 것은 좋은 교육이었다고 생각합니다. 우리 회사 신입들에게도 마찬가지예요. 다양한 사람과 접할 수 있는 만남의 장을 제공해주고 싶다는 생각을 늘 하고 있습니다.

직원들끼리도 사이가 좋아 보입니다. 히나야의 툇마루에 걸터앉아, 발을 달랑대며 점심 도시락을 먹는 모습이 인상적이었습니다.

겨울에는 히나야 안으로 들어갑니다. 이로리에 불을 피우거나 고타쓰에 둘러앉아 먹기도 하죠. 히나야에는 '겐상'이라는 강아지도 있고요. 우리 직원이 되면 청소, 빨래, 요리부터 시작해 띠 지붕의 교체작업, 자잘한 집수리까지, 생활력과 삶을 즐기는 힘이 배양됩니다. 게다가 아름다운 고향 풍경이 보너스로 따라오죠.

젊은 직원에게 실망했던 적은 없으신가요? 어떤 때 혼을 내시는지도 궁금합니다.

혼이야 늘상 냅니다. 오늘도 혼냈으니까요. 지금 유키코가 빌려 쓰는 공간이 있는데, 요전에 거기서 전시회를 열었습니다. 그런데 그때 빌린 집기가 두 달이 넘었는데도 그대로 방치되어 있다는 걸 오늘 알게 됐어요. 빌린 물건을 제때, 제대로 돌려주는 것은 빌려준 분에 대한 감사의 표현이기도 합니다. '영업의 기본은 감사하는 마음이다', '영업에 감사하는 마음이 빠져 있으면 절대 안 된다'며 오늘 아침에도 화를 냈습니다.

화를 낼 때는 진지해야 한다고 생각합니다. 그저 큰 소리로 호통만 치는 게 아니라, 왜 지금 이런 문제를 제기하고 화를 내는지 진지하게 접근해야 합니다. 그래야 상대방도 그 뜻을 이해할 수 있기 때문입니다.

요즘 젊은 사람들에게 가장 부족한 점은 뭐라고 보십니까?
생각은 있는데 그것을 제대로 전달하는 데에는 미숙합니다. 사람과의 커뮤니케이션을 어려워하고요. 하지만 기본적으로 선하고 타인을 배려할 줄 아는 심성을 지닌 사람이 많다고 생각합니다.

바쁘신 와중에 세 딸을 키우면서 어떤 것을 염두에 두셨는지 궁금합니다.
딸들이요? 그야말로 타력본원(他力本願)[1]이었습니다. 우리 집에는 늘 손님이 많았습니다. 근방의 이웃들, 외지에서 온 손님들과 밥을 먹거나 어울리는 자리가 많았죠. 딸들도 그 자리에 함께했습니다. 어쩌 보면 그분들이 키워주셨죠. 의식적으로 그분들의 힘을 빌리고자 한 부분도 있었습니다. 아이들은 부모의 말보다 다른 사람이 하는 말을 더 귀담아 듣기도 하니까요.

딸들의 말을 빌리면 "내버려두고 아무 것도 해준 게 없다. 우리는 우리끼리 알아서 컸다"더라고요. 그러나 글쎄요, 나는 아이들을 방치해두지는 않았습니다. 보통의 엄마들이 해주는 것을 해주지 않았을지는 모르지만요.

아이들이 어렸을 때도 외부 강연을 하셨습니까?

거의 못 했습니다. 군겐도 일만으로도 힘에 부쳤으니까요. 아마 나오코 때가 제일 바빴을 거예요. 나오코와 얽힌 추억이 참 많습니다. 일단은 태어날 때부터 지독한 난산이었습니다. 목숨을 겨우 건졌죠. 나오코는 유달리 엄마 아빠를 찾는 아이였어요. 그래서 그런지 커가면서 조금씩 반항을 하기 시작했어요. 유치원 다닐 무렵부터 조숙하게 말하는 아이였습니다. 아이가 어떻게 이런 말을 할까 싶을 정도였어요. "어머님, 아이는 부모의 뒷모습을 보고 큽니다." 젊은 유치원 선생님께 이런 말을 들은 적도 있었으니까요. 자기 생각이 강해서 끝까지 따져 묻는 아이였다고나 할까요. 아직까지도 기억나는 장면이 있어요. 설날 연휴가 끝난 직후였는데 나오코가 또 심통을 부리기 시작했습니다.

"엄마는 나에 대해 아무것도 몰라!"

"그래? 그렇다면 나오 짱과 이야기를 해봐야겠네. 지금부터 한 시간 동안 아무 일도 하지 않을게."

그렇게 대화의 봇물이 터졌죠.

그해 설날, 나오코는 할아버지와 함께 교토의 삼촌 집에 다녀왔어요. 일을 마치고 집에 돌아왔더니 창문 앞에 마유다마[2]가 장식되어 있었습니다. 삼촌 집에서 돌아오는

---

1 부처의 힘에 기대어 성불하려는 것. 다른 이에 기대어 일을 성취함을 비유적으로 표현한 말이다.

길에 나오코가 사 온 장난감이었어요.

"엄마는 내가 왜 마유다마를 샀는지, 그리고 왜 거기 걸어뒀는지 알아?"

또 무슨 억지를 부리려고 그러나 싶었는데 들어보니 그게 아니었어요. 나오코는 적어도 정월 명절만큼은 가족과 보내고 싶었던 겁니다.

"엄마는 내가 할아버지와 교토에 다녀왔으니 그걸로 됐다고 생각했겠지. 하지만 내가 진짜 원한 건 그런 게 아니야."

그날 같이 펑펑 울었어요.

"미안해. 나오 짱. 오늘부터는 달라질게. 설 연휴 동안 회사 일 생각 안 하고 가족과 함께 지낼게."

그러고는 나오코와 함께 시내의 슈퍼마켓으로 장을 보러 갔어요. 같이 장을 보러 간 건 그때가 처음이었습니다. 이런 사소한 것들을 함께해주지 못했구나 싶었어요. 나오코는 커가며 우리와 자주 부딪쳤지만, 지금은 또 그만큼 부모를 생각하는 마음이 굉장히 깊어졌어요.

세 딸 모두 특출난 데는 없지만, 크게 엇나가는 일도 없이 잘 자라주었습니다. 장녀인 미와코는 결혼 후 딸을 낳고 큰 수술을 했어요. 벌써 4년이나 지났지만 아직까지 완전히 회복하지 못했습니다. 그래도 씩씩하게 육아와 집안일에 최선을 다하고 있어요.

미와코는 어릴 때부터 순하고 서글서글한 아이였습니다. 반면에 둘째 유키코는 뭐든 똑 부러지는 아이였어요.

겉으로 보기엔 유키코가 강해 보이지만 의외로 미와코 쪽이 심지가 더 강해요. 반면에 유키코에게는 섬세한 면이 있고요. 겉보기와는 다른 모습들이 있죠. 자매끼리 서로 도와가며 잘 지냅니다. 유키코가 아픈 미와코를 잘 챙기죠. 조카인 라쿠도 잘 돌봐주고요.

만약 미와코 씨가 아프지 않았다면 가업을 잇게 할 생각이 셨습니까?

그러지는 않았을 거예요. 미와코는 대학도 교토의 미대로 진학했고 교토의 큰 인테리어 회사인 가와지마직물 산하의 연구소에서 공부하는 등 뭔가를 만들거나 표현하는 것을 좋아하는 아이이긴 합니다. 그러나 그것을 장사로 연결할 생각은 거의 하지 않는 타입이었죠. 그런데 언젠가 본점의 윈도 디스플레이를 맡겨달라고 해서 시켜본 적이 있어요. 꽤 재밌는 디스플레이를 해내더군요. 그래서 기획 같은 걸 하면 잘 해내겠다는 생각은 내심 들었습니다. 하지만 그 아이에게는 자기 나름의 존재 의의, 자신이 선택한 역할이 있으니까요. 딸의 선택을 존중해요. 한편 유키코는 정반대입니다. 그야말로 장사꾼의 핏줄이죠.(웃음)

유키코는 도쿄에서 학교에 다녔고 외국 생활도 했다고 들

---

2 버드나무 가지나 매화 가지에 누에고치 모양의 떡과 과자를 매달아 둔 설날 장식

었습니다. 그 후에도 도쿄에서 몇 년간 혼자 생활했죠? 그 때 유키코를 처음 만났습니다. 살 집을 찾느라 부동산을 함께 돌아다녔는데 집을 보고 결정하는 데 망설임이 없었습니다. 아버지에게 전화해 집 크기와 월세를 간단히 보고하고 스스로 결정하더군요. 20대 초반이었는데 이미 자립한 친구라는 생각이 들었습니다.

아마 둘째라서 그럴 겁니다. 밑으로 동생도 태어났고 응석을 부리지 않는 아이였어요. 그때부터 자립심이 있었습니다. 유학할 때 고생을 많이 했죠. 오히려 유키코는 지금이 반항기입니다. 군겐도에서 자신만의 감각으로 뭔가를 해보고 싶어 합니다. 그런데 아직까지 실력이 붙지 않았고 끙끙대고 있는 시기예요. 좋은 경험을 하고 있다고 생각합니다. 근래 좋아하는 사람이 생긴 모양이에요. 그 덕분에 어딘가 조금 부드러워졌어요. 뾰족하고 딱딱했던 부분이 둥글둥글해졌다고나 할까요?

유키코는 집안 살림이든 뭐든 빠르고 정확합니다. 일처리도 능숙하고 장점이 많은 친구죠. 부모에게 독특한 철학과 이상이 있다고 해도 그것이 자식들에게 이어지기란 좀처럼 쉬운 일이 아닙니다. 오히려 부모의 무게에 짓눌리는 경우가 많지요. 마쓰바 집안에서는 자식들이 부모의 생각을 이해하고, 각자 나름의 방식으로 그 생각을 계승하고 있다고 느껴집니다.

얼마 전 유키코가 결혼식 행사를 기획하고 진행한 적이

있었습니다. 타 지역에서 이주해온 젊은 커플이 우리 마을에서 결혼식을 하고 싶다고 상담을 청해왔었거든요. 결혼식장을 꾸미고, 피로연 드레스를 만들고, 요리와 그릇을 선택하고, 식사를 세팅하는 일까지 유키코가 젊은 스태프들의 도움을 받아 모든 것을 맡아서 했습니다. 내가 없는 편이 더 좋겠다는 남편의 말에 나는 그동안 도쿄 출장을 다녀왔어요. 있으면 분명 참견을 할 테니까요.(웃음) 사실 결혼식 당일, 출장도 다 끝났겠다, 이즈모의 첫째 딸 집에서 대기하고 있었습니다. 이와미까지 가까운 거리니까 만약에 무슨 일이 생기면 바로 달려갈 요량이었죠. 하지만 별 탈 없이 무사히 잘 끝낸 모양이었습니다.

유키코는 혼자서 행사를 전부 마무리 짓고 상당한 성취감을 얻은 것 같았습니다. 나도 남편도 출장으로 자리를 비웠지만 끝까지 훌륭하게 해낸 거죠. 대나무 숲으로 둘러싸인 본사 주차장 쪽에 피로연 자리를 마련했다고 들었습니다. 한가운데 있던 하얀 동백이 흐드러질 때였죠. 이번 일을 통해 유키코도 큰 자신감을 얻었을 거라고 생각합니다. 내가 관여하지 않아도 될 만큼 '네네' 브랜드도 잘 끌어나가 주리라 기대하고 있습니다.

막내 나오코는 학교 졸업 후 3년 정도 도시에 더 있다가 고향에 돌아올 생각이에요. 수제 구두를 디자인하는 남자친구가 있는데, 그 친구도 우리 마을에 흥미가 있는지 같이 오겠다고 하더군요. 고향으로 돌아오건 돌아오지 않건, 그거야 나중에 형편대로 흘러가는 것이니 어찌 될지는 모르는 일이죠.

"혹시 '그 녀석'은 나오코가 좋은 게 아니라 우리 동네가 좋은 거 아냐?"

남편은 이렇게 너스레를 떱니다.(웃음)

군겐도 주변 사람들을 보노라면 일본의 다음 세대에도 희망이 있다는 생각이 듭니다.

물론입니다. 우리는 지금껏 수많은 사람들과 멋진 관계를 맺어왔습니다. 그런 부분에서 다음 세대가 조금 더 적극적으로 나서 준다면, 우리가 여기에서 이렇게 해나갈 수 있었듯 그들도 충분히 해나갈 수 있다고 생각합니다.

군겐도의 카탈로그 사진은 특이합니다. 직원이 모델이고 오모리 거리가 배경입니다.

전문 모델은 쓰지 않습니다. 'We are here.' 어디까지나 '우리'가 '여기'에 살고 있으니까요. 모델로 직원이나 그 가족을 씁니다. 최근에는 영업부의 우치다니 씨 가족이 '네네' 라인의 모델이 되어주었죠.

"나는 이와미긴잔의 신선이 되겠소."

요즘 남편이 자주 하는 말입니다. 신선은 안개를 먹고 산다는데, 안개를 먹는 것치고는 도무지 신선 같지 않은 몸매이긴 하지만요. 그리고는 이 말도 꼭 덧붙입니다.

"도미여. 당신은 이와미긴잔의 야바우마[3]가 되구려."

그리고는 야바우마가 사람을 먹고산다는 말도 꼭 덧붙

이죠.(웃음) 하지만 훗날 전설적인 영웅이 된 긴타로를 키운 이도 야바우마였습니다. 사람을 키우는 것도 내가 할 일 중의 하나라는 생각이 드네요.

3 깊은 산에 살고 있다고 전해지는 마귀할멈

작가(삿카)와 잡화(잣카)

다이키치 씨의 술친구,
아이언 요시다(금속조각가 요시다 마스즈미) 씨와의 대화 중에서

아이언 요시다。　나는 삿카(작가)다.

다이키치。나는 잣카야(잡화점 주인)다.

둘이 입을 모아。　삿카(작가)와 잣카(잡화), 그거 좋구먼~

아이언 요시다。　삿카(작가)는 순수하게 뭔가를 만들어내는 사람이지. 그래서 삿카(きっか)라는 단어에는 탁음부호(゛)가 없는 걸세.

다이키치。자, 그렇다면 잣카야(ざっかや)에는 탁음부호가 붙어있으니 불순하다는 거구먼. 잡화도 순수하게 만들어가고 싶구려.

　　　　　작가와 잡화점 주인의 교집합, 점 두 개짜리 탁음부호를 점 하나로 줄인 세계. 지금 군겐도는 그런 세계를 모색하고 있습니다.

(1999년 11월 11일의 기록. 1997년 여름 전시회 팸플릿에서 발췌)

기무치의 생각이 읽히기 시작했다

식객 인생 4년 차, 이제는 집주인 같아진 고양이 기무치.

지금은 본사 매장의 쇼윈도가 기무치의 단독무대다.

때로는 스트리퍼 같은 이상한 포즈를 취하는가 하면, 때로는 천사 같은 얼굴로 잠든다.

그야말로 변화무쌍, 표변(豹變)이 아니라 묘변(猫變) 한다.

오늘도 쇼윈도 앞에는 관객들이 잔뜩 모여 있고, 그는 어떤 포즈가 먹힐지 계산하고 있다.

읽히기 시작했다, 기무치의 생각이.

그런데 알고 지낸 지 20년이 지났건만 여전히 읽히지 않는 다이키치 씨의 생각.

(2000년 5월 29일의 기록. 2001년 가을 전시회 팸플릿에서 발췌)

웃기지도 않은 이야기

도쿄 지점 영업부의 아라이 겐타로가 오랜만에 본사에 돌아왔다. 때는 6월 2일. 그와 같이 한잔하던 바로 그때, 갑자기 다이키치 씨가 쓰러졌다. 짧은 시간이긴 했으나 의식을 잃었고 눈빛도 흐려졌다. 처음에는 웃기려고 장난을 치나 싶었다. 그러나 그게 아닌 것 같았다. 곧바로 구급차를 불러 병원으로 달려갔다.

그런데 진짜로 웃기지도 않은 이야기는 지금부터 시작이다. 장소는 응급처치실. 혈압측정, 심전도 CT 스캔…… 긴장감이 흐르는 가운데 "겐타로~ 겐타로~" 사장이 큰 소리로 겐타로를 찾았다. "네! 사장님!" 급한 걸음으로 사장 곁으로 간 겐타로 군.

"아무래도 나를 4층에 입원시킬 모양이야. 예쁜 간호사 누나가 있는지 체크 좀 해줘."

패닉 상태에서 들었던, 도무지 믿기지 않던 사장의 그 한마디. 멍한 표정의 겐타로 군. 이번에는 "도미~ 도미~" 하고 나를 찾는다. 사장의 손을 잡고 "괜찮아. 회사 걱정은 하지 마. 우리가 어떻게든 힘내서 잘할 테니까." 굳건한 척, 마음의 동요를 숨긴 채 남편을 격려하는 아내에게 한다는 말이 "나, 오늘 어떤 팬티 입었지? 예쁜 팬티여야 할 텐데.”

아, 도대체 당신은 무슨 생각인 건지.

다음 날, 병원에 갔더니 4층에는 남편이 없었다. 본인의 희망으로 1층에 있는 특별실로 병실을 바꾼 모양이다. 그런데 1층은 산부인과. 어쩌다 보니 1인실이 거기밖에 없었다고는 하나…… 들리는 소문에 따르면 수시로 신생아실을 들여다보며 “우리 손자도 저렇게 예쁘겠지?” 중얼대고 다녔다고 한다. 아이구, 어찌 저리 만사태평인지. 정말로 드라마틱한 며칠이었다.

이야기는 계속 이어져 퇴원하고 한 달 가까이 지났을 무렵의 일이다. 우리 회사에서는 금기어를 넘어 이제는 덧없는 꿈처럼 여겨지는 사안이 있다. 바로 본사 건물 건축 이야기다.

“입원 중에 생각했는데 말이지, ‘본사’라는 말 자체가 나빴던 것 같아. 그렇게 칭했기 때문에 어깨에 힘이 들어가고, 뭔가 멋들어진 것을 만들어야 할 것 같은 생각이 드는 거지. ‘모두가 한자리에 모여 일할 수 있는 공간을 만든다’ 단순히 이렇게 생각하는 게 좋아. 멋진 걸 만들 필요는 없잖아. 왜 이런 사실을 지금껏 깨닫지 못했을까?”

“그럼 본사 말고 뭐라고 불러?”

“워크스테이션.”

“뭔가 이상한 것 같은데?”

“아냐, 가벼운 느낌이잖아. 그래서 더 좋은 거지. 입원했을 때 ‘널스스테이션(nurse station)’에서 힌트를 얻었지.”

허허 거참, 진지한 듯하면서도 이 가벼운 장단은 뭐람.

어디선가 야마자키 전무가 입버릇처럼 하던 말이 들려오는 것 같았다.

“진짜 당신이라는 사람은 알다가도 모르겠다.”

(2000년 8월 2일의 기록. 2001년 겨울 전시회 팸플릿에서 발췌)

세 번째 정직

드디어 워크스테이션을 짓기로 했다.

본사 자리를 마련하고 5년의 세월이 흘렀고 세상은 지금 불황의 구렁텅이에 빠져 있다. 왜 하필 이 힘든 시기에 대출까지 받아 이런 고생을 사서 하나 싶기도 하다. 하지만 생각해보면 우리는 늘 시대의 흐름에 역행해왔다. '지금 이런 세상이기에 더더욱'이라는 태도야말로 우리답다면 우리다운 것 아닐까.

농협 창고풍, 목조로 된 학교 건물풍, 나가야몬(長屋門)풍은 물론 노출 콘크리트라는 최신 건축 양식까지, 1급도 아니고 2급도 아니고 자칭 '탈급(급을 벗어난) 건축사'인 마쓰바 다이키치가 심혈에 심혈을 기울여 그려댄 그 수많은 도면들은 도대체 어디로 갔을까.

'이번에 만들 워크스테이션은 싸다면 뭐든 오케이다. 바람을 피할 수 있다면 그걸로 됐다.' 다이키치 씨의 요청은 이것뿐이다. 최고로 심플하게, 최고로 저렴하게. 물론 바닥에 구멍이 뚫려 한계에 다다른 로쿠지조(교토의 동네 이름)의 조립식 주택보다야 낫겠지만, 지난 5년간 그려왔던 도면과 달라도 너무 달랐고, 성의가 없어도 너무 없었다. 신기한 것은 이렇게 욕심을 내려놓고 보니 지금까지와는 다른 재미와 기쁨이 생겨났다. 심지어 보람 같은 것마저 느껴진다. 냉장고 속 남은 재료만으로 어떤 요리를 만들 수 있을까, 며칠을 버틸 수 있을까. 이런 류의 즐거움이 퐁퐁 샘솟았던 것이다.

이번 건축에 착수하면서 다이키치 씨의 목적은 단 하나다. 직원들 간의 결속. 떨어져 있던 직원 모두가 한곳에 모여 서로의 얼굴을 보며 일할 수 있다. 원활한 커뮤니케이션도 가능해진다. 게다가 무엇보다 큰 기쁨은 이 오모리 마을 안에서 모두가 동분서주하는 모습을 볼 수 있다는 것이다. 어디에나 갖다 붙일 수 있는 말이긴 하지만, 그릇보다 내용물이 중요하다. 생각해보면 우리가 지금까지 고쳐온 건물은 처음부터 오모리의 경관과 잘 어울렸다. 이번에 만들고자 하는 워크스테이션은 세월을 들여 이곳과 어우러져갈 건물이다. 어쩌면 본래 건축이란 이런 것일지도 모른다.

4월 15일, 다이안 길일, 세 번째의 집짓기 고사를 올렸다. 첫 번째 고사는 기가미신사, 두 번째 고사는 이도신사에서 올렸다. 오모리에 신사는 이 두 곳뿐이다. 기가미신사의 신관 어르신은 아흔 가까이 되셨다. 이전 일은 잊으셨겠거니 싶었지만 "또 짓는구먼~" 하시며 정확히 기억하고 계셨다. 이것이 진짜 세 번째, 우리가 만들 정직한 건물이다.
(2002년 5월 14일의 기록. 2002년 가을 전시회 팸플릿에서 발췌)

다이키치 씨의 둥둥두둥

이도신사는 이와미긴잔에 고구마를 들여와 '고구마 다이칸'이라 널리 알려진 이도헤이자에몬을 모신 신사다. 그곳의 신관 어르신이 연말에 병으로 몸져눕게 되셨다. 연말연시의 신사는 바쁘고 할 일도 많다. 자, 어떻게 할 것인가. 곧바로 마을총회가 열렸다. 마을회관에서는 상당히 젊은 축에 속하는 다이키치 씨. 자신이 신관의 역할을 대신하겠다는 의견을 모두에게 전달했다. '이 추운 계절에 어르신에게 일을 맡길 수 없다'는 게 이유였으나, 사실 남편이 예전부터 남몰래 신관 자리를 동경하고 있었다는 걸 나는 알고 있다. 절호의 기회라고 생각한 것이 분명하다. 하지만 남편이 신관 역할을 한다면 시무라 겐(일본을 대표하는 코미디언)이 우스꽝스런 신으로 등장하는 그 꽁트 느낌에 가깝지 않을까 싶은데……

그러고 보니 나도 신사에서 신녀 역할을 한 적이 있다. 10년쯤 전, 우리 회사의 기소(木曽) 군이 이와미의 한 신사에서 결혼식을 올렸다. 신사에서의 결혼식이 흔한 일은 아니어서 행사에 필요한 신녀를 구하기도 어려웠다. 결혼식 당일, 빨리 오라는 소식을 받고 자전거로 달려 갔더니 신녀 의상이 준비되어 있었다.

기소 군이 "신녀는 순결무구한 처녀여야 하는데, 애 셋 낳은 신녀 라니 들어본 적도 없다"며 놀려대기에 함무라비 법전을 인용해서 "눈 에는 눈, 이에는 이, 더러움에는 더러움"이라고 응수해줬다.

자, 다시 다이키치 씨 이야기로 돌아와 그는 매일 일과를 마친 후 이웃마을의 신관 어르신에게 지도를 받으며 큰북 연습에 여념이 없다. 집에 돌아와서도 북채 대신 붓을 쥐고, 책상이든 기둥이든 '둥둥 딱딱' 온갖 집 안 물건을 두들겨대고 있다. 장엄함이나 엄숙함 같은 건 털끝 만큼도 찾아볼 수 없다.

드디어 섣달그믐날. 다이키치 씨는 온몸을 다 감쌀 수 있을 정도 로 손난로를 챙기고, 요즘 들어 즐겨 마시는 소주병을 품에 안고 집을 나섰다. 춥지 않을까 해서 따끈한 국물을 가져다주고 온 딸에 의하면, 사무실에서 동네 아저씨들과 술판이 한창이었고 이미 거나하게 취해 있었다고 한다. 이렇게 취해서 괜찮겠냐고 딸이 물어봤더니 아버지라 는 사람의 대답이 가관이다.

"나한테 맡겨. 점점 흥이 차오르고 있다고."

흥이야 뭐 평소에도 넘치면서 무슨……

남편이 그러고 있을 때 나는 불단에 올린 연말 점보복권에 부처 님의 공덕이 깃들기를 두 손 모아 빌었다. 그러다가 문득 공덕, 즉 신불 의 은혜란 복권에 당첨되는 일이 아니라는 사실을 깨달았다.

둥둥두둥! 가짜 신관이 벼락치기로 배운 엉망진창 장단, 그 북소 리를 듣고 마을 사람들이 몰려들었다. 정월 첫 참배를 올리기 위해서라 기보다 북소리가 걱정스러워서 어떻게 된 일이냐며 모여들었던 것이 다. 이래저래 평소와는 다른 신년을 맞이했다.

"자, 일하러 가볼까."

"무슨 일? 이제 겨우 3일째인데. 연휴 더 남았어."

"불전 챙기러 가는 거야."

"뭐? 불전함을 훔치겠다고?!"

"무슨 소리야. 도둑 들기 전에 불전함에서 돈을 챙겨둬야지."

그 일도 신관이 해야 할 일인 모양이었다.

이상, 변함없이 어수선한 마쓰바 집안의 연말연시였습니다.

(2002년 2월 12일의 기록. 2002년 여름 전시회 팸플릿에서 발췌)

• 쇼윈도 안은 고양이 기무치가 좋아하는 자리이다.

•• 히나야를 지키는 개 겐상

공간을
프로듀싱하다

보존과 복원 프로젝트

현재 주민 430명이 모여 사는 작은 마을 오모리. 그러나 에도 시대에는 은의 생산지로서 막부의 직할지이자 재정을 충당하는 중요한 역할을 담당한 큰 마을이었다. 오모리의 초대 다이칸은 오쿠보 나가야스(大久保長安)였으며, 은광의 최대 전성기에는 1만 량의 은을 생산했다. 마르코 폴로의 기록에 따르면 '이와미긴잔 일곱 계곡의 총 가구 수는 1만 수천 가구에 이르렀고 인구는 약 20만 명' 정도였다고 한다. 그러나 메이지 중기, 하마다 지진의 피해로 일시적으로 휴광하는 일도 있었다. 그 이후 큰 비로 강이 범람하면서 '마부'[1]라 불리던 갱도가 물에 잠겼고 결국 쇼와 18년(1943년) 광산은 폐광되기에 이른다.

그 이후 옛 공관과 은 광산 터는 관광용으로 정비됐으나 오

---

1 메이지 시대(1868-1912) 이전까지는 갱도를 마부(間步)라 칭했다.

모리 시가지는 쇠락해갔다. 인구도 500여 명으로 줄어들었다. 1987년 이와미긴잔 일대가 중요 전통 건조물군 보존지구로 선정됐다.

지금까지 나는 전국에 산재해 있는 80군데의 보존지구 중 70군데 정도를 돌아보았다. 아름다운 옛 거리가 남아 있다는 것만으로도 다행이었지만 생활의 냄새가 느껴지지 않는 지역도 많았다. 마치 영화 세트장 같았달까. 지나치게 특정 시대에 맞춰 복원했다거나 원형 복원에 집착한 나머지 후대 사람들이 추가한 간판 같은 것들을 모조리 제거했다거나 지나치게 관광에만 초점을 맞췄다거나 하는 식이었다. 그러나 이와미긴잔은 달랐다. 처음 걷던 날부터 마음이 편했다. 출입구에 드리워진 대나무 발, 청아한 풍경 소리, 집집마다 장식된 꽃, 수줍은 느낌의 가게들. 거기에는 일상의 숨결이 살아 있었다.

군겐도 본점 자리는 예전에 누가 살던 곳이었습니까?
에도 시대에는 촌장이 살던 집이었다고 합니다. 그러다가 대대로 다양한 일을 하는 사람이 거쳐 간 집이었지요. 중요문화재로 등록된 구마가이가(熊谷家)가 술도가였던 시절에는 그곳 총지배인이 살았다고 하더군요. 우리가 양도받았을 때에는 현청 직원이 살고 있었습니다.

매매 의사를 밝히고, 팔아달라고 부탁하셨던 거지요?
네. 그랬습니다. 한두 가지 문제가 있어서 좀 골치가 아팠

다가 1988년 매입에 성공했습니다. 부지가 300평쯤 되니까 꽤 넓은 집입니다. 마쓰바 본가보다 폭이 훨씬 더 넓죠. 군데군데 에도 시대 말기에 지어진 부분도 있습니다.

제가 처음 왔을 때보다 상당히 많이 바뀌었습니다.
18년 가까이 고쳐오고 있으니까요. '언제까지나 미완성인 채로 살자.' 이것이 다이키치 씨와 나 사이의 약속이었습니다. 늘 변화해나가자고 다짐해왔어요. 본점이야 말로 그 취지에 딱 맞는 모습을 보여주고 있어요. 들어가자마자 보이는 다다미 여덟 장짜리 방도 시기에 따라 계속 변화합니다. 직원들이 아이디어를 내며 계절 장식을 하고 있으니까요.

언제였던가, 대나무 일곱 그루가 거꾸로 장식되어 있던 게 생각납니다. 뿌리가 위를 향한 채였죠. 뿌리가 지닌 엄청난 에너지를 난생처음 목격한 기분이었습니다.
시마네현에는 수많은 하청 공장이 있습니다. 생산의 뿌리를 떠받치고 있죠. 그러나 그 제품들은 전부 도시 브랜드의 이름을 단 채 세상에 나갑니다. 시마네가 지상에서 꽃핀 적은 한 번도 없었어요. 그 뿌리 부분을 평가하는 시대가 오기를 바라는 마음, 그런 의도를 담은 장식이었습니다.

셀로판 봉투에 꽃을 넣어 벽을 꾸민 적도 있으셨습니다.

가지타니 목수의 딸, 마스미 씨의 작품입니다. 그런 식의 연출을 정말 잘하는 사람이죠. 낡은 격자문, 냄비, 접시 같은 것들로 잡초 밭을 장식해 특별한 공간으로 만들어 버리죠.

본점 2층은 용도에 맞게 자유롭게 쓸 수 있는 공간입니다. 가끔 작은 콘서트를 열기도 하고, 요시다 마스즈미 씨의 조각전을 비롯해 작가의 개인전도 열립니다. 하지만 보통은 군겐도를 방문한 손님이 쉴 수 있는 공간으로 마련해두고 있어요. 유리창 너머로 정원이 내다보이는 여유로운 공간입니다. '땅 한 됫박에 금 한 됫박'이라는 도쿄의 금싸라기 땅에서는 불가능한 공간일 겁니다. 이런 면이 도시와 시골의 다른 점이라고 할 수 있어요. 시골이기 때문에 시간이나 공간에 너그러울 수가 있지요.

중정에는 야생화 테이블도 있습니다. 처음 보고 정말 감동했어요.

유목 하나, 침목 하나, 나무 전신주 두 개를 조합해 테이블을 짠 후 한가운데에 흙을 넣어 만들었습니다. 처음에는 이끼 테이블로 만들고 싶었어요. 그런데 어디서 씨가 날아왔는지 봄이 되니까 제비꽃, 민들레, 타래난초, 패랭이꽃, 뻐꾹나리가 제멋대로 피어나기 시작했습니다. 이제는 완전히 보석상자 같아졌죠. 인간이 미처 계산하지 못했던 것들이 끊임없이 태어납니다. 이런 게 진짜 자연의 은혜지요.

본점 2층을 이벤트 공간으로 쓸 때도 있다.
사진은 〈뿌리가 있는 생활〉 전 전경

본점 갤러리의 디스플레이도 재밌습니다. 회반죽한 흙벽에 쇠망치, 옛날 열쇠 같은 것들을 박아 놓고는 거기에 옷걸이를 걸어두셨죠.

본점은 원래 헛간이었는데, 거기 있던 연장들입니다. 연장이 지닌 온기를 살리면서도 그 연장의 사용방식을 참신하게 바꿔 놀라움을 주고자 했죠. 낡은 대야, 소반, 서랍 등 원래 있던 것들을 전부 활용했습니다.

디스플레이가 보고 싶어서 일부러 찾아오시는 분들도 많습니다. 도쿄 백화점 같은 곳에서 군겐도를 만난 후 다시 이와미긴잔까지 오시는 분들도 있으니까요. 옛날 연장이 관광객 유치에 기여하고 있다고도 말할 수 있겠네요.

카페 분위기도 제가 처음 왔을 때와는 완전히 달라졌습니다. 2층에 사무실이 있지 않았던가요?

그랬었죠. 모리 씨가 오기 바로 전해에 오모리가 보존지역으로 선정됐습니다. 거리와 건축물이 급속도로 주목받았던 시기였죠.

도미 씨는 처음 오모리에 왔을 때부터 동네의 분위기, 건축물 같은 것들에 흥미가 있었다고 하셨습니다. 시골살이의 매력이라고나 할까요, 오모리에서 일종의 영감을 받았다고 할 수 있을까요?

영감까지는 모르겠지만 '여기다!' 싶은 건 있었습니다. 처음 보자마자 정말 좋았어요. 첫째로 마을 규모부터 편안

했습니다. 새로 이사 온 내가 적응하기 편한 규모였어요. 마을 어디든 걸어 다닐 수 있는 거리였고, 500명 마을 주민은 다들 서로 알고 지내는 사이였습니다. 이와미에는 오백나한상이 있어요. '인구가 500명밖에 안 된다'는 나쁜 인상이 아니라 '여기 사는 사람 한 명 한 명이 제각각 나한이다' 하는 좋은 느낌이 들었습니다. 그전에 나고야에서 몇 년간 살았지만 그때는 사람 사이의 관계가 너무 헐거웠다고나 할까요? 정을 붙이기가 힘들었습니다. 물론 시골에는 힘들고 성가신 부분들도 있어요. 하지만 오히려 그런 점들이 더 멋진 의미로 다가왔습니다. 오자마자 여기를 좋아하게 됐죠.

말씀과는 반대로 작은 마을이기 때문에 힘들다고 말하는 사람도 있을 것 같은데요? 신경 써야 할 일이 많다거나 사생활을 간섭받는다거나.

나야 뭐, 며느리로 왔을 때부터 이런저런 일이 많았기 때문에 그런 건 별로 신경 쓰지 않았습니다. 불편하다는 생각보다 '여기라면 뭔가 할 수 있겠다'는 마음이 훨씬 더 강했으니까요.

그때만 해도 오모리의 매력에 대해 사람들이 전혀 몰랐을 거라고 생각합니다.

아마 그랬을 거예요. 그저 인구 과소화가 진행 중인 시골 정도로 인식하지 않았을까요? 유네스코 세계유산으로 지

정될 줄도 전혀 몰랐을 테고요. 그런 식으로 세상을 바라
보지는 못했죠.

**문화재청의 중요 전통 건조물군 보존지구 선정 과정은 어
땠습니까? 반대하는 입장도 있었을 듯합니다.**

반대가 전혀 없진 않았지만, 특별히 발전한 산업도 없고
인구 과소화와 고령화로 지역경제가 바닥까지 떨어진 상
태였기에 지푸라기라도 잡는 심정으로 받아들였다고 생
각합니다. 오다시 문화재과의 하야시 다이슈 씨가 행정처
와 주민 사이에서 다리 역할을 해주셨어요.

사람들이 오모리 거리와 건축물에 흥미를 갖기 시작한
것도 그때부터였습니다. 지역에 '건영회'가 만들어진 것도
이 시기였습니다. 집 짓는 목수, 문틀 짜는 목수, 미장공들
이 주축이 되어 만든 모임으로, 우리 지역에 뿌리를 내리고
책임감 있게 일하자는 취지를 내세웠죠. 지역민들이 힘을
내는 데 비해 도로 공사나 축대 공사, 터널 공사, 전신주 공
사 등이 다른 지역과 똑같이, 성의 없이 대충대충, 너무 무
신경하게 진행되는 데에는 화가 나기도 했죠.

본점의 개보수 공사는 보존지구로 선정되고 3년 후부
터 시작했습니다. 그때도 현청과 참 많은 의견을 나눴어
요. 매일 밤 하야시 씨가 건너와 우리 집 거실에서 상의했
던 기억이 납니다.

군겐도 본점도 보존지구 범위 안에 있는 역사적 건물입니

다. 개보수에도 제한이 많았을 것 같은데요.

그랬습니다. 지금이야 별채 앞이 안뜰로 꾸며져 있지만 처음에는 정원이 없었습니다. 남편은 공간 전부를 건물로 채울 게 아니라 정원 같은 공간이 있어야 한다고 고집했어요. 결국 거기에 정원을 만드는 것도 전부 허가를 받았습니다.

처음 뵈었을 때 다이키치 씨는 공간 디자인을 좋아하신다고 들었습니다.

피는 못 속여요. 시아버지가 그러셨거든요. 건축 관련 일을 하신 적도 없고 그쪽과 아무런 연이 없는 분이셨는데도 이웃집의 설계도를 그려주고는 하셨습니다. 남편도 마찬가지였고요. 역시나 부자지간은 닮기 마련이라고 생각했죠.

남편이 공간 디자인에 열을 내기 시작한 것은 본점의 개보수 때부터였습니다. 그야말로 생기가 넘쳤죠. 그게 1989년인데 본점이 '개보수 제1호'였습니다. 그때부터 계속해서 개보수 일이 이어졌죠. '촛불의 집' 이전에 다케시타가(竹下家)를 고친 게 먼저였습니다.

다케시타가가 '개보수 제2호'였군요. 거기도 현재 소유하고 계시죠?

네. 거기 살던 분들이 다들 외지로 나가고 비어 있던 집이었습니다. 괜찮으면 양도해달라고 요청해 매입했죠. 그 집을 고쳐서 지금은 판 씨가 살고 있어요. 복원 과정을 보노라면 집이 정말로 기뻐하고 있다는 게 느껴집니다.

그리고 다케시타가 옆에 있는 '촛불의 집'을 고쳤고, 그다음에는 본가를 고쳤고, 그다음에는 아키요 할머님이 살던 250년 된 고택을 이축해서 히나야라고 이름 지었고, 그다음에 시마네현의 문화재로 등록된 아베가를 매입했습니다. 아베가가 여섯 번째 집이었죠. 집을 사고 고치느라 내내 대출을 받으면서도 저렴하게 대충대충 고칠 수는 없었습니다. 본점이 한꺼번에 완성된 것은 아닙니다. 갤러리, 2층, 별채 내부 등을 18년에 걸쳐 조금씩 고쳤으니까요. 언제나 어딘가를 고치고 있었습니다. 정말로 필요한 때에, 정말로 필요한 것을 만드는 것. 이것이 중요합니다.

'촛불의 집'은 어떤 분들이 살던 곳인가요?
가와기타(川北) 씨 가족이 살던 집이었습니다. 다들 외지로 나가고 할머니 혼자 계시다가 돌아가신 후 빈집이 됐죠. 동네에서 가장 작고 소박한 집이었습니다.

우리 집에는 손님이 참 많이 와요. 전국에서 손님이 찾아오고, 여럿이 모여 술을 마시는 일도 잦기 때문에 그런 용도의 집이 한 채 필요했습니다. 손님들과 한잔하기 위한 공간으로 조성할 생각에 그 집을 샀습니다. 전기나 가스 없이, 이로리와 촛불의 빛만으로 조용히 술잔을 기울일 수 있는 그런 공간. 일체의 문명을 배제한다는 생각은 남편의 아이디어였습니다. 쓸 수 있는 기둥과 들보는 전부 그대로 살렸고, 헐어낸 흙벽도 반죽해 재활용했습니다. 먹을 갈아 한쪽 흙벽을 검게 칠하는 일은 내 몫이었습니다. 즐거웠어요. 과정 자체를 충분히 즐겼습니다. 우리가 만든 공간 중 가장 농밀한 공간으로 완성됐어요.

처음 '촛불의 집'에 들어서면 어둡다는 생각이 먼저 듭니다. 하지만 눈이 거기 익숙해지면 촛불의 빛만으로도 충분합니다. 밝은 불빛 때문에 보는 능력이 퇴화됐다는 사실도 깨달아요. '촛불의 집'을 만들면서 우리 지역 건영회의 도움을 많이 받았습니다. 금속조각가 요시다 마스즈미 씨가 촛대 같은 것들도 만들어주셨죠. 그분들의 도움 덕분에 그 공간에서 지내는 시간의 질이 완전히 달라졌습니다.

요시다 씨는 오다 시내에 살던 조각가였습니다. 언젠가 아내분과 둘이서 오모리에 들렀다가 군겐도 2층을 보시고는 거기서 개인전을 열고 싶어 하셨어요. 개인전을 열고 4년 후쯤 아예 오모리로 들어와서 살게 됐죠. 그 후 마을 여기저기에 작품을 만들어주고 계십니다.

우리가 산 집들은 대부분 폐가 직전의 상태였습니다. 어쩔 수 없이 방치되어 그 상태로 많은 시간이 흘렀으니까요. 고칠 때마다 늘 중환자를 간병하는 느낌이 듭니다. '힘내렴. 지금 고쳐줄 테니까.' 다정하게 어루만지다 보면 어느 시점부터는 입장이 역전됩니다. 히나야만 해도 기초가 다져지고 기둥이 서고 대나무 살을 엮어 흙벽 기초를 세웠을 무렵부터는 그야말로 '사람을 치유해주는 공간'으로 변모해갔으니까요. 떠 지붕이 올라갈 즈음에는 그 안에 있는 것만으로도 가슴이 충만해졌습니다.

'촛불의 집' 개보수 후에 히나야의 이축이 있었고, 본사의 개보수로 이어집니다. 꾸준히 해오기가 쉽지 않았을 텐데 대단합니다. 마지막이었던 아베가가 비용이 가장 많이 들었다고요.

그랬습니다. 아베가는 아베 세이베(阿部清兵衛)라고 하는, 은광을 관리하던 감독관의 저택이었습니다. 매입했을 당시, 천장도 내려앉아 있었고 벽도 허물어진 상태였어요. 이렇게 되살아나리라고는 아무도 생각하지 못했을 겁니다. 집은 돈만 있다고 손에 넣을 수 있는 게 아닙니다. 그곳이 우리를 허락했다고나 할까요? 인연이라는 말 외의 다른 표현을 찾을 수가 없네요. 사람이 집을 원하는 만큼 그 집도 새로운 사람을 선택합니다. 짝사랑이 아니라 쌍방이 사모하고 사랑하는 관계여야만 그 집을 손에 넣을 수 있어요. 아베가가 정말로 그랬습니다. 아베가와 내가 어떤 인연으로 이렇게까지 깊은 관계를 맺게 됐는지는 모르겠어. 하지만 나는 이 집으로부터 무언가 받고 있다는 느낌이 듭니다. 이 집에 대한 내 마음도 각별하고요.

최근에 특별한 분들이 아베가를 찾아오셨습니다. 이전에 아베가에 살던 분들이었는데, 결혼한 자식에게 다시 태어난 아베가를 꼭 보여주고 싶다며 손자까지 데리고 일가족이 방문하셨지요. 이 정도로 아름답게 소생했을 줄은 몰랐다며 무척이나 기뻐하셨습니다. 아베가는 다양한 의미에서 새로 태어나고 있는 것 같습니다.

1950년대 후반부터 아베가는 빈집이었습니다. 아베가의 마지막 소유주는 회사원이었습니다. 그분 어머님은 이 근방 유치원에서 아이들을 가르쳤고, 아버님은 행정 일을 하셨죠. 윗대는 대대로 무사 신분이라고 들었습니다. 오쿠보 나가야스가 이와미긴잔 초대 다이칸으로 왔을 때 그를 모셨던 분도 있었다고 하더군요.

오쿠보 나가야스는 다케다 가문을 위해 사루가쿠를 공연하는 희극인의 아들로 태어나 사도 지방에 노가쿠[2]를 처음으로 들여온 인물이기도 했습니다. 현재 사도 지방에는 서른여섯 개나 되는 노가쿠 전용 극장이 있다고 하더군요.

얼마 전, 한계 취락[3]을 응원하는 행사가 있어서 남편이 단바(丹波)시에 다녀온 적이 있습니다. 그때 거기에서 운류(雲龍) 씨라는 피리 연주가를 만났어요. 노가쿠의 북 연주로 유명한 오쿠라 가문 아시죠? 그 유파에서 연주하던 분이었습니다. 남편은 피리 공연을 마친 운류 씨와 한잔하다가 그가 이와미긴잔과 연이 있다는 사실을 알게 됐습니다. 알고 보니 운류 씨가 오쿠보 나가야스의 혈족이었어요. '그렇다면 꼭 한번 이와미긴잔에 오시라'며 남편이 운

---

2 일본의 가면 음악극. 2008년 유네스코 무형문화유산으로 지정되었다.
3 인구의 과소화로 공동생활이 유지되기 어려운 취락

류 씨를 초대했고, 그도 흔쾌히 응해주셨습니다.

결국 히나야의 툇마루에서 운류 씨의 피리 연주회가 열렸습니다. 특별히 계획하지 않았지만 저절로 이루어지는 이런 일들이 정말 신기합니다. 몇백 년 전의 정령들이 되살아나기라도 한 것처럼 말이죠. 몇 년 전 오쿠라 유파의 계승자인 오쿠라 쇼노스케(大倉正之助) 씨가 연주 차 이와미에 오신 적이 있습니다. 그러니 사실 운류 씨와는 그전부터 이어진 사이였던 거나 마찬가지였습니다.

운류 씨는 독특한 분이었습니다. "즉흥이 아니면 피리를 불지 않는다"며 여러 종류의 다양한 피리로 즉흥 연주를 들려주셨죠. 마지막으로 피리를 불고 싶은 장소가 있다고 하더니 히나야 맞은 편, 쪽 밭 한가운데로 들어갔습니다. 그리고 "나는 우주와 교신하며 피리를 분다"고 하시더군요.

그 장면을 사진으로 담았습니다. 놀랍게도 하늘에서 운류 씨 머리 위로 빛이 쏟아지는 듯하게 찍혔더군요. 우연일지도 모르겠지만 신기했어요. 그리고 운류 씨와의 이런 인연을 각별하게 평가한 분이 있었습니다. 그분 말에 따르면, 옛날에는 광산 위에 나타난 구름의 형태로 금광과 은광을 추측했다고 합니다. 금이 나오는 산 위에는 활짝 핀 꽃 모양 구름이, 은이 나오는 산 위에는 용 모양 구름이 생겼답니다. 운류(雲龍)라는 이름으로 봤을 때, 운류 씨는 필시 이와미긴잔과 큰 인연이 있는 인물이라며 이야기꽃을 피웠던 기억이 납니다.

이와미긴잔이라는 장소를 마쓰바 도미식으로 설명해주신 다면요?

정령에게 보호받고 있는 땅이랄까요. 처음 왔을 때부터 그런 느낌이 들었습니다. '땅의 힘'이라는 게 있다고 직감적으로 느껴졌어요. 특히나 이곳은 역사적으로 많은 사람들이 거쳐 간 곳입니다. 사람을 끌어당기는 장소라는 생각도 들어요.

어떤 장소든 사람들이 경제적 욕망으로 모여들면 일시적으로 번영할 수는 있습니다. 하지만 말 그대로 일시적인 번영일 뿐입니다. 땅의 목소리를 듣고, 집의 이야기를 듣고, 거기에 화답하려는 인간의 노력이 있다면 땅도 그에 상응하는 힘을 내려준다고 생각합니다. 그렇게 믿고 있어요.

현 지정 문화재와 중요 전통 건조물군 보존지구를 비교하자면, 현 지정 문화재 쪽에 규제가 더 많죠?

그렇습니다. 보존지구에 속한 건물일 경우, 외관의 규제만 있고 내부는 자유롭습니다. 사는 사람들의 생활 방식에 맞춰 샹들리에를 달든, 방한을 위해 벽을 세우든, 뭘 하든 상관이 없어요. 그러나 현 지정 문화재가 되면 내부까지 전부 심사합니다. 발굴심사 같은 것도 있고요. 현 지정 문화재와 문화재청의 보존지구는 성격이 완전히 다릅니다.

아베가의 공간 디자인은 누가 주도하셨나요? 이번에도 다이키치 씨가 맡으셨나요?

다소 참견하기는 했지만 그리 적극적이지는 않았습니다. 거의 흥미가 없었다는 게 더 맞을 거예요. 평소에 그렇게 건축을 좋아한 사람치고는 신기하다 싶을 정도였습니다. 그런데 그도 그럴 것이, 문화재 지정 건축물은 보존과 복원이 핵심입니다. '촛불의 집'처럼 자신이 대담하게 디자인해서 뭔가를 바꿀 수가 없었죠. 게다가 아베가는 처음부터 '도미의 집'으로 시작하기도 했고요. 너무 쌀쌀맞다 싶을 정도로 관심이 없었어요.

말하자면 다이키치 씨는 복원에는 그리 흥미가 없으신 거군요.

그렇죠. 가지고 놀 여지가 없으니까요.

다이키치 씨는 "거리 보존지구는 어딜 가도 지루하다"고 말씀하셨습니다. 원형을 보존한다는 리스토어(restore)보다 혁신이 개입된 리노베이션(renovation)을 좋아하시는 거죠.

아베가 본채 수리가 어느 정도 끝나고 별채를 고치고 싶다고 했을 때도 남편은 별다른 참견을 하지 않았습니다. 내 생각대로 하게 두었어요. 자금이 부족했기에 되도록 돈이 들지 않는 방식으로 고치고 싶었습니다. 그저 공간을 쓸 수 있을 정도만 고쳐도 충분하다고 생각했어요. 간

• 개보수 전의 아베가. 본채의 객실

•• 개보수 후의 아베가. 아름답게 되살아났다.

단히 끝내려고 했는데 남편이 그러더군요. "도미. 그걸로 충분해?" 또 여차여차해서 결국에는 상당한 금액이 들어가고 말았습니다.

원래 별채 안에 2층으로 올라가는 계단이 있었습니다. 그걸 고쳐 쓰려고 했죠. 하지만 남편은 옆방에서도 2층으로 올라가는 계단이 있으면 좋겠다고 했어요. 비용이 예상보다 커지므로 고민할 수밖에 없었죠. 하지만 지금 생각해보면 그렇게 하길 잘했어요. 별채를 다른 용도로 쓰고 있어도 편하게 2층 출입을 할 수 있게 됐으니까요.

2층으로 오르는 수납식 계단에는 이 집에서 자란 아이들이 키를 잰 흔적이 남아 있습니다. 그걸 흠집이나 낙서라고 보지 않아요. 오히려 여기 살았던 사람들의 시간을 보여주는 아름다운 기록이라고 생각합니다. 흔히 오래된 민가라고 하면 두꺼운 대들보나 기둥 같은 훌륭한 자재에 눈이 먼저 가게 마련입니다. 하지만 그 속에 깃든 삶의 흔적이야말로 소중하다는 생각이 들어요.

아베가는 올 때마다 매번 달라집니다. 외부 복도도 그렇고, 나무 욕조가 있는 욕실도 그렇고, 깜짝 놀랄 정도로 아름다운 공간을 새로 만나게 됩니다.

모리 씨도 아시다시피, 너무 낡아서 헛간 같긴 했지만 별채는 원래 있던 공간이에요. 거기 덧댄 판자지붕은 비에 젖지 않고 욕실에 드나들기 위해 만든 것이었지요.

본채는 거의 원형 그대로 복원하셨죠?

본채는 원형을 살리는 것만으로도 충분하다고 생각했습니다. 본채 앞 목욕실과 연결되는 복도는 보조금을 받아서 보수했어요. 시마네현과 오다시, 건축주가 3분의 1씩 부담했습니다. 복도 보수에만 얼마가 들어갔는지 아세요? 약 1000만 엔 가까이 들었습니다. 이유는 잘 모르겠지만, 일반 공사보다 문화재 지정 건축물의 공사비용이 훨씬 더 높게 책정되는 것 같더군요. 그래서 보조금을 받지 않고 공사를 하는 것도 방법이겠다고 생각했습니다. 물론 공사를 대충할 생각은 전혀 없었지만요.

공사는 어디에 맡기셨나요?

지역의 평범한 건축 사무소에서 했습니다. 그런데 자유롭게 할 수 있겠다 싶으니까 그만큼 욕심을 내게 되더군요. 결국 돈이 또 투입되고…… 솔직히 말해 보조금에 맞춰서 고치고 싶은 마음도 있었습니다. 돈이 없었으니까요. 하지만 남편이 그러더군요. 그걸로 충분하냐고. 보조금만으로 당신의 생각대로, 원하는 대로 공사를 끝낼 수 있겠느냐고. 그래서 3기, 4기, 5기 공사는 자비를 들여서 했습니다. 본채 뒤쪽의 화장실과 욕실 공사를 그렇게 했어요. 물론 현 지정 문화재이기 때문에 문화재 담당자의 지도하에 공사를 진행했습니다. 보조금을 추가로 받지 않는다고 해서 아무렇게나 공사를 할 생각은 없었어요. 역사가 있는 집의 품격을 지키기 위해서는 그만큼의 수고를 들여야 하니

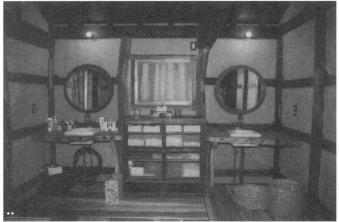

• 아베가의 목욕실

•• 목욕실에 딸려 있는 세면실

까요.

문화재로 등록된 집을 소유하고 있다는 것은 부러운 일이기도 합니다. 하지만 행정처와의 교섭이나 문화재 담당자와의 조율, 이런 것들을 끈기 있게 해나가기는 어렵죠. 여러 의미에서 좋은 경험을 하신 것 같습니다.

그랬죠. 별채 상태가 생각보다 좋았기 때문에 깨끗이 청소하고 간단하게 보수하면 그럭저럭 쓸 수 있을 거라고 생각했습니다. 공사 초기에는 이렇게 많은 시간과 비용이 들어갈 줄 전혀 몰랐죠. 개보수 공사 신청은 진즉에 해둔 상태였습니다. 하지만 담당 자문위원이던 건축사학자가 해외에 나가 있는 바람에 반년 정도 기다려야 했습니다. 공사를 겨우 시작할 수 있었죠.

200만 엔 정도면 청소와 공사 둘 다 가능하겠다고 쉽게 생각했습니다. 하지만 실제로는 500만 하고도 몇십만 엔이 더 들었습니다. 대부분 폐자재를 썼기 때문에 자재를 사지 않았는데도 그 금액이 들었습니다. 창호는 허물 예정인 이웃집에서 뜯어왔고 바닥과 씽크대 자리에 깐 내화벽돌은 벽돌 공장에서 얻어왔습니다. 주방 테이블은 폐교된 초등학교의 계단 난간을 재활용해서 만들었어요. 의자는 학교에 있던 파이프 의자를 주워 와서 썼습니다.

개보수보다 신축이 더 싸게 먹힌다는 말도 있더군요.
그래서 다들 그렇게 쉽게 부숴버리고 말죠. 하지만 오래된 것에는 새것에는 깃들지 못한 분위기라는 게 분명히 있습니다. 그게 멋이죠. 그리고 아베가에 고쳐야 할 공간이 하나 더 남아 있습니다.

거기엔 뭘 하실 생각인가요?

바를 만들 생각입니다. 술잔을 기울이는 어른스러운 공간. 예전부터 남편이 그런 공간을 만들고 싶어 했거든요. 바 2층은 내 생활공간으로 꾸미려고 하고요.

공사 현장에 살면서 집을 고쳐서 그런지, 매번 올 때마다 도미 씨 방이 바뀌네요.(웃음)

그렇죠. 여기서 자다가 저기서 자다가.(웃음) 요즘은 남편과 각자 다른 집에서 살고 있어요. 나는 아베가에서 숙식하며 아베가를 관리합니다. 왜 흔히들 부모 자식 간의 이상적인 거리가 '수프가 식지 않는 거리'라고 하잖아요? 너무 멀지도 가깝지도 않은, 따끈한 수프가 식지 않을 만큼의 거리. 그 말에 빗대어 '사랑의 수프가 식지 않는 거리', 그런 부부관계를 유지하자며.(웃음) 전에는 본채의 봉당 2층에서 생활한 적도 있었고 그다음에는 1층 거실, 지금은 별채 2층 침대에서 잠듭니다.

방이 전부 몇 개나 되나요? 바닥이 400평방미터 정도니까 방 개수도 제법 될 것 같은데요.

그렇게 많지는 않아요. 바 공간을 만들 때까지는 열심히 해나가 볼 생각입니다. 220년이라는 아베가의 역사 속에서 우리가 쓴 시간은 7년밖에 되지 않아요. 다음 세대도 아베가에서 살아갈 수 있도록 이 집을 준비해두어야 합니다. 모리 씨도 잘 아시다시피, 동네 빈집 중에 시에 기부된 집이 있습니다. 복원까지 마친 상태지만 아무도 살지 않고 여전히 빈집으로 남아 있어요. 사람이 살지 않으면 집은 망가집니다. 아베가를 통해 큰돈을 벌 생각은 없습니다. 하지만 집을 관리해나갈 사람들의 인건비, 미래를 향한 유지 관리 비용을 창출해낼 힘 정도는 만들어야 해요. 그래서 2009년 1월 1일, 타향아베가(他郷阿部家)라는 회사를 설립하고 숙박시설로 등록했습니다. 판 씨가 '타향우고지(他郷偶故知)'라는 중국의 옛말을 가르쳐준 적이 있었습니다. 소중하고 신비한 인연을 뜻한다고 하더군요.

오랜 친구들과 만나다, 이런 의미인가요?
'타향이지만 고향 같은, 타지에서 오래된 고향 친구를 만난 것 같은' 이런 의미도 담겨 있다고 합니다. 중국에서는 인생에 다섯 가지 즐거움이 있다고 하는데 그중 하나라고 하더군요.

'벗이 멀리서 찾아오니 즐겁지 아니한가'라고 한 공자의 말씀과 일맥상통하는 부분도 있군요.
그렇죠. '타향우고지'를 전부 가져오기엔 너무 길고 그중 '타향'만 떼어내서 타향아베가라고 했습니다.

요즘에는 자본금이 적어도 회사를 만들 수 있는 시스템이 마련되어 있어요. NPO도 고려해봤습니다만, 다른 사람들이 함께하다 보면 일을 그르칠 가능성이 크기 때문에 결국은 주식회사로 방향을 잡았습니다. 하나의 강력한 생각과 그것에 의견을 같이하는 사람들이 모인 쪽이 훨씬 더 좋은 걸 만들 수 있다고 봅니다. NPO는 누구든 참여할 수 있다는 장점은 있지만 그 반면 여러 문제가 발생할 소지가 더 많죠.

NPO 법인 노우센노카이(納川の会)에서 활동하며 깨달은 점인가요?

그렇습니다. 좋은 면도 있지만 나쁜 면도 있으니까요. 타향아베가는 별개의 회사 시스템으로 해나가고자 합니다. 이와미긴잔 생활문화연구소 산하에 아베가 사업부를 두는 건 어떨까도 생각해보았지만 아무래도 군겐도와는 일이 다르기도 하고, 별개의 회사로 시작하는 게 맞는다는 결론이었습니다.

노우센노카이에서는 언제부터 활동하셨습니까?

벌써 4, 5년쯤 됐을 거예요. 처음 한 일은 인근 주택의 오래된 정원 정비였습니다. 마을 주민 중에 군겐도 본점의 정원을 좋아하는 분이 있었는데 그런 식으로 정원을 만들어달라고 요청하셨어요. 노우센노카이 사람들과 함께 힘을 모아 아름답게 고쳐드렸습니다. 자원봉사는 아니었고 유상으로 진행했습니다. 이웃 마을 복지시설의 정원을 맡아 손봐드린 적도 있었고요.

그런 일까지 하셨군요. 몰랐습니다.

내가 직접 관여하는 사업은 아니지만 오다역 앞에 있는 아스테라스 건물에서 컴퓨터 강습회를 열거나 IT 보급을 위한 지자체 위탁사업도 하고 있습니다. 노우센노카이는 IT 사업부, 건설사업부, 문화사업부로 나뉘어 있어요. 나는 문화사업부에 속해 있습니다.

NPO로 시작하는 쪽이 보조금을 받는 데 더 유리하죠?

아무래도 그렇죠. 그런 창구로써 NPO가 하나쯤은 있어도 좋다고 봅니다. 아베가 사업은 내 뜻으로 총괄하는 하나의 비즈니스로 해나가고 싶습니다. 아베가에 오시는 손님들과는 친인척 같은 친근한 관계였으면 합니다. 내 집처럼 편히 머물러주길 바라는 마음이고요.

아베가의 직원은 어떤 분들입니까?

두 명을 채용했습니다. 한 명은 이와미긴잔 생활문화연구소에서 일하던 미네야마 군. 고베에서 온 스물다섯의 남자 직원입니다. 또 한 명은 본점에서 아르바이트를 하던 친구를 데려왔어요. 이 고장 출신의 마이(真衣) 짱. 스물네 살의 여자 직원이지요. 전통 가옥에서의 생활, 일본의 생활문화를 젊은 세대에게 이어주고 싶은 마음에 젊은 친구들을 채용했습니다.

아베가에는 전문 셰프가 필요 없어요. 마이가 요리를 좋아하는 친구거든요. 어머니에게 배운 요리를 그 친구에게 전수하고 있습니다. 그걸로 충분하죠.

그리고 또 한 명, 매번 청소로 신세를 지고 있는 기소 씨. 이웃에 사는 분인데, 그녀는 아베가 내부 사정에 대해 나보다 더 잘 알고 있어요. 계절마다 쓰는 도구가 어디에 정리되어 있는지 전부 파악하고 있는 사람이죠.

도미 씨 주변에는 여러 재능을 지닌 분들이 참 많습니다.
조각가인 요시다 씨도 그런 분이죠. 아베가의 비포앤애프터 영상 제작을 맡아 주시기도 했고, 아베가에 전해오는 고문서를 정리해 연구해주셨습니다. 2년 전까지는 교직에 몸담고 계셨어요. 게다가 예술가이기 때문에 본인이 잘 아는 분야, 잘할 수 있는 일을 의뢰하고 있습니다. 부인인 마스미 씨는 물론, 자녀분들도 많은 일들을 해주셨고요.

아베가에 머무는 분들께는 뒷밭에서 수확한 제철 채소, 앞바다에서 잡은 제철 생선으로 만든 가정식 요리를 제공합니다. 부엌의 커다란 테이블에 둘러앉아 왁자지껄 즐거운 분위기 속에서 드실 수 있게 준비합니다. 고향 집에 돌아온 느낌, 친척집에 놀러 간 것 같은 분위기로 말이죠. 고향집에 돌아왔는데 마냥 손님인 채 자리에 앉아 있을 수만은 없잖아요? 편히 지내면서도 이곳의 생활에 참여해보는, 그 정도 거리감 속에서 머물러주시면 좋겠습니다.

몇 명까지 숙박이 가능한가요?

열 명이 한계입니다. 별채 2층에 두 명, 다다미 안방에 두 명, 장지문 한 장이기는 하지만 그 문을 닫으면 안방 옆 공간도 방으로 쓸 수 있습니다. 부쓰마[4], 수납공간 2층, 봉당 2층도 있기는 하지만, 장지문으로 공간이 나뉘어 있어 겨울에는 추워요. 좀 더 궁리를 해야 할 공간입니다.

일반적인 료칸처럼 방 하나만 쓰는 게 아니라 이 집 전체를 즐기셨으면 합니다. 사실 숙박객을 하루에 한 팀만 받는 것이 가장 이상적이긴 하지만, 그렇게 해서는 채산이 맞지 않아요. 이상은 이상일 뿐, 멋진 것들은 어쩜 이렇게 돈과 동떨어져 있는지 모르겠습니다. 하지만 지나치게 영업적인 마인드로 운영하고 싶지는 않습니다. 허물어져 가던 집이 되살아나 이렇게 잘 쓰이고 있다는 사실을 많은 사람들에게 알리고 싶어요.

돈을 벌기 위해 무얼 해야 좋을지, 그런 관점으로 접근하지 않으시는군요.

아뇨. 그렇지 않습니다. 유지해나가기 위해서는 돈이 필요하니까요. 특히 인건비가요. 그걸 어떻게 확보할 것인가. 그래서 회원제를 생각했습니다. 이런 생각에 공감하는 분

4 불상이나 위패를 모신 방

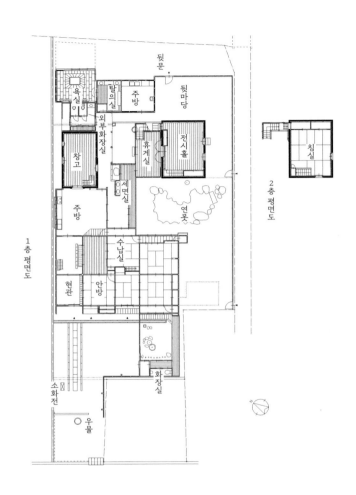

뒷문

뒷마당

욕실 탈의실 주방

외부화장실

휴게실 전시홀

창고 서면실

주방 연못

2층 평면도

수납실

현관 안방

1층 평면도

침실

소화전

화장실

우물

아베가 평면도
(밑에서 위쪽으로) 아틀리에, 현관, 본채, 부엌, 서재, 전시홀, 목욕탕

240

들을 회원으로 모집하는 거죠. 물론 회원이 아니라 해도 취지에 공감한다면 아베가를 이용할 수 있습니다.

아베가 운영은 단순한 숙박업이나 요식업과는 다릅니다. 다시 태어난 이 집에서 생활문화를 체험해주길 바라고, 무엇보다 사람과의 교류가 소중하다고 생각하니까요. 그러므로 교류사업이라고 해도 좋을 것 같아요. 이와미긴잔 생활문화연구소 직원들, 지역민들도 보다 적극적으로 교류했으면 합니다. 낮 시간에는 뒤뜰과 별채에서 카페도 운영합니다. 수익을 위해서죠. 골목 쪽 입구를 카페 출입구로 활용하고 있습니다.

최근에는 본점 카페도 개조했습니다. 바닥에 새로운 자재를 깔았죠. 그런데 도무지 이전 것들과 어우러지지 않더군요. 뭔가 석연치가 않았습니다. 그래서 개점 3일 만에 목수들을 총동원해 다시 공사를 했습니다. 하룻밤 만에 고재로 전부 다시 깔았죠. 폐교된 초등학교의 체육관 바닥재를 재활용했어요. 그제야 겨우 안정감이 느껴지더군요.

그 자재들은 미리 모아서 보관해뒀던 것들이죠? 지금도 그런 창고가 있는지 궁금합니다.

인근의 니마(仁摩)초에 폐교된 초등학교 건물 한 동, 그리고 미나가미마치(水上町) 농협의 쌀 창고였던 건물을 샀습니다. 거기에 모아둔 자재를 보관하고 있어요. 얼핏 쓰레기처럼 보일 수도 있겠지만 우리에게는 보물들이죠. 새로운 매장을 만들거나 집을 고칠 때 그 자재들을 가져다

씁니다. 사람이 살지 않아 부수게 되는 집도 많으니까요. 거기서 쓸 만한 것들을 가져옵니다.

이번에 프레보 씨라는 프랑스 사람이 살 집을 고쳤어요. 그는 플루트 연주자로, 심리학자이자 문화청 장관을 역임했던 가와이 하야오 씨의 플루트 선생이기도 했습니다. 3년 전 이와미에서 연주회를 한 것을 계기로 우리 마을에서 살고 싶어 했고 오래된 민가를 소개해 이번에 개보수를 하게 됐어요. 프랑스에는 오래된 것을 귀하게 여기는 문화가 있습니다. 그래서인지 프레보 씨는 와비사비(わびさび)를 일본인보다 더 잘 이해하는 분이었습니다. 우리 창고를 보여줬더니 여기에도 프레보, 저기에도 프레보, 자기 이름을 쓴 쪽지를 붙이더군요. 그것으로 개보수 공사를 할 모양입니다.

전부 무상으로 제공하나요?

모르겠어요. 남편이 담당하는 일이라.

어쩐지 그러실 것 같은데요?

나도 그렇고 남편도 그렇고 돈에는 둔감한 편입니다. 그래도 나는 장사에 있어서는 최소한 본전은 회수해야 한다고 생각해요. 본전을 회수하지 않으면 다음 단계로 나갈 수가 없으니까요. 하지만 남편은 달라요. 본전은 고사하고 손해를 보는 일에도 그리 개의치 않습니다. 순간의 이해득실보다 한 발 더 멀리 바라보죠.

이런 비품과 메뉴 선정 같은 일들은 누가 하나요? 전부 직원에게 맡기시는지 궁금합니다.

네. 본점의 젊은 직원들이 맡아서 해요. 매장용 상품 매입, 비품 관리, 실내 장식 등 여러 일들을 맡아서 해주죠.

원래부터 감각이 좋은 사람을 채용하신 건가요? 아니면 여기서 일하며 그런 감각이 길러진 걸까요?

양쪽 모두 아닐까요?

기스키유업을 창립한 사토 다다요시 씨는 유기농으로 포도를 재배하고, 그 포도를 수확해 밭에서 바로 와인을 만들지만 자기 상품에 '갓 딴 포도'나 '오가닉' 같은 말을 일부러 강조하는 게 싫다고 하시더군요.

무슨 말인지 알 것 같아요. '오가닉'이나 '슬로라이프' 같은 말들이 경쟁하듯 나오는 세상이니까요. '에코 숍'을 강조하며 일부러 드러내는 가게들도 많고요. 오가닉이나 에코, 슬로라이프 같은 개념이 당연하게 여겨지는 세상이 오면 좋겠습니다.

저는 집에서 대충 편하게 있는 스타일입니다. 집 안 여기 저기 책과 자료가 한가득이에요. 어지럽고 너저분하지만 집에 있으면 마음이 편합니다.

자기 나름의 편안한 공간이 있지요. 지나치게 정돈되어 있다거나 어떤 것을 고집하고 있는 공간은 사람을 피곤하게 만들죠. 아베가가 그런 느낌을 준다면 싫을 것 같아요. 그저 머물렀을 때 편안한 공간으로 유지해나가고 싶어요.

저번에 모리 씨가 꽤 많은 책을 보내주셨죠. 내가 보낸 옷에 대한 보답이라고 하시며. 고맙게 잘 받았습니다.

조잡한 책도 섞였을 것 같은데, 그런 책이 있어도 좋겠다고 생각했어요. 여봐란듯이 세련된 책으로만 가득한 책장도 뭔가 편하지는 않으니까요.

그런 의미에서 가지타니 목수의 작업물에 매번 반합니다. 기술이 있는 사람은 자기 기술을 보여주려는 마음에 어딘가 지나친 부분이 있게 마련입니다. 가지타니 목수에게는 그런 면이 전혀 없어요. 그러면서 깜짝 놀랄 만한 것들을 만들어내죠. 매사에 지나침이 없다는 것. 그게 진짜 근사한 지점이죠.

사물의 쓰임을 전혀 다른 관점에서 잘 보시는 것 같아요. 이름난 료칸 중에는 탈의용 바구니를 쓰지 않는 곳이 많은데, 아베가 탈의실도 그런 면에서 놀라웠습니다.

탈의실에 평범한 바구니를 놓고 싶지 않았어요. 그래서 가지타니 목수에게 "벽을 이용한 뭔가를 만들어달라"고 했습니다. 그랬더니 어디선가 낡은 서랍을 가져와서는 탕탕, 벽에 박고 끝. 그거 정말 근사하지 않던가요? 홀딱 반했다니까요.

잘 먹고 잘 사는 일을
꿈꾸다

'물건 만들기'에서 '음식 만들기'로

1995년 고베 대지진 후, 친구들에게 쪽빛 무늬 접시와 크리스
털 컵 같은 걸 잔뜩 받은 적이 있다. '지진 뉴스를 보고 있자니
물건을 잔뜩 모아두고 있다는 게 공허하게 느껴졌다'고 그녀
들은 말했다.

"이제 별로 옷을 만들고 싶지가 않네요."

마쓰바 도미씨가 이 말을 꺼낸 건 언제였던가? 2001년 9·11
테러, 아마도 그 사건 이후가 아니었을까?

사계절 시즌별로 전시회를 열기 위해 '신작! 신작을!' 하
며 쫓기듯이 디자인을 해왔습니다. 그런 생활이 완전히
제 일상이 되고 말았어요. 직원들의 생계가 걸려 있는 일
이기도 하고요. 소량생산이기는 하지만 그렇다고 군겐도
가 딱 한 벌씩만 만드는 회사는 아니잖아요. '물건이 넘쳐
나는 세상, 그런 세상에 물건을 계속 내보낸다는 게 과연

옳은 일일까?' 하고 생각했어요. 또 '원래 나는 뭘 하고 싶었던 걸까? 오직 옷만 만들고 싶었나?' 이런 생각도 했습니다. 아니었습니다. 나는 생활을 즐겁게, 그리고 아름답게 만들고 싶었습니다. 생활방식을 디자인하고 싶었던 거죠. 그런 생각을 하다 보니 먹는 것과 관련된 일을 하고 싶어지더군요. 음식은 매일 필요하고 먹고 나면 전부 없어지니까요.

어릴 때부터 요리를 하셨습니까?

어머니가 돈을 벌어야 했고 다른 식구들도 전부 일했기 때문에 자연스레 하게 됐어요. 요리를 꽤 좋아하는 편이었습니다. 손님이 오면 집에 있는 재료로 특별할 것 없는 음식을 만들었습니다. 재료를 손질하고 썰면서 그걸로 뭘 만들면 좋을지 떠올려보았습니다. 상황에 맞게, 되는대로 만드는 거죠. 격식을 차리거나 제대로 된 메뉴를 구성한다거나 그런 생각은 하지 않았습니다.

그야말로 임기응변이 뛰어나시죠. 가마솥으로 밥을 하면 반찬이 없어도 될 만큼 맛있고요. 니타미¹에 대해서도 말씀해주세요.

니타미가 맛있어서 주문해 먹었지만 지금은 가지타니 목수가 농사지은 쌀을 먹고 있어요. 히나야 앞에 가와카미라는 분이 농사짓는 논이 있습니다. 내년부터는 그 쌀을 사 먹자고 남편이 그러더군요. 그것도 좋겠더라고요. 그

논이 있어 지금 우리 회사의 경관이 유지되니까요. 특별히 니타미만 고집하는 건 아닙니다.

가마솥이 있는 집에 사는 것이 꿈이었다고 하셨죠?

그랬습니다. 가마솥으로 밥을 짓기 위해서는 육감을 발휘해야 합니다. 그렇지 않으면 맛있는 밥을 지을 수가 없어요. 물의 양, 불 조절, 뜸 들이는 정도가 적당해야만 맛있는 밥이 완성됩니다. 햅쌀과 묵은쌀은 각각 다르게 조정해야 하고요. 불을 지피려면 산에 가서 불쏘시개가 될 마른 가지를 주워와야 합니다. 회사 뒷산으로 가는데, 봄에는 야생화를 구경하고 여름에는 시원한 골바람이 불어 기분이 좋아지죠. 가을에는 풀벌레 우는 소리를 듣습니다. 그것만으로도 분에 넘치게 행복해요.

가마솥 바닥에 살짝 눌어붙은 밥. 그 밥이 진짜 맛있습니다.

맞아요. 기억납니다. 가마솥에 남은 밥. 누룽지가 약간 섞인 그 밥에 소금 간만 살짝 해서 만든 오니기리. 그게 정말 최고였어요.

전기밥솥으로 밥을 하면 실패할 일이 없어요. 하지만 밥을 짓는 기술, 눈대중, 손대중, 간 보기처럼 감을 사용해야 하는 인간의 능력을 잃어버리게 됩니다. 연기의 냄새, 생

1 시마네현 이즈모에서 수확한 벼

명력이 피어오르는 풍경, 보글보글 끓고 있는 주전자 소리. 이렇게 오감이 자극되는 생활을 좋아합니다.

밭농사는 언제부터 지으셨습니까?

육아에 한창이던 나고야 시절, 월세가 싸다는 이유로 무덤과 절 사이에 끼어 있는 집에서 살았다고 했잖아요? 담 안쪽으로 포장 안 된 땅이 있어서 거기에 토마토, 오이 등을 많이 길렀어요. 미와코가 어렸을 때 같이 래디시를 키우기도 했죠. 채소를 길러 먹는 걸 좋아합니다. 어머니도 마찬가지셨어요. 텃밭에 채소를 기르고, 꽃밭에 꽃을 심고, 그런 것들을 잘하고 좋아하셨습니다. 땅이 비어 있으면 다 일궈 밭으로 만드셨지요. 지금은 시간이 없어서 그렇게까지 할 수는 없기에 가지타니 목수의 손을 빌리고 있어요. 아베가 뒤쪽, 개울가의 적당한 곳에 밭을 만들었습니다. 그리고 본사 건너편에도 밭이 있고, 조금 떨어진 곳에 가족용 텃밭도 있습니다.

자기 밭에서 딴 채소로 손님상을 차리는군요.

편리하죠. 오늘 아침상에 오른 상추는 아베가 밭에서 땄어요. 쑥갓, 경수채 같은 푸성귀류는 오래 보관할 수 없기에 밭이 있으면 편리합니다. 금방 딴 채소는 맛도 완전히 다르죠. 가지는 고생한 것에 비해 사서 먹는 게 싸기 때문에 기르지 않아요. 하지만 토마토는 가지에 달린 채 완숙된 걸 따 먹으면 맛이 완전히 달라요.

지금까지 먹어봤던 음식 중 '이건 정말 최고였다'는 음식이 있나요?

밖에서 먹은 음식 중에요? 음…… 내가 감동했던 음식은 오이타(大分)현 아지무마치(安心院町)의 소박한 료칸 '옛날이야기의 집'에서 먹은 음식이었습니다. 그 집 주인장인 나카야마 미야코 씨의 솜씨였지요. 개수대에 간단한 조리대가 붙어 있는 작은 부엌인데도 줄줄이 마법처럼 맛있는 요리가 나왔습니다. 소박한 태도와 꾸밈없는 음식들이었죠. 당시의 나는 약간 허세라고 할까요, 음식을 할 때 쓸데없이 힘을 주던 시기였거든요. "특별한 건 없어요. 그래도 괜찮다면 많이 드세요." 하던 나카야마 씨의 수수한 뒷모습을 보고 있자니 눈물이 멈추지 않았습니다. 그렇게 되려면 아직 한참 멀었습니다.

초반에는 손님 접대에 힘을 주셨나 봅니다.

돈을 받는다는 게 익숙하지 않았습니다. 압박감도 상당했죠. 아베가 초창기 무렵인데, 오키나와에서 사원연수를 온 팀이 있었어요. 멀리서 일부러 와주셨기도 했고, 긴장이 됐던 나머지 대접에 너무 힘이 들어갔어요. 다음 날 아침 손님들에게 말씀드렸습니다. "실례일 수도 있지만, 실은 좀 더 가족같이, 일상적으로 대접하고 싶었다"고 말이죠. 그랬더니 그분들도 사실 그걸 기대하고 왔다고 하셨습니다. 기대와는 약간 달랐다는 말씀이셨죠. 그 이후, 쓸데없는 힘은 빼고 평상시의 자연스러운 모습으로 손님을 대하고자 합니다.

요즘 같은 봄에는 참마나 야생미나리를 넣은 두유탕, 이로리에서 구운 건어물, 된장국을 끓여서 저녁으로 냅니다. 아침에는 토스트에 버터, 잼, 샐러드, 커피, 계란 요리 정도를 차리죠. 시골이라는 이유로 향토음식을 내야 한다는 생각도 내키지 않아요. 제철 재료나 어울리는 재료가 있다면 피자를 굽기도 합니다. 아베가 요리의 기본은 가정식 요리, 즉 집밥입니다. 그러므로 시골 요리, 향토음식을 내더라도 세련된 레스토랑 느낌이 아니라 집밥 느낌으로 만들어요. 집에서는 간단히 카레라이스를 먹는 날도 있고 볶음밥을 먹는 날도 있습니다. 그 속에 엄마의 손맛이 배어 있잖아요? 그런 집밥을 기본으로 삼고 있어요. 손님들도 아베가의 집밥을 즐겨주시길 바라는 마음입니다.

이 지역의 향토음식에는 어떤 게 있나요?

그리 특별한 건 없어요. 오시스시(押し寿司)[2], 생선으로 해 먹는 스키야키 정도? 특별하다거나 특색 있는 것은 없지만 봄에 나는 산나물과 제철 생선은 풍부합니다.

옛날에도 이 지역에 해산물이 잘 들어왔나요? 워낙 교통이 불편했던 곳이라.

처음 왔을 때만 해도, 매일 아침 생선장수가 집집을 돌며 생선을 팔았습니다. 생선을 담은 깡통을 짊어지고 다니던 아주머니였죠. 생선가게도 한 집 있었기 때문에 꽤 좋은 생선을 구할 수 있었습니다. 시어머니는 어렸을 때 친구들과 걸어서 바다까지 수영하러 갔다고 하셨습니다. 바다까지 그리 먼 거리는 아닌 셈이죠.

이 지역 생선 중 뭐가 맛있나요?

요즘 시기면 눈볼대, 달고기, 이런 것들이 맛있죠. 이 동네 어시장에 가면 태평양 쪽 바다인 미에현에서는 볼 수 없는 생선들이 정말 많아요. 여기 처음 왔을 때 그런 것들도 엄청 재밌었어요.

미에현과는 전혀 다른가 보군요.

나고 자란 곳이 산 쪽이었으니까요. 아무래도 이쪽 동네의 생선이 신선하고 맛있어요.

언젠가 찾아보았는데, 도쿄에 미에현의 향토음식을 파는 식당이 한 군데도 없더군요.

나도 미에현의 향토음식에 대해서는 잘 몰라요. 이세우동(伊勢うどん)[3]이나 데코네스시(手こね寿司)[4] 정도죠.

---

2 초대리한 밥을 틀에 넣고 날생선, 계란 지단 등을 올려 무거운 것으로 눌러 모양을 잡은 후 썰어 먹는 스시

3 국물이 많은 일반적인 우동과는 달리 두꺼운 우동 면 위에 간장 베이스의 진한 양념 국물을 끼얹어 먹는 우동

4 가다랑어나 참치 등 붉은 살 생선을 간장 양념에 절인 다음 초대리한 밥 위에 올려 먹는 초밥

요리 뿐만 아니라 많은 일을 하시는데, 전혀 힘들어 보이
지 않습니다.

네. 그리 힘들지는 않아요. 요리 준비를 하다 보면 시간이
약간 여유로운 날도 있어요. 그러면 그사이에 음식 하나
를 후딱 더 만들고는 하죠. 늘 반찬을 열 개 정도 만드는
편입니다.

다이키치 씨는 주방 일을 하지 않으시나요?

각자 따로 살면서 남편도 주방 일을 하게 됐어요. 점심과
저녁은 함께 먹지만 아침은 따로 먹으니까요. 꽤 제대로
만들어 먹는 것 같더군요. "남자의 독립은 요리부터다."
뭐 이런 말을 하면서 말이죠. 기분이 내키면 냉장고 청소
를 완벽하게 한다거나, 묘한 지점에서 의욕이 넘치기도
하고요. 모리 씨가 왔다고 볶음밥을 해주기도 했었죠.

**맞아요. 남자는 그런 면에서 유리하네요. 그 한 번의 요리
가 엄청나게 인상 깊었거든요. 청소도 좋아하시죠?**

좋아합니다. 청소기는 거의 쓰지 않아요. 오래된 집, 검게
빛나는 바닥에 몸을 숙이고 걸레질을 하다 보면 마음이
차분해집니다. 청소기가 아니라 손으로 청소한 방은 공기
부터 달라요. 마음이 맑아지죠. 집과 이야기를 나눈 것 같
은 기분입니다.

요즘 도미 씨는 강연이나 위원회 활동으로 여기저기 바쁘

게 돌아다니고 계십니다. 다이키치 씨는 어떻게 생각하시나요? 외부활동을 줄이고 오모리에 있어 달라는 말을 하지는 않으시나요?

꼭 강연이나 위원회 활동이 아니더라도 더 많은 외부활동을 하라며 적극적으로 권장하는 편입니다. "굳이 급하게 돌아올 필요는 없다"고 할 정도니까요. 이제 아이들도 다 컸고 양친도 돌아가셨으니 둘 다 자유롭게 움직일 수 있지요.

도미 씨의 강연을 들은 적이 있어요. 당당하고 박력 있고. 저보다 100배는 더 능숙하다고 느꼈습니다. 다이키치 씨가 그러길 선거 연설도 잘하신다며 깜짝 놀랐다고 하더군요.

이번 오다 시장 선거 때, 한 후보가 엄청난 비방과 중상모략에 시달렸습니다. 숨겨둔 자식이 있다, 돈을 횡령했다, 곧 체포될 거다 등등 뜬소문들이 돌았죠. 친분이 깊은 분은 아니었지만 나도 화가 날 정도였어요. 그런데 남편이 이런 말을 하더군요.

"지금까지 우리는 지역 선거 같은 데 관여하지 않고 살아왔잖아. 하지만 이번만은 그를 위해 선거전에 뛰어들 생각이야. 내일 선거 유세장에 응원하러 갈까 해."

'그래도 좋겠지' 싶어서 잘 다녀오라고 했더니 남편이 "무슨 소리야? 당신이 나서야지." 그러더군요. 남편은 사람들 앞에 절대 나서지 않는 사람입니다. 잠시 내가 착각했던 거죠.

그 당시 기획 일로 바쁜 시기였고, 선거의 지지연설은 생전 처음이기에 뭘 이야기해야 좋을지도 몰랐죠. 일을 마치고 집회장까지 가는 차 안에서 상의했던 게 전부였어요. 아마 15분 정도?

그분이 당선됐나요?

아뇨. 떨어졌습니다. 지금까지 선거에서 우리가 지지했던 사람은 거의 다 떨어졌습니다.

시민회관에 1200명 정도 사람들이 모여 있었어요. 처음 치고는 차분하게 지지연설을 끝냈습니다. 남편이 잘했다며 칭찬해주더군요. 그날 이후 매일 밤, 일을 마친 후 유세에 따라가 후보자가 연설하기 전에 지지연설을 하는 역할을 맡았습니다. 어떤 의미에서는 내 주장도 말할 수 있는 자리였으니 좋은 기회였죠. 시민들의 반응이 느껴져 보람도 있었고요. 말수도 적고 픽 하면 울고 사람들 앞에서는 아무 말도 못 하던 아이가 선거판에서 지지연설을 하게 될 줄이야. 그러니 인생은 정말 어떻게 바뀔지 아무도 모르는 거예요.

강연에 확실한 포인트가 있었고 심금을 울리는 이야기를 해주셨습니다.

지지연설 때 몇 사람 정도 눈물을 훔쳤던 모양입니다. 후보자의 부인은 공무원이었기 때문에 적극적으로 자신의 목소리를 낼 수가 없었죠. 내가 그녀의 대변인이라고 생각했어요. 그러다 보니 지지연설에 열의가 들어갔던 것 같습니다.

하지만 워낙 말솜씨도 없고, 좀 더 적확한 표현이 있는데 도무지 그 단어가 떠오르지 않았고, 부족한 점도 많았습니다. 이야기가 삼천포로 빠지면 어디서 되돌아와야 할지도 모르겠고요. 그럴 때는 거기서 뚝 잘라요. "그건 그렇고, 이건 딴 이야기입니다만" 하면서 갑자기 화제를 전환하는 거죠.(웃음)

주로 어떤 주제로 강연 의뢰를 받으시나요? 아무래도 지역 살리기에 대한 요청이 많죠?

아무래도 그렇죠. 지역을 살리겠다는 의도로 해왔던 일은 아니었지만 그 주제로 강연 의뢰가 많이 들어옵니다. 지역 시찰차 오모리를 찾아오는 분들도 많으시고요. 창고를 개조한 연수실에서 관련 영상을 보여 드리고 한 시간 정도 이야기를 나눈 후 식사를 하며 서로 교류하죠.

'든든한 회사를 배경에 두고, 그걸 이용해 편하게 마을 살리기를 하고 있다.' 이런 식으로 오해를 받았던 적은 없으신지요?

글쎄요, 그런 느낌을 받은 적은 없어요. 하지만 그렇게 생각하는 분이 있을 수 있겠죠.

'장사를 위해 지역 살리기를 이용한다'는 둥 이래저래 말

하는 사람도 있지 않나요?

내가 그런 부분에서 둔감한 사람이라고 남편이 그러더군요. 남들이 하는 말에 그리 신경 쓰지 않는 성격입니다.

강연에서 군켄도 이야기도 하시나요?

마을 단체사진 이야기, 〈시골의 히나마쓰리〉 이야기, 고양이 기무치 이야기에 이르기까지 이런저런 이야기들을 합니다. 본점 쇼윈도에서 하루 종일 잠만 자는 고양이지만 기무치 이야기만으로도 10분은 이어갈 수 있어요. 기무치 자리 뒤쪽에 '행운은 누워서 기다려라'는 속담을 적어뒀습니다.

쇼윈도 너머에서 자고 있는 기무치를 본 커플의 반응은 대략 비슷합니다. 여자 손님은 '야옹아. 일어나 봐' 하고 말을 걸어요. 그러면 남자 친구는 대체로 '저렇게 가만히 있는데 어떻게 살아 있는 고양이냐. 딱 봐도 인형'이라며 여자 친구를 타박합니다. 그러는 사이 기무치는 적당한 타이밍을 계산합니다. 이때다 싶을 때 크게 하품을 하는 거죠. '거 봐, 진짜 고양이 맞잖아.' 여자 손님이 기뻐하죠.(웃음)

강연에서 경관이나 건축에 대한 이야기를 자주 하는 편입니다. 장사에 대해서 그리 많이 다루지는 않아요.

국토교통성과 내각부의 관광 카리스마[5]로 선정되셨습니다. 소감이 궁금합니다.

여성으로서는 처음이었다고 하더군요. 기쁘다거나 좋다거나 특별한 느낌이 들지는 않았습니다. 하지만 선정된 덕분에 우리를 알릴 수 있었고, 관심을 가져주는 분이 늘어서 좋았습니다. 선정 이전에는 관광 카리스마가 무엇인지 전혀 몰랐어요. 사전에 관계자로부터 문의 전화가 왔습니다. '연간 몇 명 정도의 관광객이 오느냐' 같은 질문을 받았죠. '숫자로 하는 평가라면 아마도 우리는 거기에 해당하지 않을 것'이라며 실례되는 답변을 하고 말았습니다. 그런데 2차 선정을 한다며 다시 연락이 왔습니다.

"저번 선정에서는 아쉽게도 떨어졌지만, 이번 선정 과정에서 마쓰바 도미 씨에 대한 추천이 들어왔습니다. 선정을 수락하시겠습니까?"

그래서 남편과 상의해보겠다고 하고 전화를 끊었습니다. 그때 남편이 집을 비운 상태였기에 전무에게 의견을 물어봤어요. 반드시 수락하라고 하더군요. 사실 지금도 그게 뭔지 정확히는 잘 모르고 있어요.

인정을 받아서 기뻤던 적도 있을 것 같은데요. 관광 카리스마 이외에 상을 받은 적은 없었습니까?
개인으로 수상한 것은 '우먼 오브 더 이어(Women in the year)'와 관광 카리스마로 선정된 것이 전부이고, 회사 차

---

5 일본 정부는 2002~2005년까지 지역 관광 활성화에 공헌한 인물 100명을 '관광 카리스마'로 선정했다.

원에서는 군겐도 본점이 시마네현의 경관상을 받았습니다. 좋은 평가를 받는다는 건 영광스러운 일이고 솔직히 기쁘기도 하죠. 우리가 해왔던 것들이 인정받는 시대가 됐구나, 그런 생각을 하게 됩니다. 그전까지는 전혀 관심을 받지 못했고, 오히려 괴짜 취급을 받았으니까요. 이런 삶이 주류는 아닐지라도 인정받았다는 것. 그 자체만으로도 큰 격려가 됩니다.

TV 방송에도 꽤 나오셨습니다. 미디어에 대해서는 어떻게 생각하시나요?

회사에서 홍보도 책임져야 할 위치에 있는지라 미디어의 제의는 기꺼이 수락하는 편입니다. 경제적인 여유가 없는 회사이다 보니 광고비에 따로 배정할 만한 예산이 거의 없거든요. 그러니 미디어에 노출되는 건 고마운 일이죠. 그렇다고 뭐든 다 괜찮다고 수락하지는 않습니다.

〈아사히신문〉의 토요 특별판에 실렸을 때가 반향이 컸습니다. 아직까지 그걸 보고 찾아오는 손님도 있으니까요. TV 프로그램으로는 〈솔로몬 류〉, 〈가이아의 새벽〉, 〈21세기 비즈니스 학원〉 이렇게 세 편에 출연했습니다.

미디어 노출로 지명도가 올라간다고 해서 매출도 늘어나지는 않지요?

〈솔로몬 류〉 방송 후 도쿄 매장의 매출이 늘었습니다. 모리 씨와 함께 자리를 물색했던 우에노 사쿠라기 매장이었죠. 그 프로를 연출했던 분이 대단한 열정을 가지고 방송국 관계자들을 설득해주셨다고 들었습니다. 방송 내용은 좋았지만 촬영 과정이 쉽지는 않았어요. 1시간짜리 프로그램을 만들기 위해 엄청난 양의 촬영을 해야 했거든요.

그러는 사이 다른 방송국에서도 다큐멘터리를 찍자는 요청을 받으셨죠.

그랬죠. 비즈니스로서는 하나의 기회였습니다. 우에노 사쿠라기 매장은 꽤 괜찮은 곳입니다. 사람들에게 알려지기만 한다면 성장할 가능성이 크다고 봤습니다. 그리고 지난번 방송을 통해 성장세에 속도가 붙었죠. 감사한 일이라고 생각합니다.

규모가 커지면 도쿄나 다른 도시로 본사를 옮기는 회사도 많습니다.

그런 생각은 해본 적이 없어요. 얼마 전, 지역 중학교에서 강연 의뢰를 받아 찾아간 적이 있었습니다. 교감 선생님께서 자랑스러운 말투로 "마쓰바 씨는 도쿄에도, 오사카에도, 유명한 백화점에도 매장을 낸 분"이라며 나를 소개해주셨죠. 하지만 나는 강단에 서자마자 이렇게 말했습니다. "이와미긴잔에 본사가 있다는 것, 그것이 저의 제일 큰 자랑거리입니다."

베네통이나 이탈리아의 좋은 기업 중에는 작은 동네에 본점이 있고, 그곳에서의 생활을 직원 모두와 즐기며 회사를 일궈가는 경우가 많습니다. 하지만 일본에는 그런 경우가 거의 없죠. 언젠가 어느 지자체의 공공건축 디자인이 멋지고 좋기에 누가 설계했냐고 물은 적이 있어요. 그랬더니 "우리 동네의 그냥 그런 사람인데, 이름이 뭐였더라?" 이런 식이었습니다. 세계적인 건축가 아라타 이소자키나 안도 다다오 정도에게 의뢰한 건축이 아니면 자랑거리로 삼지 않는 풍조죠.

그런데 다이키치 씨에게 궁금한 게 있어요. 다이키치 씨는 정말 앞에 나서길 싫어하시나요?

표면에 나서고 싶어 하지 않는 사람입니다. 나를 앞세워 두고 뒤에 서 있죠. 한편으로는 그도 남자이기에 특별히 말은 안 해도 신경 쓰이는 부분이 있을 것 같기도 합니다. 하지만 각자의 역할이 따로 있다고 생각합니다.

어쩌면 달관하신 게 아닐까요?

그럴지도요. 여자가 앞에 나서는 걸 고깝게 보거나 자기 소견이 없는 사람은 절대 아닙니다. 내가 나서야 할 때의 입장, 발언 방식 등 내용에는 신경을 써줍니다. 그런 부분에서 자기 의견을 확실히 피력하죠. 어제 한 회의에서도 남편은 "돈이 들어도 좋다. 결국 문제는 내용물이 좋으냐 좋지 않으냐다. 그 점이 제일 중요하다"고 말했습니다. 그런 사람이기 때문에 단순히 '이렇게 해야 우리에게 이익이다', '광고 효과가 있다'는 식이 아니라 철저히 본질적인 말을 할 수 있는 거죠.

도미 씨도 나름대로 신경을 쓰시나요?

내 나름대로 신경을 쓰죠. 괜히 더 위축될 수도 있으니 너무 드러내지는 않으려고 합니다. 남편이라면 어떻게 생각할까, 늘 그를 의식하고 사안을 고려하죠.

군겐도라는 기업과 브랜드에서 스타 디자이너는 도미 씨입니다. 그런 도미 씨가 전면에 나서는 것이 영업 면에서 유리하다는 판단 때문은 아닐까요?

남편은 그 지점에서 사람을 활용하고 지휘하는 능력이 대단합니다. 아내라거나 딸이라거나 그런 관계들과 상관없이 말이죠.

말하자면 프로듀서로군요. 뒤에서 모든 걸 움직이는.

그 말이 정확하다고 봅니다.

처음 만났을 무렵, 요사노 아키코(与謝野晶子)[6]이야기를 하다가 다이키치 씨가 무심코 이런 말씀을 하시더군요. "요사노 아키코의 남편, 요사노 뎃칸의 마음이 이해된다."

아무래도 세상이 자기를 그런 식으로 바라보는 것에 반감

---

6 일본의 전통시 '와카' 작가. 반전과 여권신장에 관한 작품 활동으로 당시 문단에 파란을 일으켰다. 왕성한 작품 활동을 하며 5만여 수의 시를 남겼다.

• 부처 같은 성격의 다이키치 씨

•• 쪽 염색에 도전한 도미 씨. 염색한 천을 널고 있다.

이 없을 수는 없겠죠. '당신은 재능 있는 아내를 얻어서 좋겠다.' 이런 식으로 쉽게 말하니까요. 하지만 실상이 어떤지, 실제 모습이 어떤지는 당사자밖에 모르는 일이죠.

능력 있는 여성의 파트너가 된 남성은 다들 그런 오해나 편견 때문에 힘든 부분이 있다고 봅니다. 그걸 극복하며 전진해나갔을 테고요.

모리 씨에게 요사노 뎃칸의 이야기를 들은 직후, 모 잡지에서 그와 관련된 글을 읽게 됐어요. 뎃칸이 죽고 관 속에 그가 애용하던 물건들을 넣는 장면이 인상적이었습니다. 아키코는 '뎃칸이 관 속에 가장 넣고 싶어 하는 것은 나일 것'이라는 내용의 시를 읊으며 평평 울었다고 하더군요. 이 부부가 살아온 삶, 그 대단한 모습에 느낀 바가 많았습니다.

그 부부에게도 몇 번이나 위기가 찾아왔고 그걸 극복해나가며 백년해로 할 수 있었습니다.

관계는 위기를 극복할 때마다 깊어지니까요.

행복해 보이십니다. 세 딸들도 행복할 거라고 생각합니다. 주변 친구들을 보니 부부 관계가 좋은 집일수록 자녀들이 빨리 결혼하는 경향이 있더군요.

지금 결혼 이야기를 하셔서 떠올랐는데, 고등학교 때 은사님이 한 말 중에 인상 깊은 이야기 두 가지가 있습니다.

"요코야마는 결혼하지 않고 혼자 사는 게 더 행복한 여자일지도 몰라. 그래도 만약 결혼한다면 이 세 가지 타입 중 하나겠지.(내 결혼 전의 성이 요코야마였습니다.) 첫 번째 남자는 집에서도 포기한, 부모가 나서서 '제발 우리 아들을 부탁한다'고 머리를 조아릴 만한 그런 남자. 두 번째 남자는 강하고 거칠어 제멋대로 구는 너의 멱살을 쥐고서라도 끌고 갈 수 있는 사람. 세 번째는 부처님처럼 큰 마음으로 너를 안아 줄 수 있는 남자."

인생이란 오묘해서 세 타입의 남자가 실제로 나타났습니다. 선생님이 했던 말을 지금까지 기억하고 있는 것도 대단하죠. 아무튼 첫 번째 남자가 나타났을 때, 두 번째가 있지 않을까 생각했어요. 그리고 두 번째 남자가 나타났을 때, 이렇게 된 이상 세 번째를 기다려보자 싶었죠. 지난 연애사를 주책없이 늘어놓는 것 같아 겸연쩍긴 합니다만.(웃음)

그리고 또 하나 기억나는 말이 있어요. 졸업 무렵 선생님께서 간단한 삽화와 짧은 메모를 남긴 색종이를 나눠주셨습니다. 다른 친구들 종이에는 꿈과 희망에 대한 글귀가 적혀 있었어요. 그런데 내가 받은 종이에는 심각한 표정으로 홀로 서 있는 여자아이 그림에, '인간은 결국 외톨이'라는 글귀가 적혀 있었습니다. "너에게는 이걸 줄게." 하면서 건네주시더군요. 그때는 왜 하필 나만 이런 걸 주셨을까 의아했습니다. 최근에야 조금은 알 것 같아요. 여러 가지 의미에서 조금은 이해할 만한 나이가 됐습니다.

여성을 위한
축제를 열다

시골의 히나마쓰리

10년 전쯤, 〈시골의 히나마쓰리〉라는 행사에 초대받은 적이 있다. 그것이 두 번째 이와미긴잔 행이었다. 지역잡지 〈야네 센〉의 동료, 야마자키 노리코, 오기 히로미와 함께였다. 도착하니 'We are here!'라고 크게 적힌 포스터 달력이 눈에 들어왔다. 매년 장소를 바꿔가며 그해 이와미긴잔에 거주 중인 주민들을 모아 단체사진을 찍는다고 했다. 그리고 이듬해 달력으로 만들어 집집마다 배포한다는 것이다. 정말 근사한 아이디어였다. 그때그때 달라지는 마을 풍경도 볼 수 있고, 그해 어떤 이들이 이와미긴잔에 살았는지 얼굴을 확인할 수도 있다. 이것이야말로 기억의 계승이 아닌가. 도시로 나간 친족들, 타 지역에서 공부 중인 자녀들에게 보내면 그 자체로 메시지가 된다. '올해도 우리는 여기서 건강하게 잘 지내고 있단다. 우리 걱정일랑 말고 거기서도 힘내렴!'

덴마크 작가 카렌 블릭센이 쓴 《아웃 오브 아프리카》. 그

책 안에 내가 좋아하는 구절이 있다.

'I am here, I ought to be'

'나는 여기에 있다, 내가 있어야 할 바로 이곳에.'

마쓰바 도미도 같은 말을 했다. 그녀는 이 확신에 찬 말에 누구보다 더 잘 어울리는 사람이다.

'오모리 주민 달력'은 1992년부터 만들었다. 발행 주체는 ILPG라는 모임이었고, 지금은 노센노카이에서 발행한다.

ILPG는 무엇의 약자인가요?

'이와미 로컬 플래닝 디자인 그룹'의 약자입니다. 본점을 설계한 설계사무소 대표 오가와(小川) 씨가 생각한 이름이죠.

1991년 3월 1일. 본점 오픈 직후였던 이날은 고바야시 도시히코(小林俊彦) 씨와 오카다 분슈쿠(岡田文淑) 씨를 초대해 본점 2층에서 포럼을 연 날이었습니다. 고바야시 씨는 나가노(長野)현 쓰마고주쿠(妻籠宿)에서, 오카다 씨는 에히메현 우치코에서 옛 거리 보존 활동을 펼친 주역들입니다. 그들의 이야기에 감동했어요. 그리고 흥겨운 뒤풀이 자리가 이어졌습니다. 그 분위기를 타고 '우리는 오모리가 좋다'는 선언을 하자는 의견이 나왔습니다. 이 마을을 사랑한다는 우리의 의사를 표명하자는 것이었지요.

그리하여 다음 날, 잊히지도 않는 3월 2일 해 질 무렵. 일곱 명이 일렬로 서서 마을을 행진하기 시작했습니다. "나는 오모리가 정말 좋다! 나는 행동하겠다!"라고 큰 소리로 외쳤습니다. 3 · 3 · 2 장단의 슈프레히콜[1] 사건이었죠. 그때 그 자리에 있었던 공무원, 예술가, 교직원 등 다양한 직종의 멤버가 주축이 되어 ILPG를 만들었습니다. 공식적으로는 '이와미긴잔에 뿌리를 두고 온갖 디자인을 하는 사람들의 모임'입니다만 결국 '이와미긴잔을 무대로 한번 놀아 봅시다'며 뭉친 거죠. 그 모임에서 참 많은 일을 했습니다. 라이프스타일 공학, 미주진미(美酒眞味) 음미학, 세시기[2] 감성학, 남녀관계 연구학 등 수상쩍은 연구 모임도 있었죠. ILPG는 기본적으로 회칙도 없고 회비도 없고 아무것도 없습니다. 정기적으로 모이는 일도 없죠. 누군가 무언가를 하고 싶다고 하면 그때야 모임이 시작됩니다. 말하자면 '여기 여기 붙어라' 하는 식으로 활동했어요.

ILPG가 제일 처음 한 일은 이와미긴잔에서 첼로 공연을 연 것입니다. 시청 공무원 다나카 준이치 씨가 "이와미긴잔에서 후지와라 마리(藤原真里)의 첼로 연주를 듣고 싶다"고 했던 말이 시작이었죠. 그 공연 유치가 ILPG의 첫 번째 과제였습니다.

그다음으로 한 일은 1993년부터 〈시골의 히나마쓰리〉를 연 것입니다. 여성이 주인공이 되는 날을 만들어보자는 내 의견에 다들 공감해줬어요. 이렇듯 이 행사는 처음에는 ILPG 주최로 시작됐습니다. 행사의 테마는 '시골 거

---

1 시나 대사 같은 것을 효과적으로 전달하기 위하여 간단한 리듬이나 억양을 붙여 집단적으로 제창하는 낭독 형식

2 일 년 중 철을 따라 행하는 여러 가지 민속 행사나 풍물을 풀이한 책

주 여성들의 의식 고양, 더 풍요로운 삶을 생각하다'로 잡았습니다. 그런데 5년 정도 해나가다 보니 지역 여성 스스로가 운영하고 기획해야만 비로소 '진짜'가 될 수 있겠다는 생각을 했어요. 그래서 지역 여성 다섯 분에게 의견을 물었고, 다들 적극적으로 참여해주셨죠. 어떤 식으로 진행할지, 어떤 사람을 초대할지, 어떤 테마를 잡아야 할지, 행사의 운영 전반을 지역 여성 그룹이 주도했고 ILPG가 뒷받침하며 행사를 도왔습니다. 그리고 콘서트도 열었습니다. 오모리가 작은 지역이긴 하지만 클래식, 재즈 등 다양한 장르의 음악회를 열어보자는 취지에서 시작한 활동이었습니다. '은(銀)의 음색'이라는 모임도 활동 중이고 지금까지도 이어지고 있는 행사입니다.

아무튼 '지역이 쇠퇴해가고 있다, 어떻게든 하지 않으면 큰일 난다'는 비장함만으로 사람이 움직이지는 않습니다. 각자 주체적으로 그것을 즐길 수 있어야 합니다. 사람들은 그제야 스스로 움직입니다.

모임은 늘 교류센터에서 했나요? 목조로 된 작은 건물 같던데요.

교류센터를 쓰기도 하고 가끔은 본점 2층이나 히나야를 쓰기도 했습니다. 모일 만한 장소야 많지만 현재 ILPG는 자연 소멸한 상태이고 모든 행사는 노센노카이에서 맡아서 합니다.

유후인 온천 지구는 인구가 1만 명이 훨씬 넘기 때문에 영화제나 음악회 등 다양한 행사가 가능합니다. 그러나 이와미긴잔은 작은 지역입니다. 인구가 500명 정도 아닌가요?

가옥은 이백몇십 호 정도입니다. 그마저도 독거노인이 많이 거주하는 지역이라 콘서트를 열면 늘 적자가 납니다. 채산이 맞지 않아서 힘들어요. 하지만 다들 공연을 진심으로 즐깁니다. 매번 적자 때문에 고생하면서도 심각한 기색이라고는 전혀 없이 준비 과정 자체를 즐겨요. 연주자들도 진심으로 즐거워합니다. 다시 오고 싶다고 말씀들 하시죠.

우리는 무대 설치에 공을 들입니다. '이렇게까지 할 줄은 몰랐다' 그럴 정도로 공을 들입니다. 모든 사람이 하나가 되어 준비 과정을 즐기죠. 이렇게 에너지를 쏟을 줄 알고, 즐길 줄 아는 동료가 있다는 것이 최고의 재산이 아닐까 싶어요.

우리가 게스트로 초대 됐을 때, 영화감독 후지타 다쓰미(藤田龍美) 씨가 이와미에서 도쿄까지 일부러 찾아오셨습니다. 그리고는 행사의 사전 준비 작업이라며 저희 지역잡지 활동을 소개 비디오로 찍어주셨죠. 그런 면이 놀라웠습니다. 그때 본 행사는 어디에서 했었죠?

히나야 앞에 가설무대를 만들었었죠. 너무 단순한 무대는 재미가 없으니 대나무를 쪼개 엮은 가벽을 만들고 싶었습니다. 목수들이 뒷산에서 대나무를 잘라 와서는 순식간에 완성했어요.

마지막 히나마쓰리 행사 때에는 골짜기 쪽에 큰 무대를 만들었습니다. 딱 하룻밤을 위해 그렇게나 크게 만들었지요. 마지막 행사라고, 그간 히나마쓰리에 참여했던 게스트들이 많이 모였습니다. 성대한 행사였어요. 만담가인 산유테이 우타노스케(三遊亭歌之助) 씨 덕분에 무대 분위기가 후끈 달아올랐지요.

그날의 다이키치 씨 모습도 기억납니다. 점프슈트 작업복을 입고 팔을 걷어붙인 채 신지호수에서 잡은 가막조개를 넣은 된장국을 큰 가마솥에 끓이고 계셨어요. 오시즈시랑 꽃 튀김은 어쩜 그리 아름답고 맛있던지.
〈시골의 히나마쓰리〉는 여자가 주인공인 날이니까요. 남자들은 다들 뒤에서 일하는 날이죠.

이벤트에는 기한이 정해져 있는 게 좋다고 생각합니다. 모두가 무리하지 않는 선, 즐길 수 있는 선, 매너리즘에 빠지지 않는 범위 안에서 끝내는 게 좋죠. 그래서 히나마쓰리 행사의 기간을 10년 동안이라고 정해뒀던 거고요.

도쿄에서 활동 중인 가토 에이미 씨, 니베 하루미 씨도 히나마쓰리에 게스트로 오셨나요?
네. 오셨습니다.

아무래도 도쿄보다는 교토나 오사카 근방에 사는 분들이

비교적 쉽게 올 수 있었겠어요.

예전부터 이 근방에서는 다들 교토나 오사카 쪽으로 돈을 벌러 나갔습니다. 그래서 그쪽과 친밀함이 강한 편이죠.

도미 씨에게 늘 좋은 '단어'를 주는 야오 씨는 어떤 분이신가요? 중국인 유학생이었던 판 씨의 남편이라고 하셨죠?

네. 야오 씨는 아주 성실한 사람입니다. 성실하다는 말로는 부족하고, 정말로 견고하고 건실한 사람입니다. 판 씨는 아들을 중국에 두고 혼자 일본으로 와 시마네대학에서 공부했습니다. 야오 씨는 3년 뒤에 시마네대학에 입학했죠. 그때 아들과 함께 일본에 들어왔습니다.

의미 있는 말들을 많이 알고 있는 분이더군요.

맞아요. 뿌리 깊숙이 학문을 좋아하는 사람이죠. 아들이 대학에 들어가던 해까지 본인도 대학원에서 공부했을 정도니까요. 전공은 지역경제학이었습니다. 지금은 본국으로 돌아갔지만 어떤 걸 물어봐도 정성껏 자상하게 대답해주는 사람이었습니다.

그가 처음으로 가르쳐준 단어가 '군겐도'였던가요?

네. 군겐도가 처음이었습니다. 앞서 말했듯, 권력자가 위에서 아래로 전하는 일방적인 말인 이치겐도가 아니라, 모두의 생각을 모아 일을 진행하는 것, 그것이 바로 군겐도입니다.

정말 좋은 말입니다. '노우센노카이'도 비슷한 의미죠? 구체적으로 어떤 의미인가요?

노우센(納川)이란 '강(川)을 받아들인다(納)'는 뜻으로 결국 '바다'를 지칭하죠. 처음에는 아무것도 없는 맨 땅에 비가 내립니다. 그러다 작은 실개천이 만들어지고 그것들이 모여 큰 강을 이룹니다. 그리고 바다로 흘러들어갑니다. 바다는 이질적인 강들을 수없이 삼키고 받아들이면서 아름다움을 만들어냅니다. 문화나 나라가 다르다 해도 서로 이질적인 것들을 받아들이다 보면 결국 그 다양성을 포용한 더욱 깊고 넓은 사람이 됩니다. 그런 뜻이 담겨져 있어요.

'타향아베가'라는 작명에 힌트를 준 사람은 그의 아내 판 씨라고 하셨죠?

그렇습니다. 나는 손님을 손님처럼 대하기보다 마치 고향 집, 가족이나 친지 집에 들른 듯한 기분이 들게끔 맞이하고 싶었어요. '안녕하세요. 처음 뵙겠습니다'가 아니라 '다녀왔습니다' 하고 인사할 수 있는 분위기를 만들고 싶었죠. 현관에 '빈지여귀(賓至如歸)[3]라는 글귀를 써 둔 것도 그런 의미예요. 이 사자성어 역시 판 씨가 가르쳐주었습니다.

그 의미에 공감하고 적극적으로 사용할 줄 아는 도미 씨 덕분에 그 말이 살아 숨 쉬게 됐네요. 중국에서는 가정식 요리를 '자창차이(家常菜)'라고 합니다. 아베가에서 맛보는 음식은 자창차이의 느낌이 납니다.

그 단어의 느낌도 좋네요. 나는 군겐도가 우리에게 딱 맞는 단어라고 생각합니다. 군겐도에는 '특별히 어떤 것이 대단하다'거나 '개별적으로 뛰어난 것'이라고는 하나도 없습니다. 아무것도 없다는 의미가 아니라 제각각 다양한 것들이 존재하고 그것이 모여 재밌는 그림이 완성된다는 의미이지요. 남편은 군겐도의 맛을 '다키코미고항(炊き込みご飯)'[4]이나 '비빔밥의 맛'이라고 자주 표현합니다. 어떤 단일한 재료의 맛이 아니라 숨겨져 있던 재료가 섞이며 오묘한 맛을 낸다는 것이죠.

그러고 보니 직원들이 그런 맛을 내고 있네요. 히로시마 출신의 한 직원은 양배추를 잔뜩 썰어서 오코노미야키를 만들어주고, 어떤 직원은 이야기를 재밌게 하는 재능이 있고, 제각각 재능과 매력이 뛰어납니다.

지금까지 군겐도를 꾸려오면서 실패한 적은 없으셨나요?
남편은 롯폰기에 매장을 냈던 것이 최대의 실수였다는 말을 자주 합니다. 하지만 그건 또 그것대로 큰 공부가 됐어요. 회사가 그 일로 무너진 건 아니었으니까요.

롯폰기 매장은 본사 직영 매장이었습니다. 매출 부진을 실

---

3 '손님으로 온 것이 제 집에 돌아온 것과 같다'는 뜻으로, 내 집처럼 편안하게 지내길 바라는 마음을 나타낸다.
4 생선이나 채소를 넣어 지은 밥

패 원인으로 보시나요?

매출 말고도 문제가 더 있었습니다. 건물 자체가 우리가 지향하는 스타일과 달랐습니다. 게다가 주 고객층도 전혀 달랐죠. 애초에 롯폰기는 군겐도와 어울리지 않는 지역이었습니다.

혹시 메이 사튼(May Sarton)에 대해 들어본 적 있으세요? 미국 메인주, 바다가 보이는 언덕 위에서 자급자족하며 생활한 사람입니다.《혼자 산다는 것》등 일본에도 꽤 많은 책이 번역 출간되어 있어요.

처음 들어본 이름이네요. 원래 뭐 하던 분인가요?

시인이자 수필가입니다. 평단의 몰이해와 가혹한 평가에 진력이 난 나머지 도시를 떠나 메인주로 거처를 옮겼나 봐요.

나는 그림책 작가인 타샤 튜더[5]를 좋아합니다. 그녀 역시 사고방식이 견고한 사람이지요. 사진집에서 본 그 정갈한 삶에 정말 반하고 말았습니다. 동경하는 삶의 방식이기도 하고요.

그 나이가 되어서도 사진 속 모습이 아름다운 건, 주름진 얼굴 안에 그녀의 인생 전부가 새겨져 있기 때문이겠지요.

동감합니다. 인근에 살았던 아들이 돌 쌓기 같은 힘든 일은 도와줬지만 나머지는 거의 자급자족으로 생활했다고 합니다. 정원 만들기에 힘쓰고 난로로 난방을 하고 장작

오븐으로 요리를 하고요. 예로부터 내려오는 생활방식으로 생애 마지막까지 살다 갔죠.

화가인 안노 미쓰마사(安野光雅) 씨가 타샤의 집에 묵은 적이 있다고 하더군요. 편집자가 '오늘 재밌는 곳에서 재워주겠다'며 데려간 곳이 타샤 튜더의 집이었다고 들었습니다.
아베가도 타샤의 집 같은 분위기였으면 합니다. 숙박시설이지만 생활에 완전히 밀착된 느낌. 물론 제게는 군겐도 일도 있기 때문에 오직 아베가에만 집중할 수는 없지만요.

타샤 튜더는 소박하고 고풍스러운 옷을 입고 생활했었죠.
그렇죠. 일본 사람 중에 화가 아키노 후쿠(秋野不矩)의 사진을 보고 비슷한 느낌을 받았습니다. 교토의 산속에서 인도를 주제로 한 그림을 많이 그린 분인데, 넉넉하게 기모노를 걸치고 조리를 신은 채 고양이를 안고 서 있는 사진이 정말 근사했습니다.

아무튼 나에게는 회사가 있고, 그것을 운영해나가야 한다는 책임이 있어요. 그래서 이렇게 해나갈 수 있는 건지도 모르겠네요.

적절히 균형감 있게 생활하는 게 좋지 않을까요? 인간이

---

5 미국의 동화작가이자 삽화가. 50대 중반 무렵 버몬트주로 거처를 옮겼다. 농가를 짓고 광대한 정원을 가꾸며 자급자족하는 삶을 살았다.

신선처럼 모든 것에서 벗어나 살 수는 없잖아요. 그럴 수 있다면 거짓말이겠죠.

회사를 운영하면서도 이런 생활이 가능하다는 것. 분명 흔치 않은 일이지요.

동감입니다. 아키노 후쿠는 독특한 사람이었습니다. 쉰 살의 나이에 인도에서 그림을 가르치지 않겠느냐는 제안에 망설임 없이 떠났어요. 혼자서 3등칸을 타고 기차 여행을 했고 말라리아에 걸리기도 했습니다. 아들이 식인 물고기가 사는 강에 떨어졌을 때도 '그 구도가 재밌으니 조금만 더 있어 보라'며 스케치를 했다고 하더군요. 보통 사람은 아니죠.

사람들이 나를 보고 '배짱이 있다', '확고한 의지의 소유자다' 이렇게 말하곤 합니다. 하지만 정작 내게 '이거다' 하고 내세울 만한 대단한 것이라고는 하나도 없어요. 무언가 만들어내는 걸 좋아하고, 장사를 좋아하고, 여기에서 즐겁게 살고 있다는 것. 단지 그것뿐입니다.

자기가 생각하는 것을 일상에서 해낸다는 게 대단한 일 아닐까요. 같은 시마네현 주민이자 이즈모에서 기스키유업을 경영하는 사토 다다요시도 그런 분입니다. 자신만의 특별한 생각을 찾고 계신 분이죠.

시마네에서 제일 존경하는 분 중 하나예요. 어느 날 남편이 아침 조례 때 갑자기 사토 씨 이야기를 꺼내더군요.

"그분은 그 연세에 아직까지 여자친구가 많다고 하신다. 나도 본받아야겠다"며. 당최 무슨 말을 하는 건지.(웃음)

사토 씨는 군겐도를 돌아보신 후 "우리에게도 철학은 있다. 하지만 군겐도 같은 센스는 없다"는 말을 하셨습니다. 그분 외에도 도미 씨에게 영향을 준 인물이나 책, 사건이 있나요?

십수 년 전, 도쿄대학의 교수이자 도시공학자인 니시무라 유키오(西村幸夫) 씨가 오모리에 오셨을 때 책을 한 권 주셨습니다. 영국의 내셔널트러스트 운동[6]에 관한 책이었어요. 그 책이 많은 참고가 됐습니다.

영국 외딴 시골의 사례가 인상적이었어요. 한 여성이 시골의 낡은 집을 고쳐 살기 시작했는데 그 집을 보러 사람들이 모여들었다고 하더군요. 그녀는 원하는 사람에게 그 집을 넘겨주고 다시 또 빈집을 사서 고치기 시작합니다. 그런 식으로 여러 채의 낡은 집이 되살아난 사례가 실려 있었죠. 오모리에도 빈집이 참 많아요. 그 빈집들이 엄청난 보물이라는 생각을 하게 됐습니다. 결국 지금까지 우리도 일곱 채의 집을 고쳤습니다.

---

6 문화유산과 자연환경의 무차별적인 개발을 막고 영구적으로 보전하기 위한 영국의 시민운동. 우리나라에선 2000년 1월 한국내셔널트러스트가 발족되었다.

세계유산 등재,
과연 좋은 일일까?

세계유산 등재의 빛과 그늘

〈시골의 히나마쓰리〉 행사에 참가한 이후, 매년 이와미긴잔을 방문했다. 2001년부터는 가까운 지역에 거주 중인 기스키유업의 창업자 사토 다다요시 씨와의 대담집을 준비하고 있었기 때문에 기스키유업에 들렀다가 돌아가는 길, 혹은 그 반대 순서로 이와미긴잔에 들르는 것이 단골 여정이 되었다.

그 무렵 이와미긴잔은 유네스코 세계유산 등재를 목표로 하고 있었다. 시마네현도 힘을 쏟고 있었다. 물론 세계유산에 등재되는 것은 그 자체로 가치가 있다. 세계유산은 인류가 만들어낸, 혹은 자연이 만들어낸 보편적 가치를 지닌 존재가 사라질 위험에 직면해 있거나 망가졌을 때 유네스코의 주도 하에 인류 전체가 지켜나가자는 취지로 지정된다. 그러나 일본은 그와는 다소 다른 측면에서 세계유산의 열기에 휩싸여 있었다. 세계유산이 되면 순식간에 유명해진다. 전 세계에서 관광객이 찾아온다. 지역 토산품이 팔려나가고 호텔이나 료칸이 북적댄다. 주유소부터 담배 가게에 이르기까지 모든 분야에서 혜택을 받는다. 이런 경제효과가 세계유산 선정을 노리는 본심이지 않았을까. 이런 분위기 속에 도미 씨의 얼굴은 어두웠다. 그 무렵 이런 이야기를 나눴다.

이와미긴잔이 세계유산으로 선정되는 것에 찬성하지 않는 입장이신가요?

과연 현에서 말하는 것처럼 좋은 일만 있을까요? 마을 안에는 숙박시설이 한 채밖에 없습니다. 즉 이와미를 찾은 손님은 인근의 온천마을 유노쓰나 다른 곳에서 숙박을 할 수밖에 없어요. 그렇게 되면 우리 지역은 손님이 스쳐 지나가는 관광지밖에 안 됩니다. 물론 그것도 나쁘지는 않습니다. 하지만 밤늦게까지 관광객을 상대하다 보면 이 마을의 생활방식도 바뀔 수 있어요. 우리 마을은 차분히 시간을 들여 맛봐야 하는 곳입니다. 그렇게 하지 않으면 이곳의 장점이 전달되지 않으니까요. 게다가 식당도 겨우 몇 곳밖에 없습니다. 마을 전체로 봤을 때 경제적인 효과가 크다고 볼 수 없는 거죠. 물론 은광 갱도에서 입장료가 발생합니다. 하지만 그 수입은 지자체의 몫일 뿐 민간에 할당되는 수익은 아니니까요.

이제 반대로 생각해볼까요? 만약 마을 안에 숙박시설, 레스토랑, 특산품 매장 등 관광객을 상대로 하는 가게를 서둘러 시작하는 사람들이 나타난다면 어떨까요? 애써 지금껏 지켜온 이 거리 풍경이 망가지지 않을까요? 우리 마을을 정말 아끼는 마음으로 들어온다면 뭐가 문제겠습니까. 그 역시 좋은 일입니다. 하지만 장삿속으로 접근한다면? 글쎄요, 부작용이 더 크리라고 봅니다. 이미 가게를 하고 있는 우리가 이런 말을 하는 게 그렇긴 하지만, 외지에서 투기꾼이 들어온다거나 마을에 대한 애착심 없이 돈벌이만 생각하는 사람이 들어온다면 마을 분위기가 흐트러집니다. 이웃 간의 관계도 이상해지지 않을까요?

버블경기 때의 도쿄가 그랬습니다. 투기꾼들이 몰려들어 땅을 마구잡이로 사들이고, 있는 말 없는 말 함부로 퍼트리는 바람에 지역민들 간의 유대관계, 가족관계까지 붕괴되기도 했으니까요.
그리고 옛 공관 터부터 갱도까지는 좁은 외길 하나뿐입니다. 그 길은 우리의 생활 도로이기도 합니다. 거기에 관광객의 차나 관광버스가 들어온다면 어떻게 될까요? 공기는 탁해질 테고 아이들도 그 길에서 놀지 못하게 됩니다. 이웃들끼리 여유롭게 서서 이야기를 나누지도 못하게 되겠죠. 주차장은 또 어떨까요? 옛 공관 터에 있는 지금의 주차장만으로는 턱없이 부족할 겁니다.

저는 갱도까지 걸어가는 걸 정말 좋아합니다. 도중에 오쿠보 나가야스의 묘지도 볼 수 있고, 이런저런 기념비, 사찰

도 있으니까요. 하지만 노인이나 아이, 다리가 불편한 분들에게는 1시간 30분의 오르막길이 무리이기 때문에 아무래도 차를 운행할 수밖에 없겠지요.

어딘가 커다란 주차장을 만들고 거기에 차를 세워둘 수밖에는 없다고 봅니다. 걸어 다닐 사람은 걸어 다니고 그 외에는 셔틀버스를 이용하는 게 최선이지 않을까요?

우리는 여기에서 살아갑니다. 삶의 터전으로서 이 동네를 좋아합니다. 특별히 세계유산이 아니어도 좋아하는 마음엔 변함이 없어요. 전통 건조물군 보존지구 지정만으로도 충분히 자랑스럽습니다. 시간이 천천히 흘러가는 생활. 그 생활이 지켜지는 쪽이 훨씬 더 좋아요.

그녀는 이런 말을 하며 세계유산 등재를 둘러싸고 마을 사람들이 찬반 양쪽으로 분열되거나 사이가 나빠지진 않을지 마음을 졸였다.

남편이 그러더군요. 아무래도 이 흐름은 막을 수 없을 것 같다고. 내가 제일 경계하는 건 지역 주민 사이에 충분한 논의도 없이 세계유산이 되어버리는 겁니다. 그렇게 된다면 피해를 최소한으로 줄일 방도를 찾아야겠지요. 우리 마을의 장점을 최대한 지켜내고 싶습니다. 그래서 회의에 적극적으로 참가해 좋은 방향으로 나아갈 수 있도록 의견을 내고 있어요.

가장 중요한 건 마을 안길에 관광객의 차가 들어오지

못하게 하는 일입니다. 위쪽에 아무도 쓰지 않는 공원이 있으니 거기를 주차장으로 쓰면 좋을 것 같아요.

체코 프라하에서 오스트리아 빈으로 넘어갈 때 일본항공에서 운행하는 버스를 탄 적이 있어요. 가는 도중에 체스키크룸로프 역사지구[1]를 볼 수 있다기에 그 버스를 선택했습니다. NHK 방송으로 봤을 때는 정말이지 조용하고 아름다운 곳이었습니다. 그런데 막상 가보니 레스토랑이랑 토산품 가게 밖에 없더군요. 사람들로 북새통이었죠. 특별한 목적 없이 그저 역사지구를 보러 갔던 저 역시 그 혼잡에 일조한 사람에 불과하다는 생각이 들어 씁쓸했습니다.

2006년, 이와미긴잔은 결국 세계유산으로 등재됐다. 그 이후 도미 씨에게 이런 질문을 한 적이 있다.

세계유산으로 등재된 이후, 이와미긴잔으로 사람들이 몰려들고 있습니다. 그런 분들 중 군겐도의 옷을 차분히 음미하고 구입하는 분도 있나요?
고객층이 상당히 많이 바뀌었습니다. 군겐도가 어떤 가게인지도 전혀 모른 채 들어오는 분들이 꽤 많이 늘었어요.

세계유산 등재 후 매출 상황은 어떻습니까?

---

1 체코의 도시 유적. 1992년 유네스코 세계유산으로 등재됐다.

한때 매상이 꽤 떨어진 적도 있었습니다. 오모리의 고요함과 여유로움이 좋아서 찾아오던 분들, 군겐도의 팬이었던 분들의 방문이 많이 줄어들었죠. 마을이 조용해지면 그때 다시 찾아오겠다는 말을 들으면 괴롭기도 합니다. 하지만 조금만 더 참고 견디면 된다고 봅니다. 이 열풍은 곧 잦아들 테니까요.

이와미긴잔이 세계문화유산으로 등재된 이후 마을 안길에서의 자동차 운행이 금지됐다. 2007년 방문했을 때, 타고 온 택시에서 마을과 꽤 멀리 떨어진 곳에 내려야 했다. 커다랗게 새로 만든 세계유산센터까지 트렁크를 끌며 걸었다. 거기서부터는 셔틀버스를 탈 수 있지만 사람이 너무 많아서 포기했다. 다시 트렁크를 끌고 20여분 정도 더 걸어 군겐도에 도착했다. 그사이에도 셔틀버스는 끊임없이 오갔다. 그러나 차내는 입추의 여지도 없는 상태였다.

다음 날 갱도까지 걸어갔다. 갱도 안으로 들어갔지만 인파에 떠밀릴 정도로 북적였다. 갱도 내부를 천천히 볼 여유도 없이 인파에 떠밀려 밖으로 나왔다. 아마도 지금이 세계유산 열풍의 피크인 것 같았다. 바깥의 소란에 비해 도미 씨는 차분했다. 전해 듣기로는, 관광객이 무단으로 살림집 안으로 들어가거나 강변에 서서 소변을 봐서 주민들이 곤혹스러워하는 경우도 있는 모양이었다. 마을 내부에 숙박시설을 더 지어야 한다는 의견도 있지만 밤이 되면 마을이 주민의 것으로 돌아가는 쪽이 더 좋을지도 모른다는 생각이 들었다.

뭐든지 기본

띠 지붕을 얹은 집, 히나야를 이축한 지도 벌써 7년이 지났습니다. 급하게 이축하는 바람에 띠를 구하기가 어려웠고, 제대로 된 지붕을 올리려면 엄청난 비용이 든다는게 문제였습니다. 그 당시 이축 비용을 마련하기에도 빠듯했기에 일단은 볏짚을 다량 섞어 지붕 공사를 마무리했습니다. 그런 까닭에 지붕 손상이 예상보다 빨랐고, 올봄 이 어려운 시기에 지붕을 교체할 수밖에 없었습니다.

"부랴부랴 해치운 일은 늘 이런 식이지. 나중에 더 큰 수고로 돌아오니까."

가벼운 한숨과 함께 아무렇지도 않게 새어 나온 남편의 말이 묵직하게 다가왔습니다. 시간이 걸려도, 비용이나 수고가 더 많이 들어도, 해야 할 일은 해야 합니다. 그렇지 않으면 나중에 더 큰 청구서가 날아옵니다. 잘 알고는 있지만 시대의 흐름에 떠밀려 '일단은~' 하면서 부랴부랴 끝내는 일이 많다는 것, 매번 반성합니다. 자연의 힘이 느껴지는 쾌적함, 그 은혜를 누리고 싶다면 자연과 제대로 대면해야 합니다. 어물어물 대충 넘기려 해서는 안 됩니다. 기본을 지켜야 합니다. 그렇지 않으면 나중에 결국 더 큰 대가를 치러야 한다는 사실을 이번 일을 통해 배웠습니다.

엉뚱한 쪽으로 화제가 넘어가지만, 어쩌다 보니 스물한 살 된 청년을 맡게 됐습니다. 단골 거래처 사장님의 아들입니다. 인성교육이니 가정교육이니 그런 주제넘은 생각은 해본 적도 없습니다. 그런 게 가능한 저도 아니고요. 그저 띠 지붕에서 얻은 교훈처럼 사람으로서의 기본에 대해 그 젊은이와 함께 모색해나가고 싶을 뿐입니다.

다들 말합니다. 건물 관리 차원에서는 천연 소재의 지붕이 좋지 않을 수도 있다고. 하지만 이끼가 끼고 풀이 자라는 띠 지붕의 운치, 그 압도적인 아름다움. 가능하다면 이대로 지켜가고자 합니다. '좋지 않음'이 다른 한편에서는 매력이 되는 경우도 있습니다.

맑음과 탁함. 옳고 그름. 저는 상반된 것들이 어우러진 세계에 매력을 느낍니다. 그런 감성이 있기 때문에 몸에 나쁘다는 걸 알면서도 매일같이 과하게 술을 마시는 남편, 운동 부족임을 잘 알면서도 겨우 500미터 거리를 운전해서 이동하는 남편의 모습에 시시비비를 따지지 않고 함께하는지도 모릅니다. 뭐가 좋고 뭐가 나쁜가, 절대적인 좋고 나쁨이 있을까, 그런 생각을 해봅니다.

(2003년 5월 25일의 기록. 2003년 가을·겨울 전시회 팸플릿에서 발췌)

그거. 그거?

"저기, 그거, 어떻게 했어?"

"아, 그거……"

최근 부부의 대화 속에 '그거'란 말이 급증했다.

이거 좀 위험한 것 아닐까?

걱정이 된 다이키치와 도미는 처음으로 뇌 검사를 받았다.

다이키치。 사람 이름이 생각나지 않습니다.

도미。　　요새 쓰는 단어가 극단적으로 줄어든 것 같아요.

의사。　　괜찮습니다. 자각하고 계시니까요. 정말 위험한 사람은 본인이 그렇다는 걸 자각하지 못해요. 가족들이 이상하다며 데려오니까요.

(2005년 7월 26일의 기록. 2005년 겨울 전시회 팸플릿에서 발췌)

이와미긴잔 세계유산 등재(다이키치 씨가 동요하고 있다)

6월 27일, 이와미긴잔은 역사적인 날을 맞이했다.

세계유산에 등록됐다며 호외까지 발행됐다. 한때는 등재 연기 발표도 있었고, 네 단계 평가 중 밑에서 두 번째 평가를 받았던 만큼, 대역전극에 가까운 결과에 지역은 큰 기쁨으로 끓어올랐다.

세계적으로 이와미긴잔의 가치가 인정받고 평가받은 것은 확실히 경사스러운 일이다. 축하할 일임에 틀림없다. 이 사실에 반론을 내세울 생각은 전혀 없다. 그러나 오해를 감수하고 한마디 하자면, 등재 연기 발표는 하늘이 내린 적절한 시련이었다고 생각한다. 세계유산의 의의와 이와미긴잔의 가치를 다시 한번 깊이 생각해볼 시간이 주어졌던 것이다.

우리는 그걸 좋은 기회라고 받아들였다. 시련의 시간이 심사숙고의 시간이 되기를 기대했다. 그러나 겨우 한 달 정도로 그치고 결과가 발표되었다. 산처럼 쌓인 과제 중 몇 가지 문제는 세계유산 선정 여부와 상관없이 우리 마을이 늘 직면해온 것들이었다. 진지하게 대면해야 할 문제들이었다. '조금 더 시간이 필요했다.' 이것이 다이키치 씨의 본심이었을 것이다. '세계유산 선정과 상관없이 내가 할 수 있는 일을 해야 한다. 이런 시기일수록 마을과의 유대를 소중히 쌓아가야 한다'는 생각으로 자치회에서 적극적으로 활동했다. 매일같이 소집되는 회의에 기진맥진하면서도 모든 문제에 진중하고 겸허하게, 그리고 차분하게 시간을 들여 대응했다. 그렇게 앞장섰다.

요즘 다이키치 씨가 흔들리고 있다. 결혼 이후 이런 남편의 모습을 보는 건 처음이다. 아무리 궁지에 몰려도 조급해하거나 초조해하지 않던 사람이다. 오히려 내 쪽에서 '어떻게 이런 상황에서도 그렇게 차분할 수 있느냐. 혹시 사태의 심각성을 모르는 게 아니냐'는 소리를 했을 만큼 무슨 일에도 대범한 태도를 보이던 사람이었다. 좋은 의미에서 그가 지닌 둔감함은 천성이기도 했다. 그런 남편이 요즘 들어 어딘가 불안해 보인다.

TV 보도에 따르면, 일본은 은 생산의 경제적인 의의를 강하게 내세우며 세계유산 등재라는 과업을 달성하고자 이론적으로도 단단히 무장했다고 한다. 그러나 실제 평가 포인트는 자연과의 공생과 그 문화적 배경이었다고 한다.

무엇에 진정한 가치가 존재하는지 묻고 있다는 생각이 든다. 이 평가를 진지하게 받아들여 앞으로 이와미긴잔이 존재해나갈 진정한 모습을 고민해보아야 할 것이다. '슬로푸드 운동'은 이탈리아의 작은 마을에서 시작해 전 세계로 퍼져나갔다. 우리는 이 작은 마을에서 무엇을 할 수 있는가. 인류 최대의 당면 과제, 환경에 대한 질문을 지속해서 해나가야 하지 않을까?

(2007년 8월 1일의 기록. 2007년 겨울 전시회 팸플릿에서 발췌)

사랑이
식지 않는 거리는?

도미 씨에게 던진 열 가지 질문

**군겐도 전시회 안내장 〈사계절 따라〉에 쓴 에피소드들이
참 재밌습니다. 다이키치 씨의 캐릭터도 재밌고요.**

감기에 걸려서 체력이 바닥난 적이 있어요. "밥 먹으러 가
자"는 남편의 말에 직원들과 함께 식당에 갔죠. 남편은 음
식이 나오자마자 국자를 들더니 제일 먼저 내 그릇에 전
골을 담아주더군요. 그 모습을 보고 다들 "너무 자상하시
다"며 잠깐 난리가 났죠. 그리고 집에 돌아왔는데, 직원 중
하나가 둘째 딸 유키코에게 그 이야기를 해줬나 봐요. 유
키코가 별것 아니라는 식으로 이렇게 말하더군요.

"엄마, 그걸로 앞으로 반년은 버티겠네."

음…… 분했지만 맞는 말이니까요. 이런 에피소드가 정
말 많아요. 많은 분들이 재밌다고 해주시고요. 어려운 글
은 잘 쓰지도 못할뿐더러 별로 쓰고 싶지도 않습니다. 일
상적인 이야기는 쓰면서 나 자신도 즐겁습니다. 무언가

주장하는 글, 어려운 글을 쓰려다 보면 스스로도 이건 아닌데, 싶거든요.

다이키치 씨는 말씀도 참 재밌게 잘하시죠. 오랜 세월 함께하셨지만 권태기를 겪거나 싫증 나는 일은 없으셨을 것 같습니다.

싫증이 날 새가 없어요. 같이 있으면 재밌는 사람이라고나 할까요. 옛날부터 지금까지 변함없이 독특합니다. 비근한 예로, 남편은 돈도 잘 안 가지고 다니는 사람이에요. 히로시마역 앞 주차장에서 주차요금을 정산하려다가 돈이 부족한 적도 있었습니다. 아마 2000엔도 안 되는 금액이었을 거예요. 남편은 명함을 주고 송금을 해주겠다고 했지만 '사장이라면서 이런 자잘한 돈도 없냐'며 의심만 받았죠. 아시다시피 차림새가 늘 그 모양이니 의심받을 만도 했죠. 어떤 날은 병원 로비에서 새우잠을 자고 들어온 적도 있고, 나이가 들면서 점점 더 재밌어집니다. 오늘 아침에도 "어제 너무 많이 마셨다"며 일어나더니 "모리 씨가 주당이다. 술을 정말 잘 마신다. 한 되짜리 병을 전부 비웠다"며 모리 씨 핑계를 대기에 내가 큰 소리로 진실을 짚어줬어요. "당신이 거의 다 마셨잖아!"

남편과 달리 나는 술을 잘 못 마셔요. 술이 들어가면 졸린 타입이라서.

서로 다른 집에서 살고 계시는데, 언제부터 그런 생활을

하셨나요?

아베가가 완성된 후부터 따로 살았습니다. 줄곧 남편과 아내 역할로 사는 것은 서로 피곤한 일이니까요. 내가 아베가에서 젊은 직원들과 살고, 가끔씩 본가를 오갑니다. 나에게 아베가는 '생활을 디자인하는 집'이기 때문에 실제로 그 집에 살지 않으면 거짓말이 되는 거죠. 게다가 실제로 살아보지 않으면 보이지 않는 것들도 있으니까요.

따로 살자는 말은 누가 먼저 꺼내셨나요?

남편이 먼저 꺼냈을 거예요. 그러고 보니 내가 쫓겨난 것 같네요.(웃음)

'사랑이 식지 않는 거리'라니 참 좋은 말이에요. 이런 좋은 말들을 누가 만들었는지 가끔 궁금하기도 합니다. 작은 선반에 마리아상, 불상 등 다양한 종교 조각상을 모셔둔 '다국적 신들의 선반' 이야기도 재밌었습니다.

요즘 들어 자주 하는 생각인데, 나이를 먹은 만큼 생각이 응축되기 때문에 그걸 말로 표현할 때는 좀 희석해야 합니다. 의식하지 않으면 지나치게 농축된 생각과 말이 튀어나와요. 별로 좋은 일은 아니죠. 가끔 예전에 써둔 글을 읽다 보면 그런 생각이 더 커집니다. 이 정도의 가벼움, 이 정도의 재미, 웃으며 읽을 수 있는 것들을 쓰는 게 좋겠다, 그런 생각을 합니다.

군겐도 옷에는 전부 이름이 붙어 있습니다. 처음에는 그게 색깔을 지칭하는 이름이라고 생각했어요.

디자인의 이름입니다. 아이에게 이름을 붙이듯 디자인이 완성되면 이름을 붙여주죠.

정말 많은 옷을 만드셨는데 이름의 소재가 고갈되지는 않았나요?

판매가 중단되면 돌려쓸 수도 있으니까요. 군겐도 옷에 붙인 이름은 풀꽃의 이름들입니다. 인간이 만든 것이 자연을 이기는 경우는 없다고 생각합니다. 있는 그대로의 자연스러운 아름다움, 신이 만든 그대로의 아름다움이 군겐도의 아름다움이 되길 바라는 마음으로 그런 이름을 붙이고 있지요. 자주 하는 말인데, 꽃집의 꽃은 큰 봉오리를 이루도록 혹은 한 가지에 많은 꽃이 피도록 품종을 개량한 것입니다. 첫눈에는 예쁠 수 있지만 아름답다고 생각하지 않아요. 야생의 풀꽃처럼 있는 그대로의 아름다움을 물건 만들기의 기본으로 삼겠다는 마음, 자연의 존재에서 이름을 따오고 싶다는 마음에 그런 이름을 붙였지요.

자, 그럼 〈액터스 스튜디오(Inside the Actors Studio)〉[1]를 흉내 내서, 마지막으로 열 가지 질문을 하겠습니다. 지금 가장 갖고 싶은 것은 무엇입니까?

돈. 빚을 줄이고 싶습니다.(웃음)

**사과나 쌀 등 여러 가지를 선물하시는데, 받았을 때 특별
히 더 기쁜 선물이 있다면요?**

딱히 하나가 떠오르지는 않지만 먹을 것이나 술을 받으면
반가운 마음이 듭니다. 다른 사람에게 대접하고 나눌 수
있으니 감사하지요.

내 안에는 극단적인 양면이 존재합니다. 어떤 면에서
는 굉장한 욕심쟁이지만 다른 면에서는 전혀 욕심이 없어
요. 추구하고 싶은 것, 바라는 것에 대한 욕심은 많습니다.
내 자신을 두고 '이렇게 욕심 많은 사람은 없을 거다'라고
생각할 때도 있으니까요. 그러나 돈이나 물건에 있어서는
무심한 편이라 주변 사람들에게 '욕심이 없다'는 말을 듣
습니다.

어릴 때부터 그랬어요. 고향 집 뒤에 지장보살상이 있
었습니다. 여름이면 마을에서 지장보살 축제가 열렸지요.
지장보살상 앞으로 단고나 과자 같은 공양물을 잔뜩 차려
두고, 반야심경을 12회나 암송합니다. 암송이 끝나면 그
공양물을 받을 수 있었죠. 아이들은 다들 자기가 먼저라
며 앞다퉈 손을 내밀고는 했어요. 그럴 때 나는 늘 맨 뒤에
있는 아이였습니다. 그걸 알고 있던 할아버지가 따로 제
걸 챙겨주시고는 했어요. "너는 늘 손을 잘 내밀지 않으니
까." 하시면서요. 욕심이 없다는 말을 자주 들었습니다. 그

---

1 배우나 영화감독이 출연하는 미국의 토크쇼. 방송 말미에 모든 출연자에
   게 똑같은 질문 열 가지를 한다.

런데 언제부터 이렇게 욕심 많은 어른이 된 건지…… 장녀인 미와코는 어릴 적 나를 닮은 것 같기도 해요. 그 아이는 곧잘 "나는 이걸로 됐어. 충분해"라고 하거든요.

좋아하는 색은 무엇인가요?
흰색을 좋아합니다. 표백한 것같이 새하얀 흰색 말고 자연스러운 흰색. 광목 톤의 베이지도 좋아하고요. 꽃은 특히 흰 꽃을 좋아합니다. 쪽빛이나 갈색도 좋아하고요.

바다와 산, 둘 중에 하나만 고르신다면?
산을 더 좋아합니다. 바다의 일몰도 좋지만 수영을 못 하다 보니 바다보다 산이 더 좋습니다. 산속 축축한 곳, 이끼가 퍼져 있고 거기에 산야초가 어우러져 있거나 하면 마구 감동합니다.

원시림 같은 곳을 말씀하시나요?
거대하고 압도적인 자연보다 일상적인 자연, 내 곁의 자연에 머무는 시간을 더 좋아합니다

'인생의 풍경'이라고나 할까요. 도미 씨가 기억하는 풍경 중 가장 좋았던 풍경이 있다면요?
어릴 때 살았던 시골 마을 풍경인데요, 큰길에서 내리막길을 따라 내려가다 보면 논과 밭이 한눈에 들어오는 자리가 있었습니다. 그곳에서 보는 풍경을 정말 좋아했어요.

커다란 뽕나무가 있고, 계절에 따라 보리밭이 됐다가 유채꽃밭이기도 했던 풍경. 그리고 논밭에서 일하는 사람들의 모습. 그런 것들이 정말 좋았어요. 어릴 때부터 도시나 번화가보다 그런 곳이 더 좋았습니다.

자연에서 놀았던 기억도 많으셨을 것 같아요.
그랬죠. 시골이었으니까요.

저는 공터에서 고추잠자리를 쫓던 기억 정도가 전부입니다. 개울에서 가재를 잡았다, 잉어를 쫓았다, 이런 이야기를 들으면 부러웠어요. 밭이 있고, 자운영이 흐드러지고, 개울이 흐르는 곳, 그런 곳에서 좋아하는 사람들과 살고 싶다는 게 제 오랜 꿈입니다. 좀체 이뤄지지 않는 꿈이지만요.
그래서 내가 사옥으로 가는 논두렁길을 만들고, 통나무 다리로 바꾸고, 그 다리에 흙을 놓아 풀이 자라도록 만들었나 봅니다. 어릴 때의 풍경이 내가 바라는 이상적인 모습이었으니까요.

문득 이런 생각이 들었어요. 마을 뒷산 어귀에 군겐도 본사가 있고, 바로 앞에 논이 펼쳐져 있는 이 풍경이 제 맘속 이상향이라고나 할까요. 꿈에서 봤을 법한 풍경이구나 싶어서 어쩐지 찡했습니다.
이렇게 되기까지 수십 년이 걸렸지만, 한 발 한 발 이상에

다가가고 있다는 것만은 확실합니다. 우리가 향한 방향이 틀리지는 않았구나 싶어요. 그래서 지속해올 수 있었고, 앞으로도 계속해나갈 수 있는 것이겠지요. 우리의 생각을 좋아해 주고, 참여해주는 젊은이들이 있어서 든든합니다.

혹시 젊은 남자에게 매력을 느낀 적은 없으셨나요?
별로 없었던 것 같아요. 굳이 나누자면 연상을 더 좋아합니다. 그것도 나이 차가 꽤 많이 나는 연상. 최근 친하게 지내는 남자분이 있는데 올해 아흔두 살이시죠. 그러면서도 남편은 네 살 연하지만요.(웃음)

음악은 어떤 걸 좋아하시나요?
음악에 대해서는 통 잘 몰라요. 콘서트 기획 같은 걸 몇 번이나 했지만 소리에 대해서는 아는 게 별로 없습니다. 음악을 깊게 이해하지 못하죠. 노래도 잘 부르지 않고요. 노래에 소질이 없기도 하고, 음악적인 재능은 없다고 할 수 있죠.

그런가요? 하지만 좋아하는 소리가 꼭 대단한 음악이어야 할 필요는 없잖아요. 보글보글 끓고 있는 주전자 소리라던가, 그런 소리여도 좋지 않을까요?
그러네요. 그런 소리라면 정말 좋아합니다. 그리고 저번에 후지와라 마리 씨가 본점 2층에서 첼로 연주를 한 적이 있는데, 그 소리는 정말 좋았어요. 그래서 CD를 샀죠. 특히

비 내리는 날과 첼로가 잘 어울리더군요. 6월 장마 무렵이
면 꼭 들어요.

좋아하는 냄새는 어떤 냄새인가요?
요즘 아로마 오일이 유행이지만 그런 향은 별로 좋아하지
않아요. 지푸라기 냄새나 건초 냄새를 더 좋아합니다.

혹시 예전에 창고에서 가축을 키웠나요?
그러진 않았을 텐데요. 왜요? 무슨 냄새가 나나요?

지푸라기 냄새가 나서요. 묘하게 그리운 냄새가 나더군요.
아, 아마 흙벽에서 나는 냄새일 거예요.

**우리 집도 문을 다 떼고 원룸으로 만들면 어떨까 생각해
요. 문을 전부 떼어내고 바닥에도 진짜 나무 바닥재를 깔
고, 이런 분위기로 바꾸고 싶어요. 아파트라서 불가능할 것
같긴 하지만요. 요즘 가장 충격적인 일이 있었다면요?**
남편하고 같이 있는데 남편보고 아들이냐고 그러더군요.
그래서 당장 머리 모양을 바꿨죠.

**세상에. 그래서 헤어스타일을 바꾸셨군요. 깔끔하게 넘겨
하나로 묶었던 그전 머리 모양도 굉장히 잘 어울렸어요.
왠지 눈물겨운 노력이네요.**
뭐, 벌써 그 일도 유머 소재로 삼고 있어요.

최근 몇 년 동안 가장 기뻤던 일이 있다면요?

2003년, 손자 라쿠가 태어났던 게 제일 기뻤습니다. 기념 식수도 했어요. 통나무 다리 바로 옆에 자두나무를 심었습니다.

도미 씨의 편지

도미 씨가 말했다. "생각하고 원하면 이뤄진다." 필요한 바로 그때. 필요한 사람, 필요한 물건, 필요한 책과 어떻게든 만났다고 했다.

그녀를 만나고 10년이 흘렀다. '일본의 작은 동네, 그 속의 삶을 귀하게 여긴다. 소중한 것을 후세에 전한다. 필요 없는 것을 만들게 내버려 두지 않는다.' 이 점에 있어서 도미 씨와 내 의견은 완전히 일치한다. 그렇게 생각하기 시작한 시기마저도 비슷하다. 1980년대 중반부터 우리는 흔들림 없이 그것을 신조 삼아 살아왔다.

"이해관계 없는 사이로 지내봅시다." 다이키치 씨가 지나가는 말투로 이렇게 말한 적이 있다. 그 이후 우리는 친구로서 서로에게 해줄 수 있는 일들을 해오며 지냈다.

도쿄살이를 시작한 그들의 둘째 딸 유키코를 돕기 위해

부동산을 돌며 아파트를 구하기도 했다. 도미 씨와 함께 마쓰도(松戸)시의 심포지엄에 참가한 후, 도쿄의 사무실로 쓸 건물을 찾기 위해 밤늦도록 걸으며 오래된 집을 돌아보기도 했다.

수없이 이와미긴잔에 묵었다. 때로는 '촛불의 집'에서, 때로는 아베가에서 맛있는 음식과 술을 나눴다. 모두에게 추천하고 싶다며 내 책을 군겐도 매장에 비치해주기도 했다. 그녀를 센다기의 조그만 바에 데려갔더니 '여기 오니 기운이 난다'며 행복해했다. 둘이서 가와고에(川越)시의 작은 동네들을 산책하며 쇼핑하기도 했다. 목수인 내 아들은 매년 황금연휴 기간 때마다 반드시 이와미긴잔을 찾는다. 인도와 부탄의 지역 재생 운동을 시찰하기 위한 여행을 함께 다녀오기도 했다. 그 어느 것을 꼽아도 즐겁고 애틋한 추억들이다.

인도에 갔을 때 그녀는 작은 인형을 만들어 지역 재생을 꾀하는 '쓰나미카' 활동에 감동했다. 쓰나미로 피해를 입은 해변가 여인들이 시작한 활동이었다. 그녀는 귀국 후에도 그곳과 지속적으로 연락을 취했고 기부금을 모아 인도로 보냈다. 이와미긴잔에서 쓰나미카에 관련된 사진전도 열었다.

세상일에 공명하는 따뜻한 심성. 냉철하고 유능한 사업가로서의 일면. 마쓰바 도미는 이 두 가지를 다 가진 사람이다. 그렇기 때문에 지금까지 무수한 일들을 해올 수 있었다. 시마네의 산간벽지, 의류 업체를 꾸려나가는 사장 부부가 자비를 들여 낡은 빈집을 고치고 있다. 여기에서 그쳤다면 그저 하나의 미담에 불과하다. 그러나 그것을 가능하게 한 회사를 경영하고, 인구 과소화가 진행 중인 산간 지역에서 90명이 넘는 고용을 창출하고, 젊은 인구를 끌어들이고, 사람들이 동경할 만한 아름답고 진솔한 삶을 실현한다는 것은 기적에 가까운 일이다. 군겐도를 일본의 베네통, 마쓰바 도미를 일본의 타샤 튜더라고 칭하는 사람도 있지만 마쓰바 도미는 어디까지나 마쓰바 도미일 뿐이다.

이시가와(石川)현 나나오(七尾)에서 취재를 하던 중, 그 지역 사람들이 '아타와루(あたわる)'라는 단어를 자주 쓴다는 걸 알게 됐다. 아타와루란 본인의 의지와는 상관없이, 환경 혹은 어떤 상황 때문에 무언가를 할 수밖에 없다는 뜻이다. 하늘에서 내려준 숙명과도 비슷한 의미다. 나는 도쿄의 오래된 동네가 망가져 가는 걸 그냥 보고 있을 수만은 없었다. 전쟁과 지진의 피해도 비껴간 곳들이었다. 그래서 무모하게도 지역잡지를 만들기 시작했다. 도미 씨는 옆방에 살던 대학생과 결혼하는 바람에 시마네의 산골까지 들어가게 됐다. 그렇게 우리는 주어진 숙명을 받아들였다. 그러나 그 안에 안주하지는 않았다. 숙명을 따르면서도 한 발 더 내디디며, 그렇게 살아왔다고 말할 수 있지 않을까.

마지막으로 도미 씨는 편지의 달인이다. 넋 놓고 보게 만드는 달필이기도 하다. 그녀에게 다정한 편지를 몇 통이나 받았다. 읽자마자 가슴 따뜻해지던 편지들. 특히나 내 친구가 죽었을 때 받았던 편지에 울고 말았지만, 그것은 가슴에 묻어두기로 한다.

이와미긴잔에는 도서관도 없고 서점도 없다. 그래서 가끔 그녀에게 책을 보낸다. 다 읽고 모아뒀던 책들이다. 아베가 별채에 그 책을 위한 공간이 만들어졌다. 마침 그때 아베가에 머물고 있던 목수 아들이 낡고 오래된 책장을 손봐서 고쳤다. 그때도 그녀는 사진과 함께 편지를 보내왔다. 그 일부를 인용하며 이 글을 마친다.

이 책은 이런 우정 안에서 태어났다.

– 2009년 5월 7일 모리 마유미

집을 고치고, 살림을 고치고.

바닥재, 조명, 의자, 시계, 테이블, 창호, 책장, 기둥, 계단의 손잡이.

전부 주워온 것들을 되살려 만들었습니다.

어찌 저리 다들 근사하게 살아났는지,

내 기쁨도 한층 더 깊어집니다.

이 모든 게 다 사랑스럽습니다.

여기 있으면 다정한 느낌에 휩싸입니다.

좋은 책과 만나고 좋은 사람과 만나

이렇게나 좋은 공간이 만들어졌습니다.

앞으로도 계속, 이 집을 고쳐나갈 생각입니다.

오모리 마을과 마쓰바 도미 연표

1526년   하카타의 상인 가미야 주테이가 긴푸센산(銀峯山) 중턱에서 은을
                 파내면서 본격적인 은 광산의 역사가 시작된다.

16~17세기 초엽   은 생산량 피크 시대. 포르투갈, 네덜란드 동인도회사와
                 은을 매개로 한 교역을 시작했다.

1600년   도쿠가와 막부의 직할지로 승격

1613년   다이칸쇼(에도 시대 다이칸이 공무를 집행하던 관청)가
                 오모리로 이전. 마을에 상점, 극장, 여인숙 등이 들어서며
                 은 광산을 경영하는 마을로 발전했다.

1731년   이도헤이자에몬이 다이칸으로 임명됨. 대기근이 들었을 때
                 사쓰마(지금의 가고시마현)에서 고구마를 들여와 기근을
                 물리쳤다. 또한 쌀 창고를 개방해 백성들에게 쌀을 나눠주기도
                 했다. 오모리초 이도신사에 그의 위패가 모셔져 있다.

1869년   비록 반년이었지만 오모리현으로 승격, 현청이 설치됨

1923년   은 광산 휴광

1943년   은 광산 폐광

1949년   마쓰바 도미, 미에현 쓰시 게이노초에서 출생

1953년   마쓰바 다이키치, 시마네현 오다시 오모리에서 출생

1969년   이와미긴잔의 은 광산, '국가 지정 광산 유적'으로 지정

1974년   마쓰바 다이키치와 마쓰바 도미 결혼

1975년   장녀 미와코 출산

1978년   차녀 유키코 출산

1979년   나고야에서 블라하우스 시작

1981년   남편의 고향 오모리 마을로 귀향. 시댁에서 경영하던
                 마쓰바 포목점 한쪽에서 아플리케 소품을 만들어 팔기 시작

1984년   막내 나오코 출산

1987년 〈도쿄 국제 기프트 쇼〉 출점.
오모리가 '중요 전통 건조물군 보존지구'로 지정됨
1988년 (유)마쓰다야 설립
1989년 150년 된 민가를 고쳐 블라하우스 매장 오픈
1993년 마쓰바 다이키치가 대표이사로 취임. 여성에 의한,
여성을 위한 포럼 〈시골의 히나마쓰리〉 제1회 개최
1994년 군겐도라는 이름으로 신사업 시작.
오모리의 삶과 어울리는 성인 여성복 제안
1996년 히나야 이축. 마쓰바 도미, '지역 어드바이저'로 임명
(국토교통성 산하 도시지역정비국)
1998년 (주)이와미긴잔 생활문화연구소 설립.
마쓰바 도미가 소장으로 취임
2001년 현 지정 문화재인 아베가를 매입해 수리하기 시작
2002년 (유)마쓰다야와 (주)이와미긴잔 생활문화연구소를 병합.
마쓰바 다이키치가 사장으로, 마쓰바 도미가 소장으로 취임.
〈시골의 히나마쓰리〉 제10회로 대단원의 막을 내림.
본사 워크스테이션 준공
2003년 NPO 법인 '노센노카이' 발족. 마쓰바 도미가 이사로 취임.
'관광 카리스마 100인'으로 선정(국토교통성)
2005년 욕실, 주방 등 아베가 증개축
2008년 ㈜타향아베가 설립. 마쓰바 도미, 타향아베가 대표이사로 취임

이 책을 내고 10년이 흘렀다.

우리가 도쿄에서 발간한 지역 잡지 〈야나카, 네즈, 센다기〉도 이와미긴잔의 군겐도와 마찬가지로 1984년에 시작했다. 2019년 현재, 군겐도는 큰 회사로 성장했다. 사원 수도 늘어났고 의류 산업의 불황 속에서도 꾸준히 매출이 증가하고 있다. 그러나 〈야나카, 네즈, 센다기〉는 2009년에 폐간됐다. 그 후로도 소소하게 지역 문화 활동을 이어오고 있지만 멤버는 창간 당시와 변함없이 세 명뿐이다.

2018년 가을, 오랜만에 이와미긴잔을 방문했다. 세계유산으로 선정됐을 당시는 관광객으로 몸살을 앓았지만, 지금은 비정상적인 열풍이 사그라지고 거리 전체가 차분하게 안정된 느낌이었다. 그사이에 이와미긴잔에는 마을 기업으로 유명한 '나카무라 브레이스'라는 회사도 생겼다. 의족과 의수를 만드는 신체보정기구 제작 회사다. 이 회사도 군겐도와 마찬가지로 이와미긴잔에 방치되어 있던 빈집을 매입해 뜻이 있는 젊은이들에게 임대해주고 있다. 그간 열정적으로 이 일을 해온 마쓰바 도미가 조용히 말했다.

"빈집을 고치는 데 상당히 많은 돈을 쏟아부었어요."

지금까지 그녀는 열 채의 빈집을 매입해 복원했다. 그 중 일부를 소개해보면 다음과 같다.

1. 군겐도 본점
2. 현재 도미 씨가 거주하는 다케시타가(家)
3. '촛불의 집'이라 불리는 무자쿠암
4. 직원 숙소로 쓰는 건물
5. 현 지정 문화재인 아베가를
   숙박시설로 개조한 타향아베가(家)
6. 히로시마의 전통가옥을 이축해 온 히나야
   (군겐도 본사)

이 집들에는 공통점이 있다. 사람이 떠난 뒤 망가져가는 빈집이었다는 사실이다. 그것을 사들여 개보수했고 가게, 주택, 숙박시설, 파티 공간, 직원 숙소로 활용하고 있다.

타향아베가는 도시 생활에 지친 사람들이 고향집에 온 듯 편한 마음으로 머물 수 있는 치유의 집이다. 가족 같은 스태프가 지역의 식재료로 정성껏 준비한 식사와 술을 맛볼 수 있다. 소박하고 맛있는 음식들이다. 출장으로 타 지역에 가지 않은 한, 저녁 시간에는 도미 씨도 항상 손님들과 함께한다.

"낮에는 디자인이나 회사 일로 정말 바빠요. 하지만 저녁에는 타향아베가에서 시간을 보냅니다. 그 시간이 내게는 휴식 같아요. 타향아베가를 찾는 사람 중에는 좋은 분이 많아요. 군겐도의 팬도 있고 각지에서 열심히 활동 중인 젊은이들도 많이 옵니다. 그들이 내게 많은 가르침을 줍니다."

도미 씨는 요리 속도가 빠르다. 내가 방문했을 때도 코트를 벗자마자 순식간에 가마솥에 밥을 짓고 반찬을 만들고 오니기리를 완성했다. 그녀는 낡은 것, 버려진 것을 줍고 고치고 기워서 소중하게 쓰는 사람이다. 그렇게 고친 아베가에서 오랫동안 살고 있다.

그녀는 기업 경영을 통해 청년 인력 양성에도 힘을 쏟아 왔다. 그런 까닭에 지금은 전국에서 이와미긴잔으로 인재가 모여들고 있다. 또한 아베가는 지역 재생 연구소의 역할도 겸하므로 답사 목적으로 찾아오는 사람도 많다. 1박에 3만 엔이 넘는 숙박시설이지만 스텝 다섯 명이 관리하고 있기 때문에 이익을 남기기는 어렵다고 한다.

히나야는 직원들이 일하는 본사 건물이다. 내부는 철근 콘크리트와 금속제 창호로 기능적으로 정비하고 외관은 거리 풍경과 어울리게 꾸며 지역 경관을 해치지 않는다. 본사 입구에는 직원들과 함께 농사를 짓는 논이 펼쳐져 있고 직원용 주차장 주변은 작은 숲으로 둘러싸여 있다.

마쓰바 도미가 고친 집들은 갈 때마다 모습이 변해 있다. 회사 이름도 몇 번이나 바뀌었다. 그에 대해 물으니 그녀는 이런 말로 대답을 대신했다. "구르는 돌에는 이끼가 끼지 않는다고 하죠?"라고. 군겐도나 타향아베가를 보면 허물을 벗고 계속 성장하는 기업의 이미지가 떠오른다. 그사이 직원 수도 많이 늘었다. 지금 군겐도는 젊은이들에게 인기 있는 직장으로 자리매김했다. 풍요로운 자연 속에서 자신이 하고 싶은 일을 할 수 있는 문화적인 기업이라는 인식 때문이다.

오랜만에 방문한 이와미긴잔에는 새로운 빵집과 이탈리안 레스토랑이 들어서 있었다. 숙박 시설도 두 군데 늘었다. 그중 하나인 다다이마 가토가(只今加藤家)도 군겐도가 매입해 새로 꾸민 곳이다. 이번 방문 때 나는 이곳에서 묵었다. 건물은 거리 아래쪽 관세음사 앞에 자리 잡았고 원래 주인은 의사였다고 한다. 집 구조는 타향아베가와 비슷한데, 봉당에 신발을 벗고 올라서면 오른쪽에 객실로 쓸 수 있는 방이 세 칸 있다. 그 안쪽으로 들어가면 널따란 거실 겸 주방이 있다. 이 공간을 꾸민 이는 도미 씨의 장녀인 미와코다.

"처음에 개보수한 것을 보고 미와코가 그러더군요. 집이 울고 있다고. 그래서 전부 새로 고쳤습니다."

미와코는 뇌종양으로 수술을 받았고 고차뇌기능장해가 후유증으로 남았다. 그런 까닭에 몸이 불편한 사람 입장에서 집을 바라봤고, 장애를 가진 사람도 쓰기 쉬운 집으로 개보수했다고 한다. 듣고 보니 과연 그랬다. 토방에서 거실로 올라갈 수 있게 장치를 달고, 휠체어가 움직이기 편하게 거실을 넓게 배치했으며, 단차를 없애 휠체어를 타고 화장실까지 갈 수 있게 만들었다.

"이 집이 완성되자 미와코가 정말 기뻐했어요. 생기 넘치는 딸의 얼굴을 보니 그런 생각이 들더군요. 버려진 집을 되살리는 것은 인간의 재생, 사회의 재생과도 연결된다고 말이죠. 가토가를 개보수하며 그런 확신이 더 강해졌습니다."

사실 배리어 프리(barrier free)[1]와 아름다움은 양립되지 않는 경우가 많다. 대부분 금속으로 된 손잡이를 설치하기 때문에 공간의 미감을 해치기 쉽다. 그러나 다다이마 가토가 내부에 그런 투박한 요소는 없다. 이처럼 군겐도는 단순한 의복 브랜드를 넘어, 기분 좋은 삶을 위한 라이프스타일, 서로 돕고 배려하는 상호부조의 커뮤니티까지 함께 제안하고 있다.

이와미긴잔에서 나는 홀로 여유로운 시간을 가졌다. 동네 메밀국수 가게에 들렀고 새로 생긴 빵집에서 맛있는 빵도 샀다. 생선회와 고마도후[2]를 파는 가게에서 안주도 샀다. 숙소에 돌아와서는 마쓰바 도미가 냉장고에 채워준 맥주와 일본 술을 홀짝이며 시간을 보냈다. 그러다 문득 이탈리아의 알베르고 디푸조(Albergo Diffuso)[3]가 떠올랐다. 마을 전체가 하나의 유기체처럼 연결되어 있다는 느낌이 들었기 때문이다. 다다이마 가토가에 머무는 내내 편안하고 행복했다.

군겐도는 본업인 의류 사업에서도 진화하고 있다. 군겐도의 모토는 '복고창신'이다. '새 술을 새 부대에 담는다'라는 말이 있지만 군겐도의 '복고창신'은 '오래된 술을 새 부대에 담는다'라는 말로 설명할 수 있다.

마쓰바 도미는 "입어서 편하고, 보기에도 편하고, 입었을 때 기운이 나는 옷"을 만들고 싶어 했다. 서양에서는 옷에 몸을 맞춰 교정한다. 그러나 군겐도의 옷은 다르다. 단순하고 평면적인 구조이기 때문에 몸을 옥죄지 않고 편하다. 진동 둘레도 대부분 직선인 경우가 많다. 옷깃도 거의 달지 않거나 있더라도 작게 만든다. 기모노처럼 앞섶이 비대칭으로 여며지는 옷들도 많다. 틀에 박혀 있다는 느낌보다 전체적으로 여유가 느껴지는 만듦새다.

게다가 군겐도의 옷은 원단도 훌륭하다. 면, 마, 실크, 울 등 천연 소재로 옷을 만들기 때문에 원단 자체의 뉘앙스와 표정도 살아 있다. 군겐도는 오랫동안 일본 각지의 원단 생산자들과 깊은 신뢰 관계를 쌓아왔다.

---

1 고령자나 장애인이 사용하기 편하도록 건축의 칸막이나 턱 같은 장벽을 제거하는 일
2 곱게 빻은 참깨, 갈분, 다시마 육수를 섞어 끓인 뒤 틀에 넣어 굳힌 음식
3 마을 전체를 하나의 숙박시설로 보고 기존의 빈집과 건물을 리모델링해 만든 수평적 개념의 호텔. 도시 재생과 지속 가능한 관광 프로젝트의 성공 사례로 꼽힌다.

군겐도에서 만든 면 슬라브 소재 블라우스는 여름이면 늘 손이 가는 아이템이다. 이 원단을 만든 업체는 하마마쓰시에 위치한 후루하시 직물이다. 군겐도와 20년 이상 거래를 이어온 업체다. 하마마쓰는 에도시대에 목화 재배가 왕성했던 곳으로 엔슈 직물[4]로도 유명하다. 그러나 세월이 흐르며 1600개 이상이던 방직공장이 이제는 70여 곳으로 줄었다. 창업 90년을 맞이한 후루하시 직물은 아직도 구식 셔틀 직기를 사용한다. 가늘고 섬세한 슬라브 론사로 방직하기 때문이다. 현대식 고속 방직기로는 그 맛을 낼 수 없기 때문에 구식 기기를 고쳐가며 사용하고 있다.

망간 가스리도 군겐도를 대표하는 원단이다. 검은 바탕천에 붓으로 살짝 스친 듯한 무늬가 특징인 이 원단은 니가타현, 미쓰케시에 위치한 방직 업체에서 만든다. 도미 씨가 이 원단을 사용하는 이유는 망간 가스리의 방직 기술을 후세에 전달하기 위해서다. 망간 가스리를 짤 수 있는 기계가 사라져가고 있는 현실, 전통 방직 기술이 단절될지도 모른다는 생각에 위기감을 느낀 그녀는 그 원단을 계속 쓰는 것으로 전통을 이어가려고 한다. 이 원단으로 만든 원피스와 양산을 애용하는데 아름다우면서도 정말 품질이 좋다.

군겐도의 마 원단도 훌륭하다. 군겐도의 간판이라 할 수 있는 모미호구시 마는 시가 현에 위치한 시가 마 공업에서 만든다. 1944년, 해군복과 신발을 만드는 군수공장으로 시작했다는 의외의 이력을 가진 업체로, 전쟁이 끝난 뒤 본격적으로 기모노 원단을 만들기 시작했다. 시가 마 공업은 '장인정신을 바탕으로 늘 발전해나간다'는 사훈을 바탕으로 지내왔다. 그 정신에 공감한 군겐도가 시가 마 공업과 의기투합해 모미호구시 마 소재의 옷을 만들게 된 것이다. 가볍고 잘 마르는 소재이기 때문에 여행지에서 입어도 좋다. 빨아서 널어놓으면 다음 날 아침에 벌써 다 말라 있다.

마지막으로 살펴볼 업체는 하마마쓰시의 쓰지무라 염직이다. 창업 100주년을 맞이한 업체로, 화끈한 성격의 형제가 가업을 이어받아 힘차게 이끌어간다. 원래는 유도복 원단도 만들었으나 쪽 염색 원단에만 집중하는 것으로 방침을 바꾼 뒤, 부드러우면서도 톡톡한 원단을 군겐도에 납품하고 있다. 오십견이 생긴 뒤 브래지어 후크를 잠그기가 힘들어졌는데, 쓰지무라 염직의 톡톡한 천으로 만든 군겐도 옷을 입으면 브래지어 없이도 불편하지 않다. 마쓰바 도미는 오랜 신뢰 관계를 유지하고 있는 원단 업체에 대해서 이렇게 말한다.

"처음에는 지역의 원단 업체들을 응원해주고 싶다는 마음에서 시작했습니다. 그런데 오히려 지금은 우리가 그분들에게 도움과 응원을 받고 있어요."

군겐도는 젊은 직원들을 중심으로 한 새로운 프로젝트도 가동 중이다. 이와미긴잔의 숲에서 자생하는 천연 재료

4 시즈오카현 서부에 위치한 엔슈 지역에서 만든 직물

를 염료로 활용한 '마을 숲 팔레트' 라인도 생산 중이다.

이와미긴잔은 평온하면서도 활기찬 곳이다. 지속적인 인구 감소로 폐원 위기까지 몰렸던 어린이집이 있지만 10년이 지난 지금 그곳은 아이들의 웃음소리로 가득하다. 기적처럼 남은 아름다운 거리 풍경 속에는 지역 주민 개개인의 인생이 차곡차곡 쌓여 있다.

　군겐도와 이와미긴잔의 주민들은 지역민들이 주최한 문화재 보존 활동을 벌여왔다. 이 지역의 역사를 꼼꼼히 살피고 그 의미를 후세에 전하기 위해 열과 성을 다해온 지역민들이 있었기에 지금의 아름다움이 보존될 수 있었다. 그 결과, 이와미긴잔의 성공적인 경험을 접하기 위해 찾아오는 사람들의 발걸음도 끊이지 않는다. 군겐도는 이와미긴잔에서 오랫동안 살아온 사람들의 삶과 이상을 존중하며, 새로운 미래를 만들어나가고 있다.
한국의 독자들을 이곳에 초대하고 싶다.

　– 모리 마유미

스물여덟, 여러 우연이 겹치며 산골 생활을 시작했다. 초가을부터 시작한 눈이 이듬해 5월에야 다 녹는 강원도의 첩첩산골이었다. 아궁이를 때서 방을 데웠고 샘터에서 끌어 온 물을 받아 식수를 해결했으며 동네사람들이 자구책으로 연결한 사설 전화선으로 외부와 소통하며 살았다. 스물일곱 해를 도시에서만 살았던 나로서는 매일 매일이 새로웠다. 머리가 아니라 몸을 쓰며 살았다. 불땀 좋은 나무에 대해 배웠고 먹을 게 열리는 나무에 대해서 배웠다. 도끼질을 할 때는 옹이를 피해 내리쳐야 한다는 것도 배웠다. 책으로 쌓은 지식은 때로 유용했으나 대개는 태부족이었다. 내가 발견한 '풀'이 나물인지 독초인지 알기 위해서는 이웃집 순녀 할머니네로 가면 됐다. 도감에는 없는 풀이었지만 '배앓이 할 때 댓뿌리 캐서 폭폭 다려먹으면 된다'는 순녀 할머니 말은 언제나 믿음직했다.

어쩌면 그때부터였을지도 모른다. 나는 언제나 할머니들의 이야기가 좋았다. 그다음으로 좋은 건 할아버지들의 이야기였다. 할아버지들은 대체로 허풍을 버무리기 때문에 외길에서 만난 멧돼지가, 외길에서 싸운 멧돼지로 둔갑하기도 했다. "내가 왕년에 말이지"가 자주 등장한다는 공통점도 있었다. 그런데 할머니들은 "그땐 그랬지 뭐. 별거 있간디?" 하는 말투로 밭에서 김매다가 막내딸을 낳았다는 이야기를 했다. 그러다가 우수수, 일기장에 적어두고 싶은 말들이 내 앞에 쏟아졌다. "산에 뻗대면 안 돼. 산이 주는 대로 먹고, '아이고 감사합니다' 그러고 살면 돼." 할머니, 할아버지의 말에는 살아온 인생만큼 꾹꾹 눌러 담은 진실이 있었다.

13년의 산골생활을 접고 나는 지금 제주에 살고 있다. 적당한 밭을 빌려 귤농사를 짓고 짬짬이 번역 일도 한다. 초록 청귤에 얼룩얼룩 귤색이 들기 시작할 무렵 '군겐도 할머니'에 대한 이야기를 들었다. 산골에서 기업을 일으켜 일본 전역에 매장을 늘려가는 멋진 할머니라고 했다. '산골'과 '할머니'라는 단어만으로도 가슴이 뛰었다.

당장 원서를 받아 밤을 새워 읽었다. 그리고 다른 지점에서 놀랐다. 군겐도를 창업한 마쓰바 도미는 우리가 흔히 알던 사업가가 아니었다. 이익에 방점을 찍고 확장에 재화를 쏟아 붓는 보통의 사업가와는 달랐다. 거의 정반대 편에 위치해 있다고 해도 좋을 사람이었다. 그런데도 그녀는 쇠락해가던 이와미의 산골에 100명이 넘는 고용을 창출해냈으며 젊은이들이 스스로 찾아오는 마을로 만들었다. 이 첨예한 자본주의 시스템에서 어떻게 그럴 수 있었을까? 이와미라는 산골에 사람들이 몰려드는 건 어떤 힘 때문일까? 이 질문이 이 대담집의 출발점이었다.

어린 도미는 그림 그리기를 좋아했다. 사람들이 상식이라 여기던 것들을 달리 보는 아이였다. 상식의 눈에 그녀의 그림은 '아이답지 않은' 그림이었다. 마쓰바 도미는 만들어진 틀을 천성적으로 거부하는 사람이었다. 예술적으로 예민한 촉수를 지닌 사람이기도 했다. 새로운 것을 두려워하지도 않았다. 고등학교 졸업 후 도시로 나간 도미는 화구점과 갤러리에서 일을 하며 장사꾼의 감각을 익혔다. 그녀의 20대는 예술적 감각이라는 씨줄과 장사꾼의 면모라는 날줄이 교차되며 하나로 직조되던 시기였다. 크고 작은 성공을 맛봤다. 그대로 도시에 살며 커리어를 쌓았어도 흔히들 말하는 부와 명예를 거머쥘 수 있었을 것이다. 하지만 그녀는 부족함을 느꼈다. 의심이 들었다. 경제 활황으로 돈이 넘쳐나는 세상이었지만 그것만이 다는 아니라는 생각이 들었다.

자본과 사람이 도시로 흘러가던 그때, 마쓰바 도미는 도시를 떠났다. 어린 딸의 손을 잡고 남편과 함께 이와미 산골로 향했다. 사람들이 말하는 상식에 '아니'라고 말 할 수 있는 도미였기 때문에 그런 선택을 할 수 있었을 것이다. 그렇다고 거창하고 원대한 꿈을 품었던 건 아니다. 일단은 먹고살아야 했다. 그날그날 자신이 할 수 있는 일에 최선을 다하며 살았다. 지역민들과 함께 아플리케 소품을 만들어 팔았고 시대에 쓸려가지 않기 위해 군겐도를 만들 었으며 망가져가는 옛집들이 안타까워 이와미의 빈집들 을 고치기 시작했다. 그런 그녀의 성실한 40년이 지역을 살리는 불씨가 됐다.

'지역재생', '공생', '선한 기업'이라는 슬로건을 내걸지 는 않았으나 그녀의 발걸음은 자연스레 그쪽으로 향했다. 그녀 자신이 그런 사람이었으니 목소리를 높여 주장할 필 요도 없었다. 당장의 이익은 그녀를 움직이는 원동력이 아니었다. 그녀는 속도와 경쟁하지 않았다. 효율성에 함몰 되지도 않았다. 매 순간 좀 더 선한 것을 선택해왔다. 느리 고 비효율적이라고 내치지도 않았다. 그녀를 찾아온 젊은 이를 품어 안으며 다음 시대를 모색했다. 옛것과 새것의 조화를 꾀하며 오래되었으나 낡지 않은 세상을 만들어나 갔다.

여성복 브랜드로 시작한 군겐도는 이제 라이프스타일 전반을 아우르는 브랜드로 성장했다. 사람들은 이제 그녀 가 만든 물건뿐만 아니라 그녀의 삶까지 본다. 속도와 이 익과 효율성이 전부가 아닌 세상에 대해서도 생각해보게 된다. 그녀는 자신의 삶을 살았고 느리지만 확실한 변화 를 일궈나갔다.

그녀의 옷, 그녀의 부엌, 그녀의 말은 마쓰바 도미와 정 말 잘 어울린다. 마쓰바 도미는 머리로 하는 말이 아니라 몸으로 살아낸 말을 하는 사람이다. 어려운 말을 쓰지도 않는다. 굳이 인생철학을 논하지도 않고 애써 자신을 치장하지도 않는다. "여기 시집올 때 애긴데" 하며 시작하던 순녀 할머니 이야기 같다. 그러면서도 그저 옛날이야기에 머무르지 않는다. 그녀의 옛날이야기는 나의 지금으로 치환되어 갔다. 마쓰바 도미는 주어진 환경과 조건에 순응하면서도 그 자리에 안주하지 않았다. 의심이 들면 의심의 머리채를 잡고 돌파해나갔다. 그녀의 인생을 들여다보다가 '아!' 하고 반짝이는 것들을 발견한 시간들이었다.

그녀의 말을 읽고, 생각하고, 옮기는 과정들이 즐거웠다. 열두 살 도미는 애틋했고 스무 살 도미는 흥미로웠다. 서른, 마흔, 쉰, 예순의 도미는 내게 끊임없는 영감을 줬다. 이제는 일흔이 됐을 마쓰바 도미. 그녀의 이야기가 계속 궁금한 까닭은 그녀가 한 자리에 머물러 안주하는 사람이 아니기 때문이다. 그 세월 동안 쌓였을 그 무언가, 몸으로 살아내 꾹꾹 담아낸 진실이 그녀의 말 속에 담길 것을 알기 때문이다.

- 2020년 5월, 정영희

모리 마유미

1954년 도쿄 분쿄구에서 태어났다. 1984년부터 2009년까지 지역민의 목소리를 담은 잡지 〈야나카, 네즈, 센다기(谷中, 根津, 千駄木)〉를 출판했다. 또한 일본 내셔널트러스트의 이사직을 역임한 환경 보존활동가이기도 하다. 우에노 음악당, 도쿄역 등 도쿄의 역사적 건물 보전운동과 '시노바즈노이케(不忍池) 연못 보존운동' 등에 앞장섰으며, 현재 마루모리마치에서 농사를 지으며 그 지역의 역사를 취재하고 있다. 주요 저서로 〈도쿄유산〉, 〈단발의 모던 걸〉, 〈여자 셋이 경험한 시베리아 철도〉, 〈자주독립농민〉등이 있다.

마쓰바 도미

1949년, 미에 현 쓰 시 게이노초에서 태어났다. 산골 마을 이와미긴잔에 본사를 둔 패션 브랜드 군겐도의 대표. 군겐도의 디자이너로서 자연과 닮은 옷을 지속적으로 만들어나가는 한편, 지역 재생에도 전력을 다해왔다. 무사의 집 아베가(阿部家)를 게스트하우스로 탈바꿈시키는 등, 지역의 오래된 민가를 개보수해 적극적으로 활용하고 있다. 이와미긴잔을 거점으로, 지역에 뿌리내릴 수 있는 삶을 다방면으로 제안하며 비즈니스 측면에서도 성공했다. 현재 ㈜이와미긴잔 생활문화연구소 소장, ㈜타향아베가 대표이사를 맡고 있다. 지역 활성화의 공로를 인정받아 국토교통성에서 지정하는 '지역 어드바이저', '관광 카리스마'로 선정됐다.

옮긴이 | 정영희

동국대학교 국어국문학과를 졸업했다. 강원도 곰배령에서 제주도로 터전을 옮기고, 유기농 귤 농사를 지으며 살고 있다. 일본어로 된 좋은 책을 만나면 호미 대신 노트북을 펴고 한국어로 옮기는 작업을 한다. 옮긴 책으로는 〈집을 생각한다〉, 〈건축이 태어나는 순간〉, 〈다시, 나무에게 배운다〉, 〈할머니의 행복 레시피〉, 〈우리는 작게 존재합니다〉 등이 있다.

KIGYOWA SANKAN KARA: IWAMIGINZAN GUNGENDO MATSUBATOMI by Mayumi Mori
Copyright ©Mayumi MORI, Tomi MATSUBA, 2009
All rights reserved.
Original Japanese edition published by basilico Co., Ltd.
Korean translation copyright © 2020 by IU BOOKS
This Korean edition published by arrangement with basilico Co., Ltd.
through HonnoKizuna, Inc., Tokyo, and AMO AGENCY

젊은이들이 모여드는 산골기업,
군겐도를 말하다

모리 마유미·마쓰바 도미 대담
정영희 옮김

초판 1쇄 발행·2020년 6월 30일

펴낸이·이민 · 유정미
편집·이수빈
디자인·신경숙
표지그림·고모부

펴낸곳·이유출판
주소·34860 대전시 중구 중앙로59번길 81, 2층
전화·070-4200-1118
팩스·070-4170-4170
이메일·iubooks11@naver.com
홈페이지·www.iubooks.com
정가·18,000원

ISBN 979-11-89534-09-7(03810)

이 도서의 국립중앙도서관 출판예정도서목록(CIP)은
서지정보유통지원시스템 홈페이지(http://seoji.nl.go.kr)와
국가자료종합목록 구축시스템(http://kolis-net.nl.go.kr)에서
이용하실 수 있습니다.(CIP제어번호 : CIP2020013048)